# 刑務所の中

花輪和一

黃鴻硯／譯

臉譜

Faces Publications

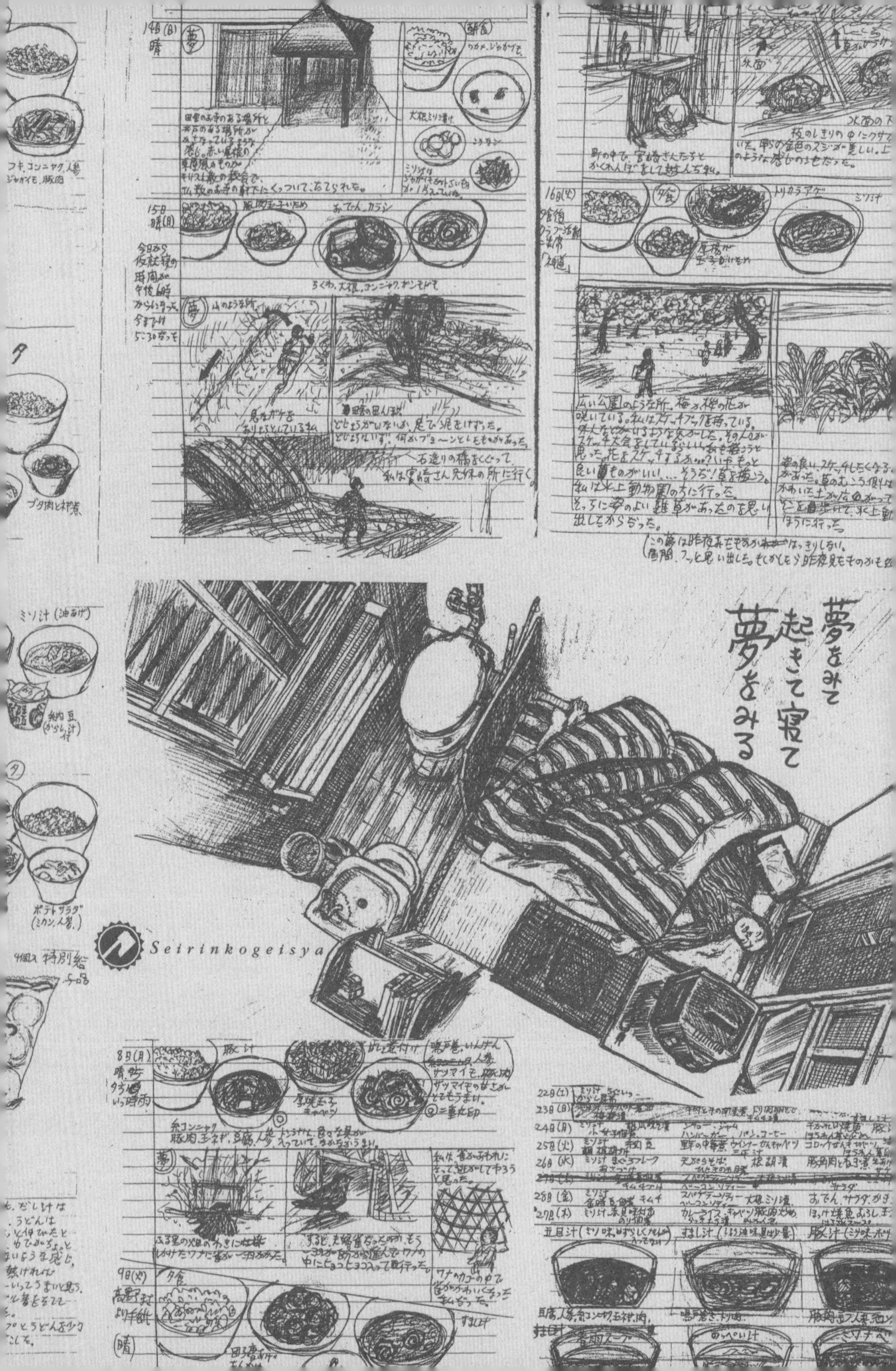
夢をみて
起きて寝て
夢をみる
Seirinkogeisya

# 囚衣穿著方式

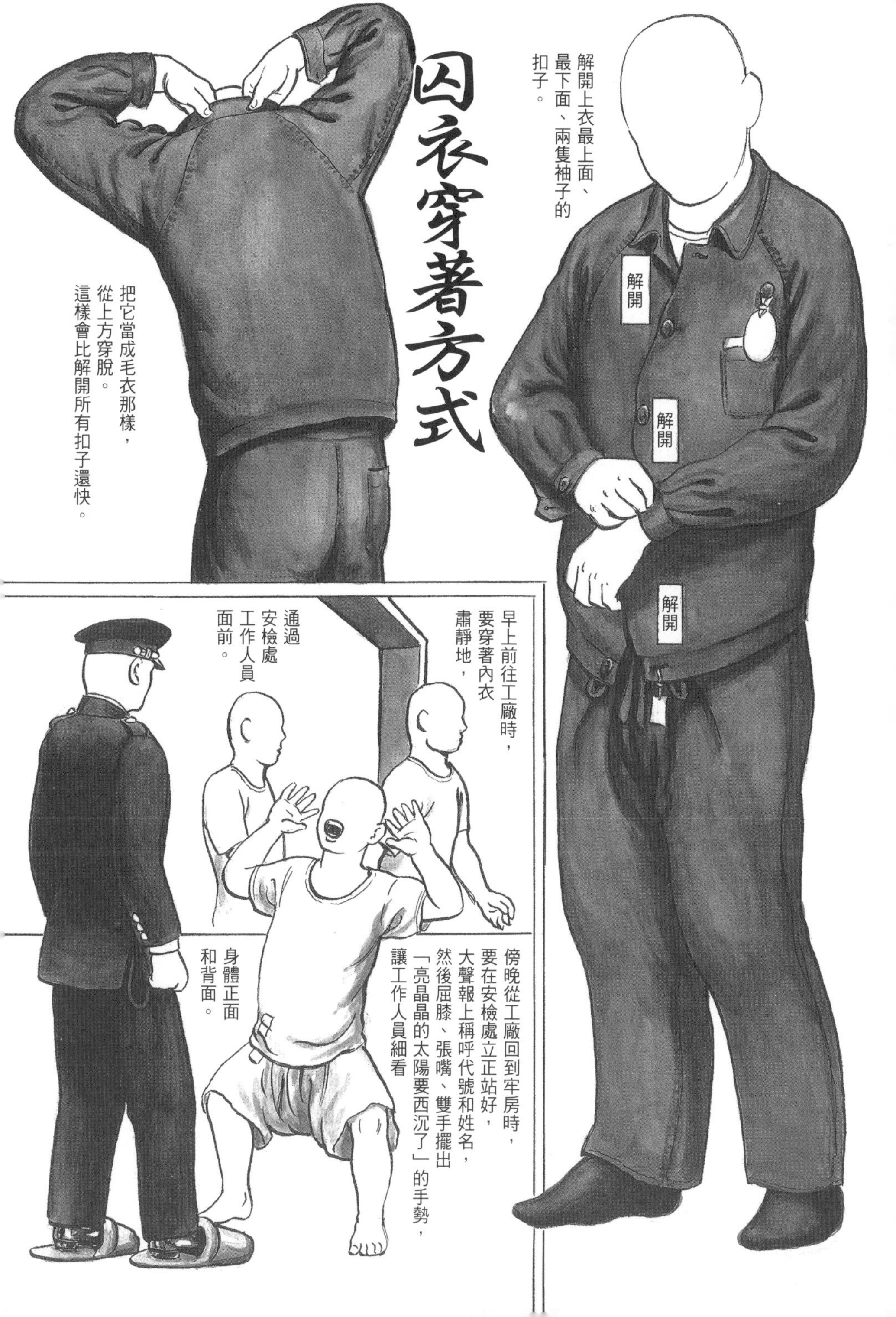
解開上衣最上面、最下面、兩隻袖子的扣子。
解開
解開
解開
把它當成毛衣那樣，從上方穿脫。這樣會比解開所有扣子還快。
早上前往工廠時，要穿著內衣肅靜地，
通過安檢處工作人員面前。
傍晚從工廠回到牢房時，要在安檢處立正站好，大聲報上稱呼代號和姓名，然後屈膝、張嘴、雙手擺出「亮晶晶的太陽要西沉了」的手勢，讓工作人員細看
身體正面和背面。

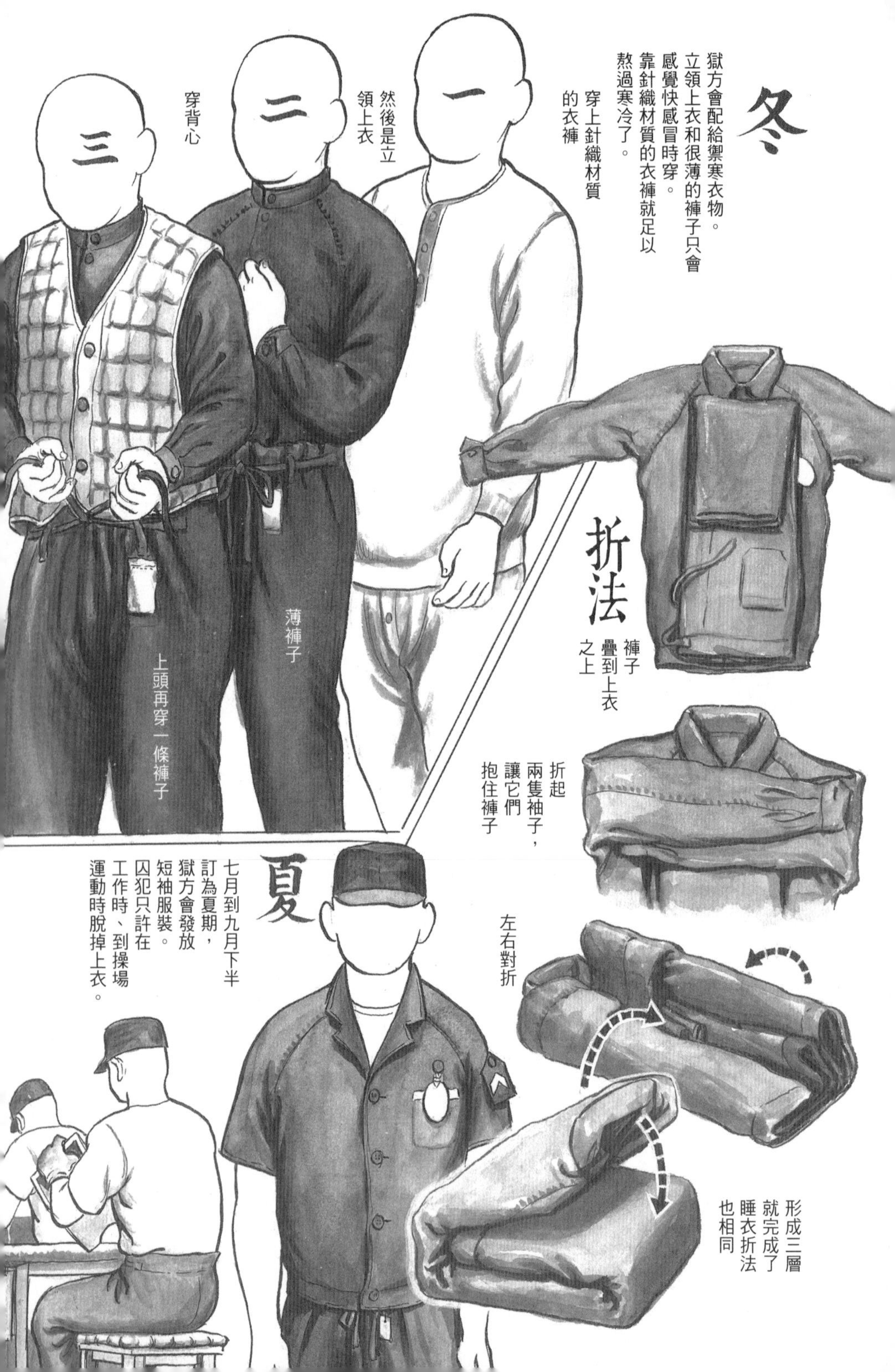
冬
獄方會配給禦寒衣物。立領上衣和很薄的褲子只會感覺快感冒時穿。靠針織材質的衣褲就足以熬過寒冷了。
一
穿上針織材質的衣褲
二
然後是立領上衣
三
穿背心
薄褲子
上頭再穿一條褲子
折法
褲子疊到上衣之上
折起兩隻袖子，讓它們抱住褲子
左右對折
形成三層就完成了睡衣折法也相同
夏
七月到九月下半訂為夏期，獄方會發放短袖服裝。囚犯只許在工作時、到操場運動時脫掉上衣。

套上外衣，整理儀容，完成
四
機械班 電動鋸・鉋
黃色帽子 護目鏡 連身工作服 名牌是布條
計算工 在執勤台旁執行業務
牢裡的菁英
計算工
白底黑字外加兩條紅線的臂章
白色帽子
木工科職業訓練生
安全鞋

# 獄中食堂

安全第一
打開這扇門就會到其他工廠。
塗裝室
值勤台
監牢中有工廠。快到中午時，食物以台車運過來。接下來要準備吃午餐了。
好孩子的圖畫故事

負責供餐的受刑人，兩人一組為大家盛裝飯菜。獄吏正在檢查每份飯菜是否相同。本工廠有將近五十名受刑人，大家都要一起在這裡用餐。
表示座位的名牌
鏡子
裝漱口水的桶子
毛巾架
廚餘桶

櫥櫃裡頭收著沾醬、醬油、筷子、湯匙、牙籤。
在休息時間可自由飲用。
茶桶
捕鼠籠，偶爾會抓到老鼠。

窗外可見裁縫工廠。
捕蠅紙
每個月有五、六天中餐會吃麵包，A等是比較大的。
A等餐
B等餐
公家書可借三冊。有小說和文庫本，不過幾乎都是舊書。最上層有主流漫畫單行本。這裡的書每兩個月會替換一次。
完

# 刑務所之中

花輪和一

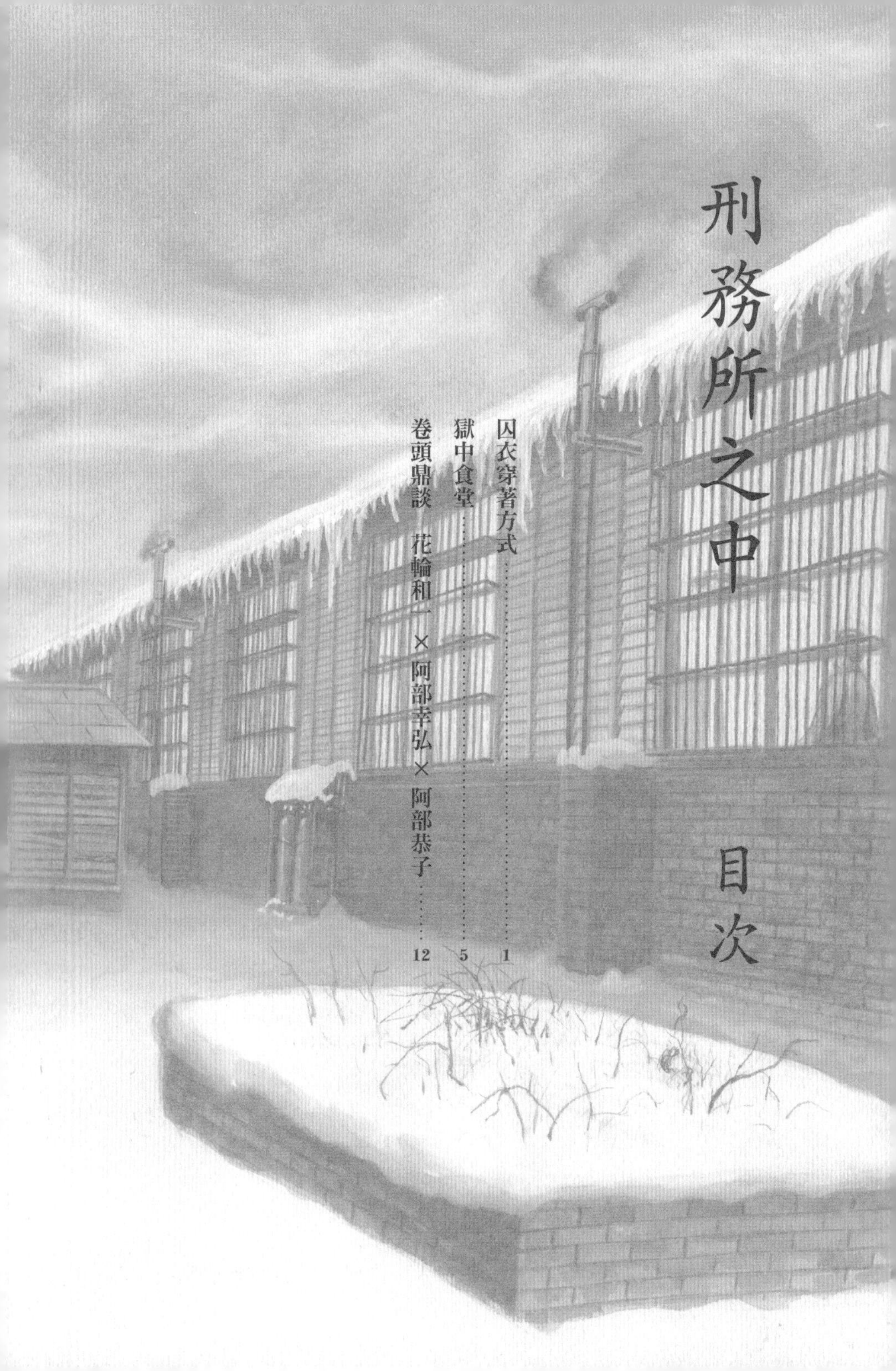

# 刑務所之中

目次

囚衣穿著方式……1
獄中食堂……5
巻頭鼎談　花輪和一×阿部幸弘×阿部恭子……12

尼古丁看守所……17
肥嘟嘟看守所……27
那麼大人懲戒室……47
五隻動物的生活……67
少爺受刑人……87
歡喜過新年……107
冬季的一天……127
我有請求之牆……147
崩壞日本的食物……167
籠中煙火……177
從金錢中解放……199
免業日……211
解說　吳智英……235

Introduction ……… 鼎談 ……… 花輪和一 × 阿部幸弘（漫畫評論家）× 阿部恭子（劇作家）

# 我問：「今天要逮捕我嗎？」結果對方說：「沒有，還沒……」

史上第一部！　監獄紀實漫畫的舞台後方有何祕辛？

## ● 模型槍愛好者

**阿部幸弘（以下代稱A）**　花輪先生從小就喜歡模型槍嗎？

**花輪和一（以下代稱花輪）**　嗯，是呀。

**A**　你的第一本單行本《月之光》也有提到模型槍呢。

**阿部恭子（以下代稱K）**　啊，後記有寫到。

**A**　印象中是跟同伴住在旅館玩模型槍結果被罵了？

**花輪**　被報警了呢（笑）。

**A**　也就是說，旅館的人整個慌了？

**花輪**　嗯。而且那陣子有激進分子呢。有六個激進分子被通緝，我跟其中一個長得很像。

**K**　所以才被報警吧（笑）。

**花輪**　大家都穿著自衛隊轉賣給民間的大衣。

**K**　會去玩生存遊戲嗎？

**花輪**　我的興趣是拍八厘米電影，也會順便滑雪。

**A**　看來很健全嘛。

**K**　當時的伙伴後來怎麼了？

**花輪**　在那個業界很活躍喔。變成軍事圈的大佬了，在業界超有名。

**A**　小時候不是都會有很喜歡那類東西的時期嗎？男生尤其會嘛。而那些人就是長大後仍保有同樣的興趣，花輪先生也是其中一員。

**花輪**　是靠興趣做生意的人呢。

**A**　花輪先生喜歡用沾水筆畫蒸氣火車和槍之類的呢。這讓我想起一件事，在少年雜誌都還是月刊的時代，上頭會刊沾水筆插畫的少年小說或模型槍的廣告不是嗎？感覺所有東西都塞在那裡頭了。

**花輪**　也許吧。

**A**　簡單說，就是喜好未曾改變地變成了大人，很直接（笑）。

**花輪**　在我還小的時候，氣槍是可以郵購的呢。真正的空氣槍。

**A**　現在不行了呢。

**K**　沒取得許可就不行對吧。

**花輪**　嗯嗯嗯。

**K**　不過你說你把手上的許可證繳回去了對吧？

**花輪**　嗯。每年都得去接受一次檢查，讓他們確認槍沒被動過。會有警察量尺寸。

**A**　啊，「沒改造」，這樣嗎？

**花輪**　對對對。

**A**　一定要帶著槍過去才行嗎？

花輪　嗯，扛過去。

K　挺累人的呢。

A　所有軍武迷都得這樣嗎？

花輪　他們用的是軟氣槍，屬於玩具，所以沒有關係。氣槍擊發的是鉛彈，而且威力也很大。

A　所以可以打獵。

花輪　可以用於狩獵，打麻雀或兔子之類的。如果是烏鴉被打中，馬上就會掉下來。

A　你是什麼時候拿到許可證的呢？

花輪　十幾歲的時候。有考個學科測驗之類的考試啦，還做了精神鑑定。

A・K　精神鑑定!?

花輪　去醫生那裡請他看診，然後幫我寫證明書（笑）。

K　嗯——？

A　你去了哪裡的醫院啊？

花輪　鎮上隨處可見的診所。

A　看內科之類的（笑）。

花輪　我說：「我要考空氣槍的證照，請幫我做精神鑑定。」他馬上就開證明書給我了（笑）。

K　哇～

A　真難以置信，我們那裡沒出現過這種人呢。

K　他們應該不會去精神科吧（笑）。

（按：阿部幸弘也是一名精神科醫師。）

花輪　不過我覺得有槍的人都該做精神鑑定呢。

A　用空氣槍獵過什麼嗎？

花輪　沒有，我不會用空氣槍打獵，專門打靶。後樂園有射擊場。

K　許可證是什麼時候繳還的？

花輪　二十歲的時候，玩了五年左右吧。

K　札幌東區好像也有射擊場呢。

A　東區有射擊場也有看守所呢（笑）。

## ● 逮捕！

A　話說，你雖然對模型槍一直都很感興趣，但終究還是因為從朋友那裡得到真貨才出事的呢。

花輪　是啊。

A　警察是什麼時候上門的？

花輪　應該是（一九九四年）十一月十一日吧。

A　不是在那天就被逮了對吧。

花輪　被搜索住處。

A　氣氛上感覺不太妙是吧。那被警方帶走是什麼時候？

K　就我們所知是十二月八日，馬上就變成新聞了。

花輪　哎呀——當時真是承蒙你照顧了，真沒想到我這輩子會碰到那種狀況呢，那麼受你照顧。

A　誰都預料不到啊（笑）。

## ● 起訴與保釋

K　那聊聊十二月二十八日的起訴和

阿部恭子

劇作家，一九六〇年出生於小樽，大學時代開始著迷於花輪漫畫，開庭時負責與律師聯絡、旁聽記錄公判。從事劇場相關活動的同時也為《北海道新聞》撰寫漫畫評論專欄。

保釋吧，很辛苦吧。

**A** 嗯。

**K** 事前得知保釋金大約是某個金額，我也準備了，結果傍晚才聽律師說：「其實是這個金額。」

**A** 高於預期的金額是吧。

**K** 對，對。然後我就到處奔走啊，最後是律師把他剛拿到的獎金之類的錢借給了我。要是不在那天之內支付給法庭，保釋就得等到過年後了。那天一定要把他保出來才行。

**A** 不然就得在看守所中過年了呢。

**K** 那已經是年內最後一個辦公日了，所以法院櫃台和警察都散發出一股「沒事啦」的悠哉氣氛。

**A** 對對對，彷彿想說，快讓我辦完事回家吧。

**K** 於是我們當著他們的面手忙腳亂地進行程序（笑）。

**A** 我們完全不知道花輪先生的心情如何，是不是很沮喪呢？因此我們也盡全力在奔走，不過現在回想起來，花輪先生從頭到尾都很淡定呢。

**K** 嗯。

**A** 如何呢？當時的心境是？

**花輪** 嗯……這個嘛——嗯……總之很感謝你們保我出來。

**K** 在看守所待了三個禮拜左右對吧。

**A** 警察硬把你抓走嗎？

**花輪** 不，他們讓我安頓完身邊的事情才抓人。我問他們：「今天就要逮捕我嗎？」結果對方說：「沒有喔——還沒……」

**A** 「沒有喔——還沒……」（笑）

## ● 夢幻的「六研政府型模型槍」

**K** 之後就開始跟律師開會，為開庭做準備之類的，很忙呢。

**A** 你那陣子在家裡做什麼？

**花輪** 畫圖啊，讀書之類的。

**K** 還有弄壞所有模型槍，對吧。

**A** 把槍丟掉了嗎？

**花輪** 嗯。

**K** 你送了我兩把。話說，有的舊款模型槍是現在弄到手違法，送人也違法，只有從很久以前持有至今是被允許的。所以說，你送我槍是不行的，我就丟掉了。

**A** 會變成罪上加罪呢。

**K** 雖然覺得很浪費，但就是不行啊。

**A** 那是狂熱愛好者垂涎的逸品吧。

**花輪** 嗯，那個在黑市的售價已經到一百萬日元以上了。

**A** 啥！那槍的名字是什麼？

**花輪** 製造商叫六研。有個人叫六人部，是模型槍界的神，日本模型槍的歷史等於是他創造的。而那兩把槍是他手工製作的。

**A** 手工製作？哇——

**花輪** 不過要是拿去賣會違反槍刀法。

**K** 印象中那是「政府型」的吧。

**花輪** 嗯，黃銅製的，重度愛好者聽了會發出「哇」一聲驚呼。知道這玩意兒的人應該會說「讓我碰一下」、「讓我見識一下」，是模型槍的最高傑作。

**K** 而你拆解、丟棄了它呢。

**花輪** 不過我的興趣也在突然間沒了啦。

## ● 不被許可的串糰子

**K** 接著第一次開庭日（一九九五年二月八日）就來臨了呢，當時你說你

阿部幸弘

漫畫評論家，現居札幌，曾涉入花輪氏的官司。長年在札幌當地的《北海道新聞》撰寫漫畫評論專欄，另外也在《Eureka》、《鴿子啊！》（鳩よ！）等雜誌發表文章。

在學日本畫對吧。

**花輪**　是啊。

**K**　你的兄弟都來了呢。

**A**　我是花輪先生的漫畫讀者，所以一直心想，不知道你的兄弟會是多要命的人呢。

**K**　不知道會是前世種下什麼惡因的人（笑）。

**A**　沒有啦，這個……這讓我清楚了解到，你作品描述的是內在世界（笑）。

**K**　你跟他們已經好幾年沒見了吧？

**花輪**　是呀。

**A**　覺得有點抬不起頭吧？

**花輪**　是啊（笑）。

**A**　果然會呀。

**花輪**　該怎麼說呢。

**A**　會也是當然的嘛（笑）。

**K**　後來呢，法庭上針對槍枝的殺傷力展開了爭論。第二次開庭時請了鑑定人出席，再下一次則傳喚了被告的情狀證人。吳先生、阿部先生等人是在二月二十七日出庭，三月六日審問被告，三月八日檢察官求刑，三月二十二日法官判決（邊看筆記邊說）。

**A**　然後花輪先生——

**K**　在法庭上直接就被押走了。我都特地買了串糰子要去給你耶。

**花輪**　啊，妳在法院上交給獄卒的那個是吧。

**K**　當時是隔著柵欄遞過去的。

**花輪**　搞了半天，那是不被許可的。

**A**　被誰吃掉了啊？

**K**　誰知道啊。

**A**　入獄後，甜食可是很珍貴的啊。

**K**　不過在看守所還買得到甜食啦。

## ●「你是真理教徒嗎？」

**K**　那時我常常去找你閒聊。

**花輪**　是啊。

**A**　說來真巧，我（當時的）家在東區，離看守所非常近。

**K**　那陣子發生了奧姆真理教事件，所以（話題）都圍著那打轉呢。只能聊十五分鐘，監獄官就在旁邊，然後會客室很窄呢。不過在那邊跟花輪先生閒聊真是開心極了。

**花輪**　我看著《寶島30》在筆記本上畫了很多真理教徒的似顏繪，接受檢查時被問：「你是真理教的嗎？」（笑）

**A**　雖然我固定會去見花輪先生，但你每次都說你什麼都不需要，沒缺什麼。

**花輪**　對啊，東西都很齊。

**K**　不過當時各種人都跑去找你會面了……你應該沒在那麼短的時間內見過那麼多人吧？圓的扁的都有。

**花輪**　是啊，我跟他們根本活在不一樣的世界。

**A**　出獄後會覺得一下子就蹲完了吧？

**K**　我當時覺得三年好長啊。

**A**　漫畫單行本都出版了，感覺像是去採訪了三年吧。

**花輪**　哎，我從以前就對牢裡的世界很感興趣。現在仔細想想，我最早入選《GARO》的作品是〈痞蟲〉，不過我原本其實是想畫一個主角戴上面具被關在地下室的漫畫，後來放棄才畫了〈痞蟲〉呢。

**A．K**　是喔～

**A**　你對於「受禁閉」這種遭遇很感興趣呢。

**花輪**　所以說，去了（監獄）以後真的體驗到坐牢的感覺了。

**K**　如假包換的牢呢。這麼說來，花

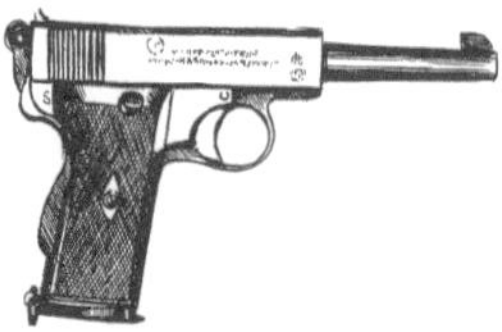

輪先生從很久以前就畫過很多角色遭到囚禁的作品耶。

**A** 對對對。

**K** 被關在箱子裡、只有頭被封在壺裡，之類的。

**花輪** 還有，當時要是能（在看守所中）遇到死刑犯就太棒了。

**A** 見到的話為什麼會開心呢？

**花輪** 嗯？……光是見到就夠了。

**K** 當時的札幌看守所應該是有死刑犯。沒記錯的話，後來就執行了（死刑）。

**花輪** 那時晚餐多了一道菜呢，做為慶祝。

**K** 啥！慶祝？

**花輪** 對，有行刑的話好像就會加菜，不過這是我後來聽說的。

## ● 不得緩刑

**K** 一審後到二審之間發生了許多事，這裡略過不提。九月五日駁回上訴，維持原判。

**A** 實際上在看守所待了多久？

**花輪** 三月進去，待到十月。

**A** 都是她（阿部恭子）在整理請願書、實際管理文件喔，還製作名單等等的。我則是在《GARO》上寫一些狀況報告。

**花輪** 謝謝你們。

**A** 請願書……

**K** 蒐集到六千份左右，而且還蒐集了兩次，都是有頭有臉的人。

**A** 花輪先生看過嗎？

**花輪** 嗯，律師讓我看了影本。

**K** 印象中你獲保時寄了感謝狀給大家。

**A** 也捐了一百萬日元左右。

**花輪** 是律師建議我的。

**A** 不過不知道刑期因此減少了幾個月呢。

**K** 哎，因為判得很重呢。宣判後律師很沮喪啊，他說：「哎——不是三年以下的刑期就不適用緩刑啊。」然後花輪先生還幫律師打氣，說：「沒有啦，五年都還算輕啊。」（笑）

**A** 幫律師打氣的被告……

**花輪** 呃——我應該是沒那樣說吧。

**K** 然後你進了札幌監獄，接著移監到函館。

**花輪** 對，十二月移過去的。

**A** 監獄不冷嗎？

**花輪** 嗯，不冷。

**K** 聽說北海道的監獄很溫暖。

**花輪** 對對對。

**A** 寒冷的監獄已經是過去的產物了吧。好，那接下來發生的事就請大家看漫畫吧（笑）。出單行本後算是回本了嗎？

**K** 回本是什麼意思？

**A** 是不是所有經驗都活用到了？

**K** 並不是徹底白跑一趟呢。

**A** 之後對槍還感興趣嗎？

**花輪** 呃，已經好了。不想再坐牢了（笑）。

——二〇〇〇年某月某日，於札幌

花輪和一

※本文中收錄作品為 80 年左右的作品。

# 尼古丁看守所

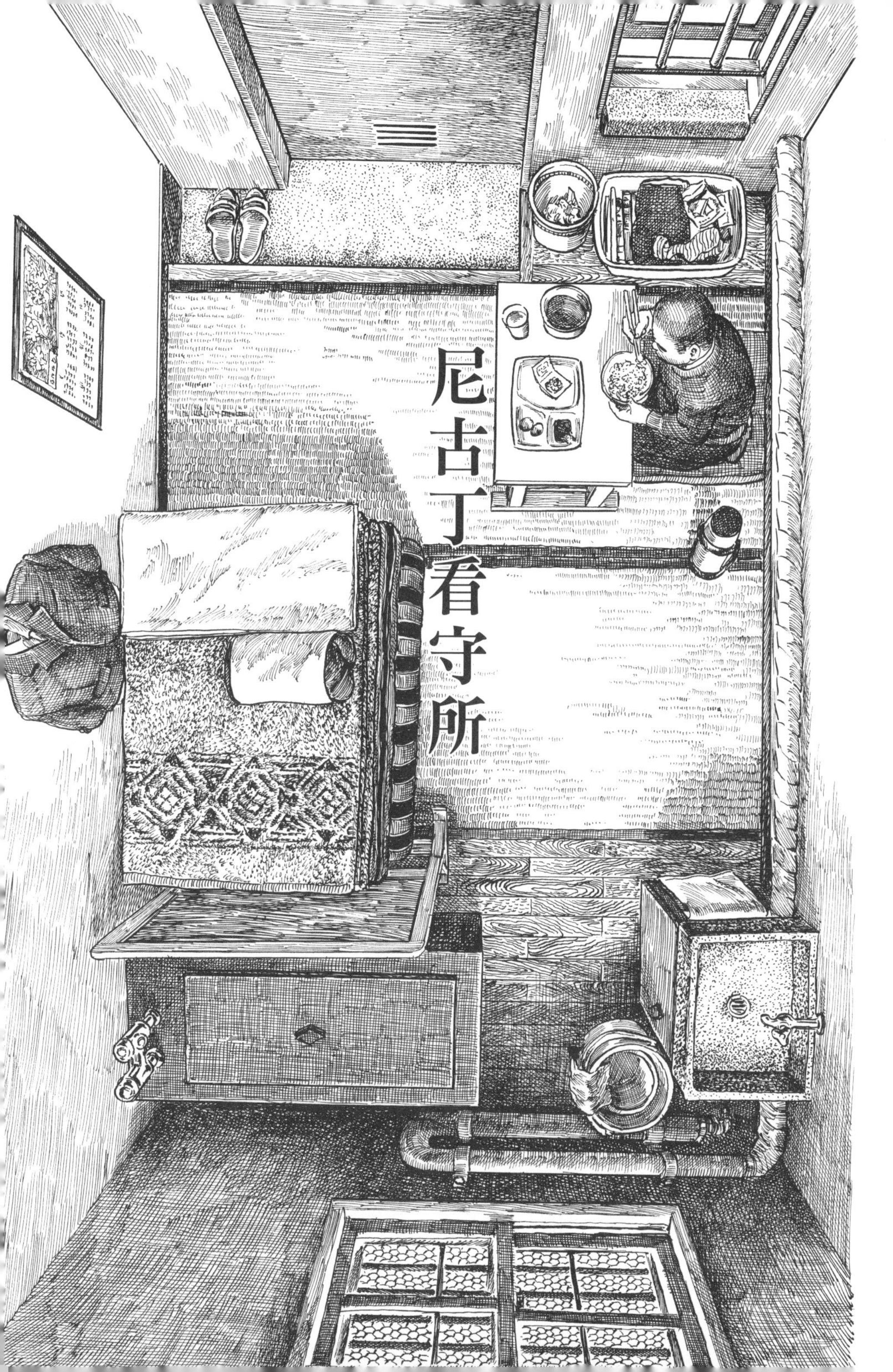

在北海道S看守分所，早餐時間是早上七點二十五分。
七比三的米和麥炊成的飯，
今天早上還有納豆、紅色酸梅，以及番茶*。
味噌湯中有馬鈴薯和海帶。
醬油裡有蔥花和黃芥末。
這國家每天都給做壞事、危害社會的人溫熱的飯菜，真是令人感激。
以前不知道早餐竟然這麼好吃呢…
チチチュン
（啾…啾…）
呼～我吃飽了。

*註：綠茶的一種，等級低於煎茶。

（嘩啦～）
吃飽飯後只需要洗筷子。
（喀啦）
好，結束。
真輕鬆呢。
呼—
…然後，
（唰唰）
…沒…沒有…
（嘶嘶）
沒有！
平常手邊摸一摸就有了…
（叩）
Peace
唔～～～
我一天隨隨便便也會抽個四十根啊～～～
這裡沒有裝尼古丁和焦油的盒子啊～！

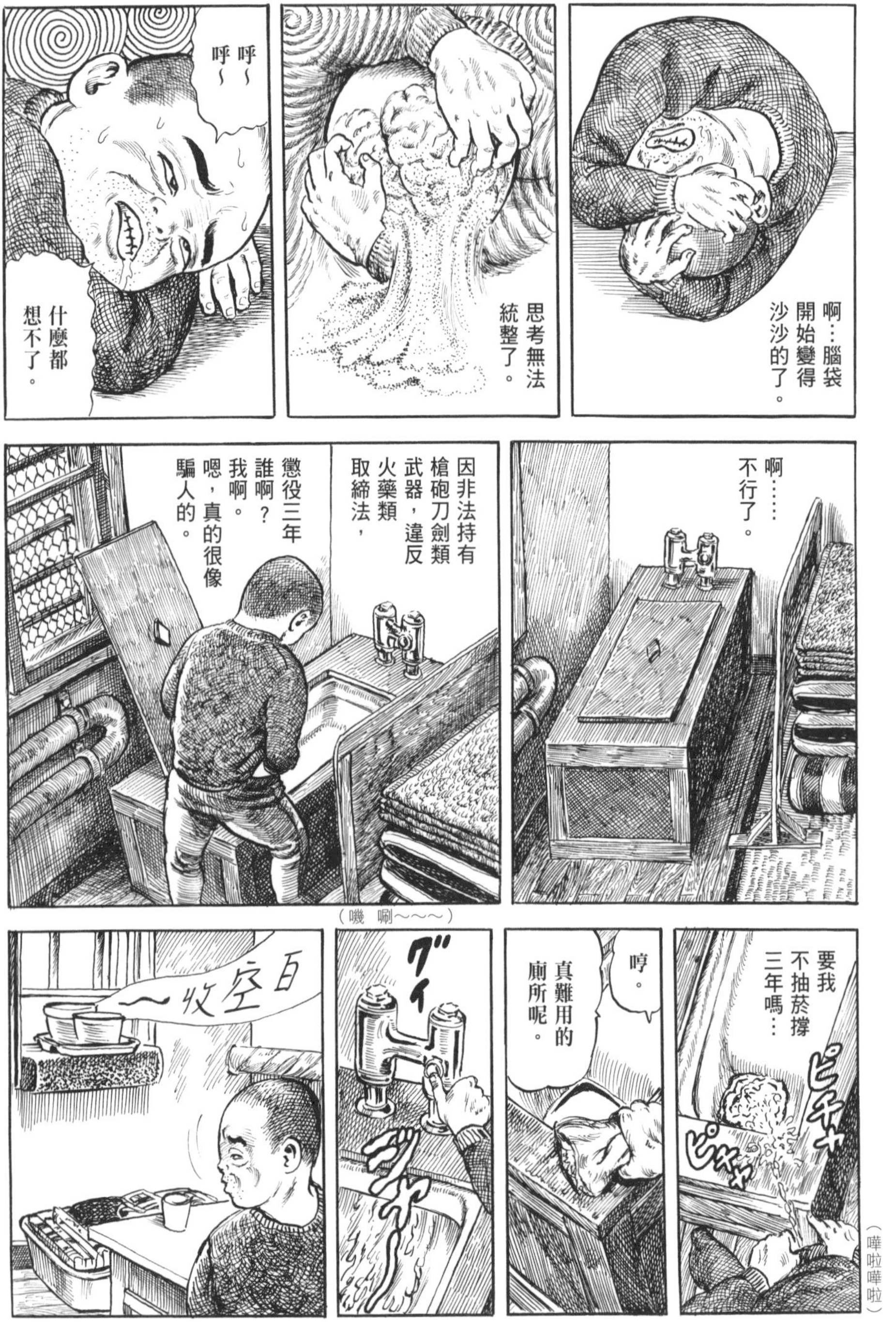
啊…腦袋開始變得沙沙的了。
思考無法統整了。
呼~呼~
什麼都想不了。
啊……不行了。
因非法持有槍砲刀劍類武器，違反火藥類取締法，
懲役三年
誰啊？我啊。
嗯，真的很像騙人的。
（嘰 唰～～～）
要我不抽菸撐三年嗎……
ピチャ
ピチャ
（嘩啦嘩啦）
哼。
真難用的廁所呢。
グイ

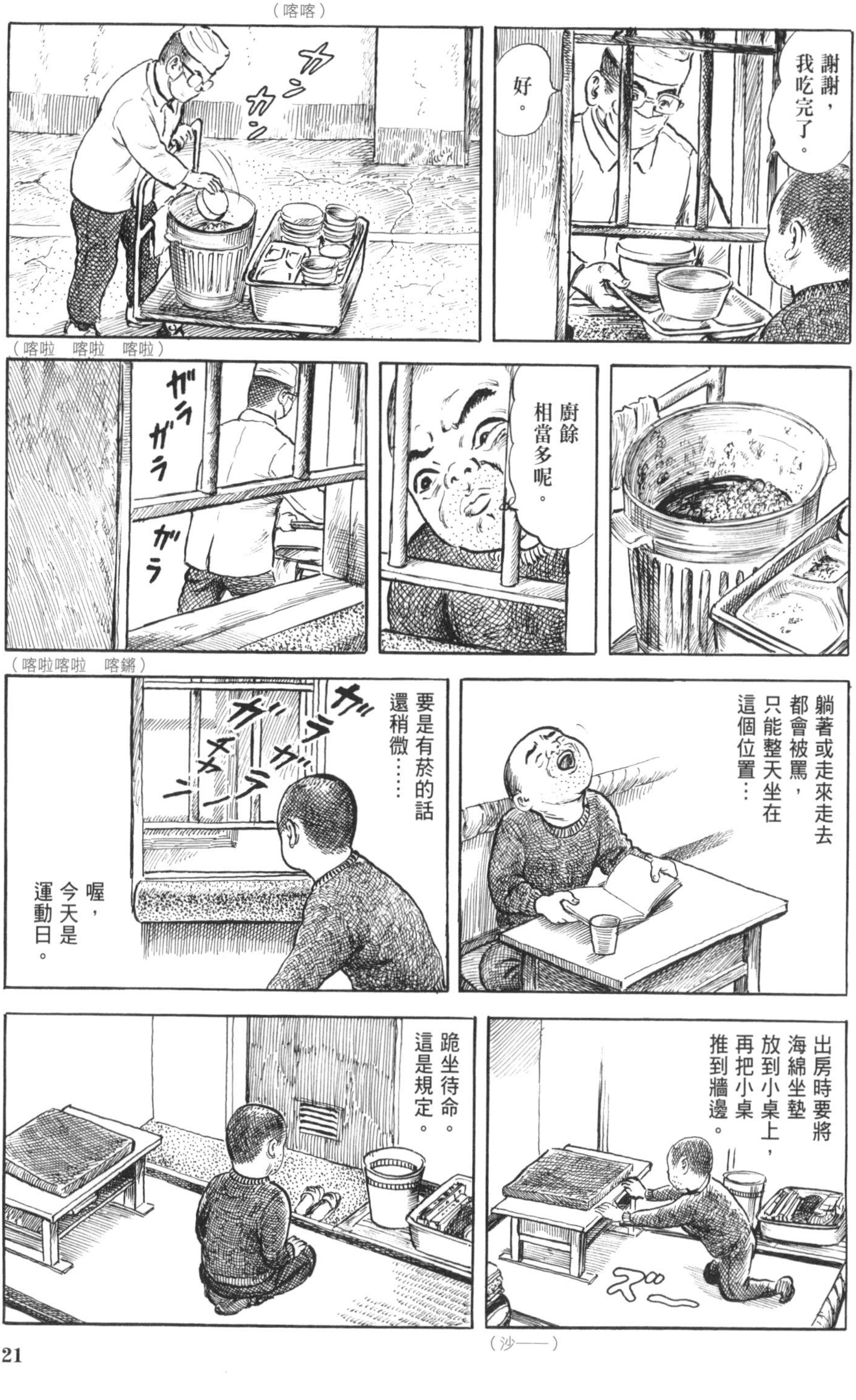
謝謝，我吃完了。
好。
（喀喀）
廚餘相當多呢。
（喀啦　喀啦　喀啦）
躺著或走來走去都會被罵，只能整天坐在這個位置……
要是有菸的話還稍微……
喔，今天是運動日。
（喀啦喀啦　喀鏘）
出房時要將海綿坐墊放到小桌上，再把小桌推到牆邊。
（沙——）
跪坐待命。這是規定。

（喀啦　喀啦）
ガラガラ
腳尖對齊白線。
立正！
報數！
一。
二。
三。
四。
懲罰実施中
懲……懲罰……
一整天都得那樣坐著嗎？
咿～老天保佑，老天保佑。
脫下橡膠拖鞋，換上運動鞋。

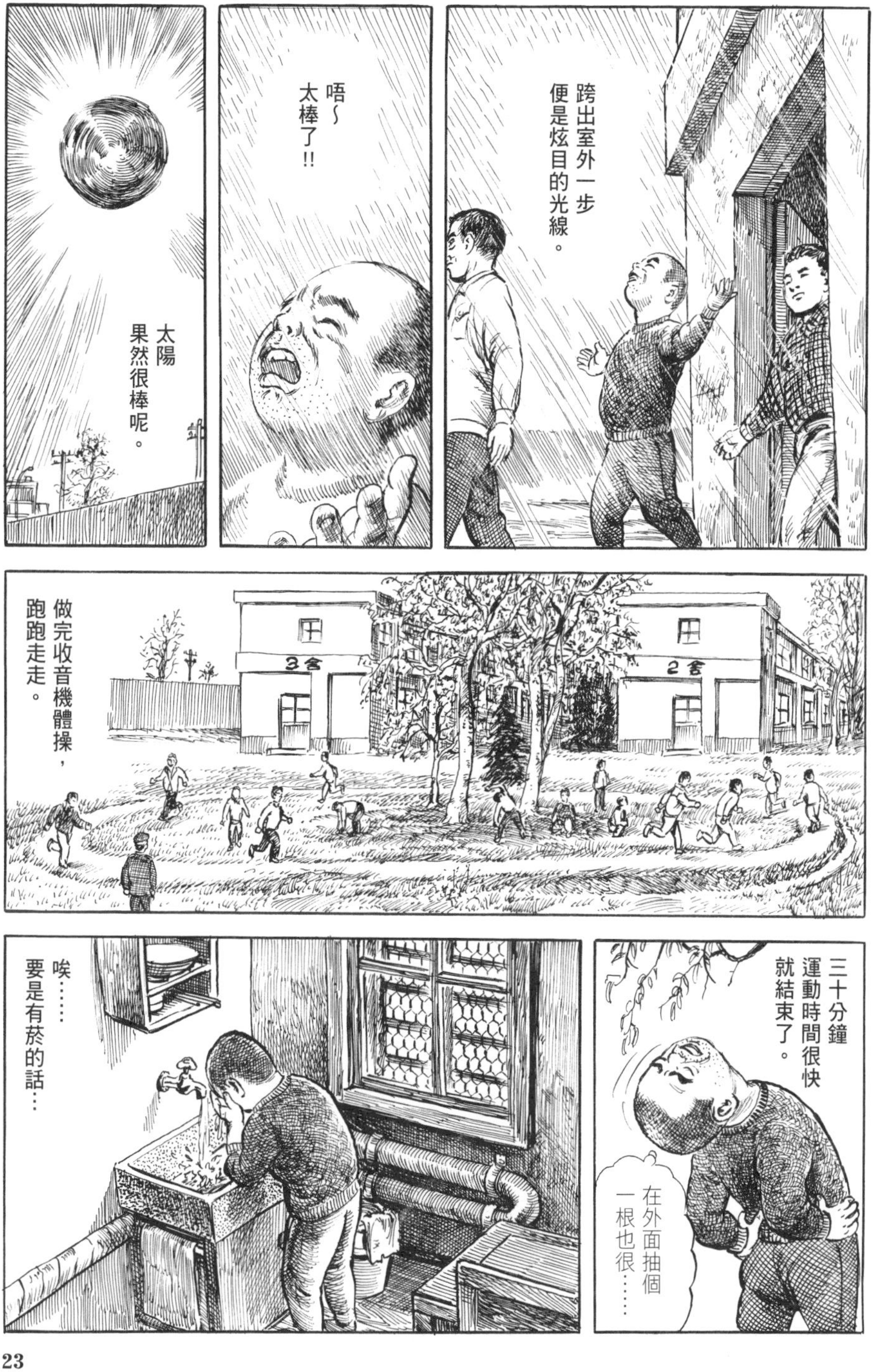
跨出室外一步
便是炫目的光線。
唔～
太棒了!!
太陽
果然很棒呢。
做完收音機體操，
跑跑走走。
3舍
2舍
三十分鐘
運動時間很快
就結束了。
在外面抽個
一根也很……
唉……
要是有菸的話…

話說回來，他們竟然做出這種充滿惡意的馬桶，設計師下地獄去吧！
為什麼不是長這樣？
呼～
話說回來，短Peace真是讚啊。
喀啦喀啦喀啦
來了，公家書。
公家書。
要借公家書嗎？
啊，麻煩了。
週二和週五可以借兩本公家書。
先歸還之前借的書。

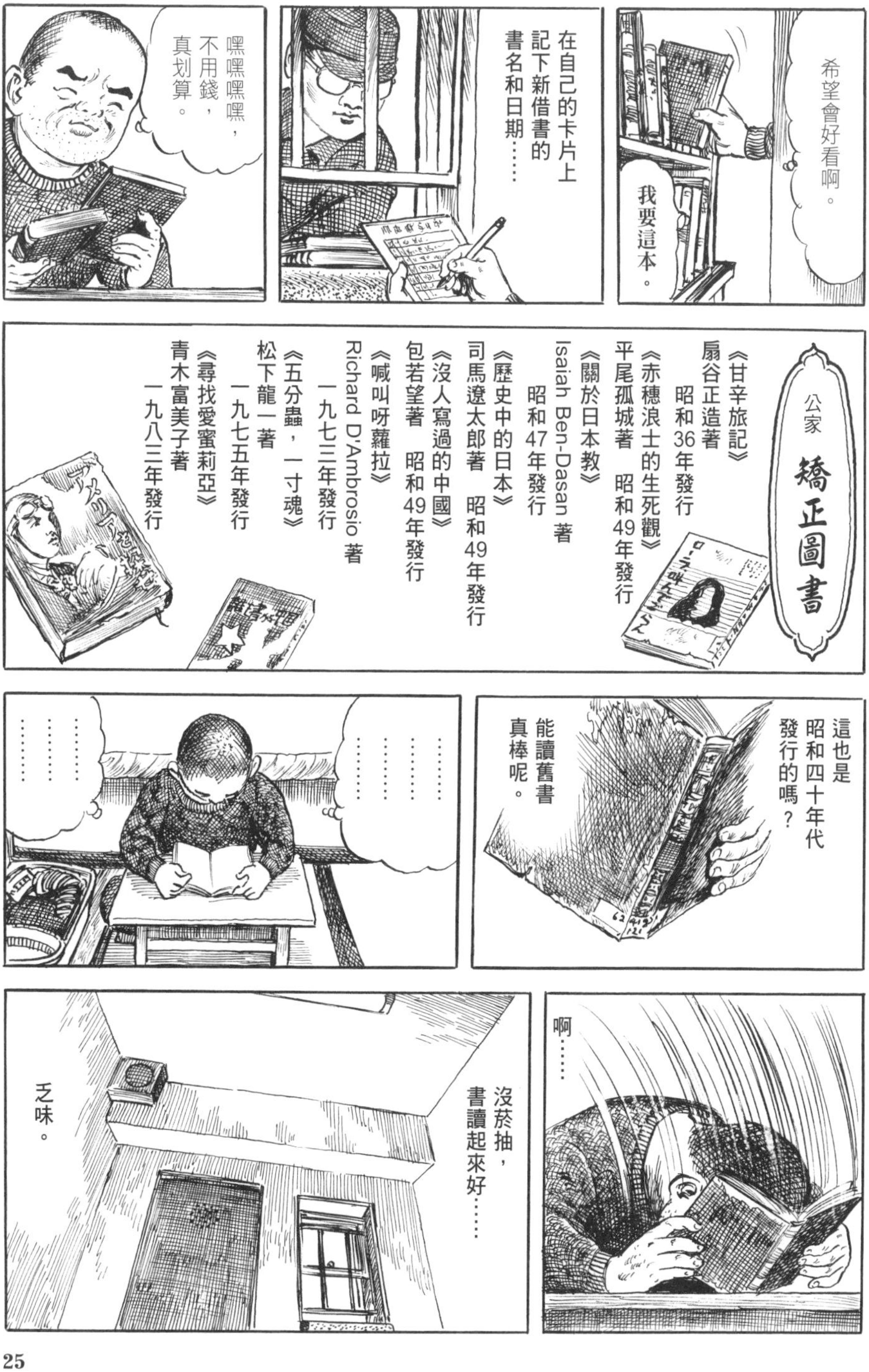
希望會好看啊。
我要這本。
在自己的卡片上記下新借書的書名和日期……
嘿嘿嘿嘿，不用錢，真划算。
公家 矯正圖書
《甘辛旅記》
扇谷正造著
昭和36年發行
《赤穗浪士的生死觀》
平尾孤城著 昭和49年發行
《關於日本教》
Isaiah Ben-Dasan 著
昭和47年發行
《歷史中的日本》
司馬遼太郎著 昭和49年發行
《沒人寫過的中國》
包若望著 昭和49年發行
《喊叫呀蘿拉》
Richard D'Ambrosio 著
一九七三年發行
《五分蟲，一寸魂》
松下龍一著
一九七五年發行
《尋找愛蜜莉亞》
青木富美子著
一九八三年發行
這也是昭和四十年代發行的嗎？
能讀舊書真棒呢。
………
………
………
………
啊……
沒菸抽，書讀起來好……
乏味。

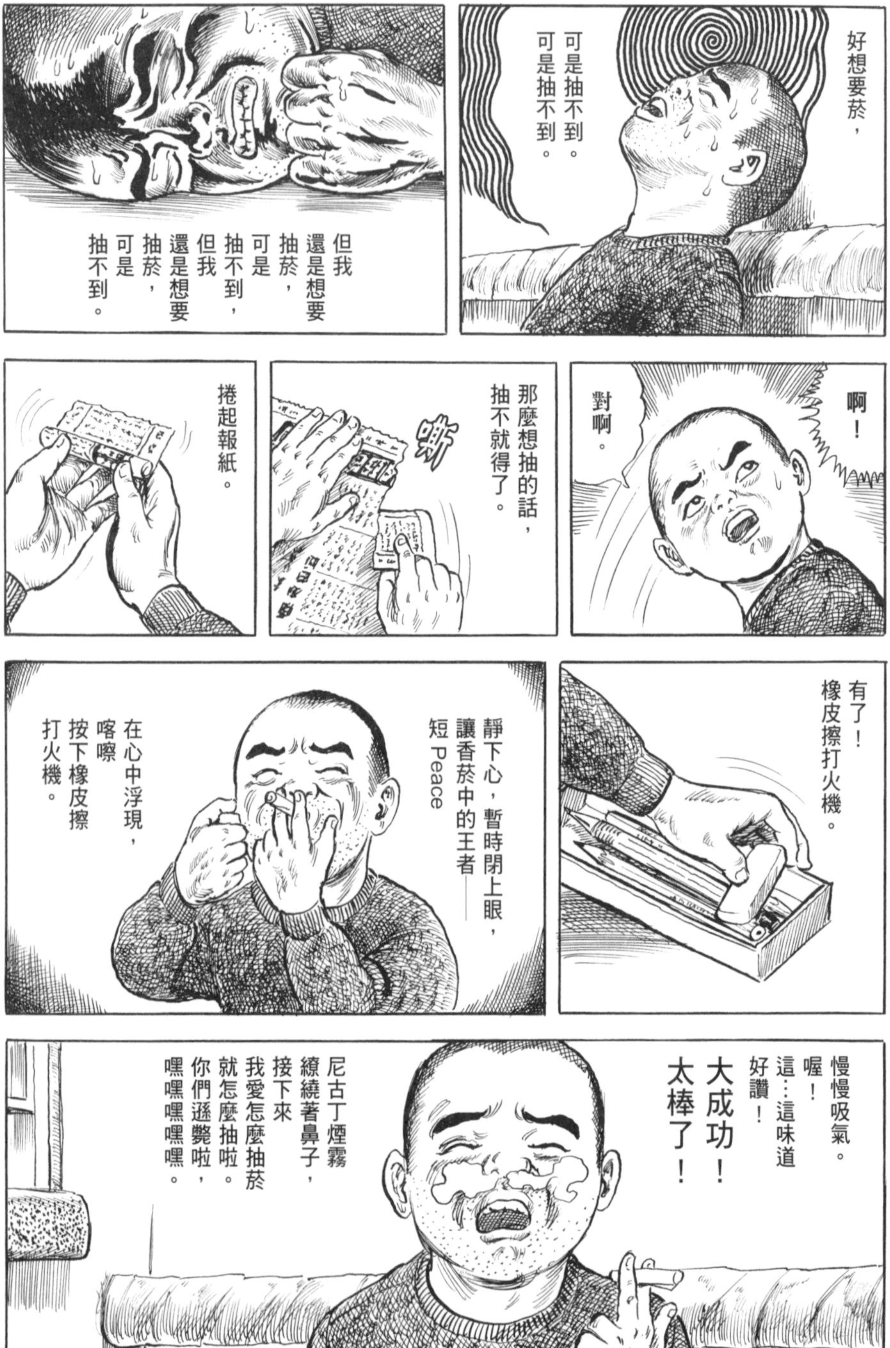
好想要菸，
可是抽不到。
可是抽不到。
但我還是想要抽菸，可是抽不到，但我還是想要抽菸，可是抽不到。
啊！
對啊。
那麼想抽的話，抽不就得了。
嘶
捲起報紙。
有了！橡皮擦打火機。
靜下心，暫時閉上眼，讓香菸中的王者——短Peace
在心中浮現，喀嚓按下橡皮擦打火機。
慢慢吸氣。
喔！
這…這味道好讚！
大成功！太棒了！
尼古丁煙霧繚繞著鼻子，接下來我愛怎麼抽菸就怎麼抽啦。你們遜斃啦，嘿嘿嘿嘿嘿。

完

# 肥嘟嘟看守所

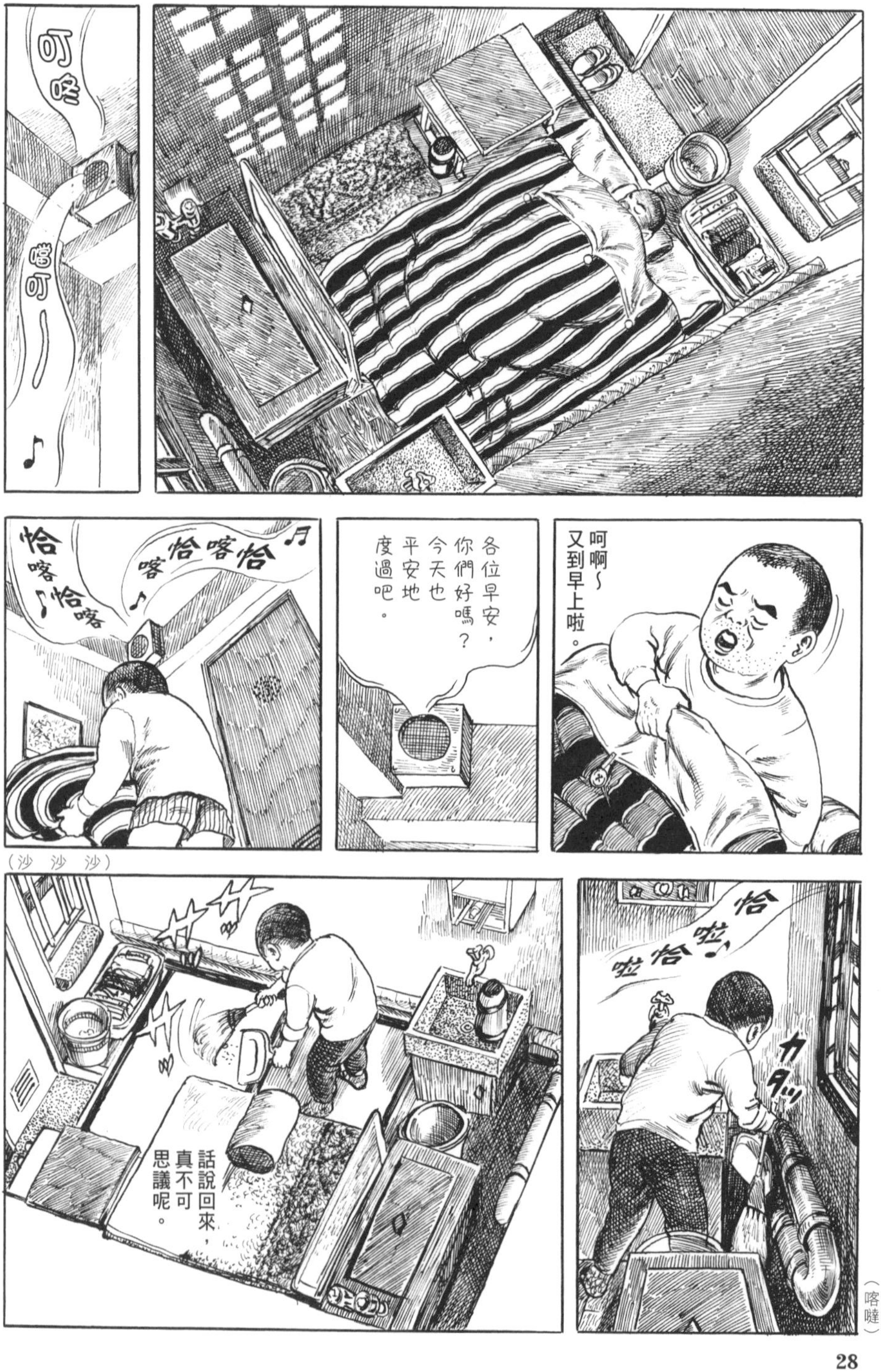

叮咚
噹叮——♪
呵啊～
又到早上啦。
各位早安，
你們好嗎？
今天也
平安地
度過吧。
恰喀♪恰喀
喀恰喀恰♪
（沙沙沙）
恰啦恰啦♪
カタッ
（喀噠）
話說回來，
真不可
思議呢。

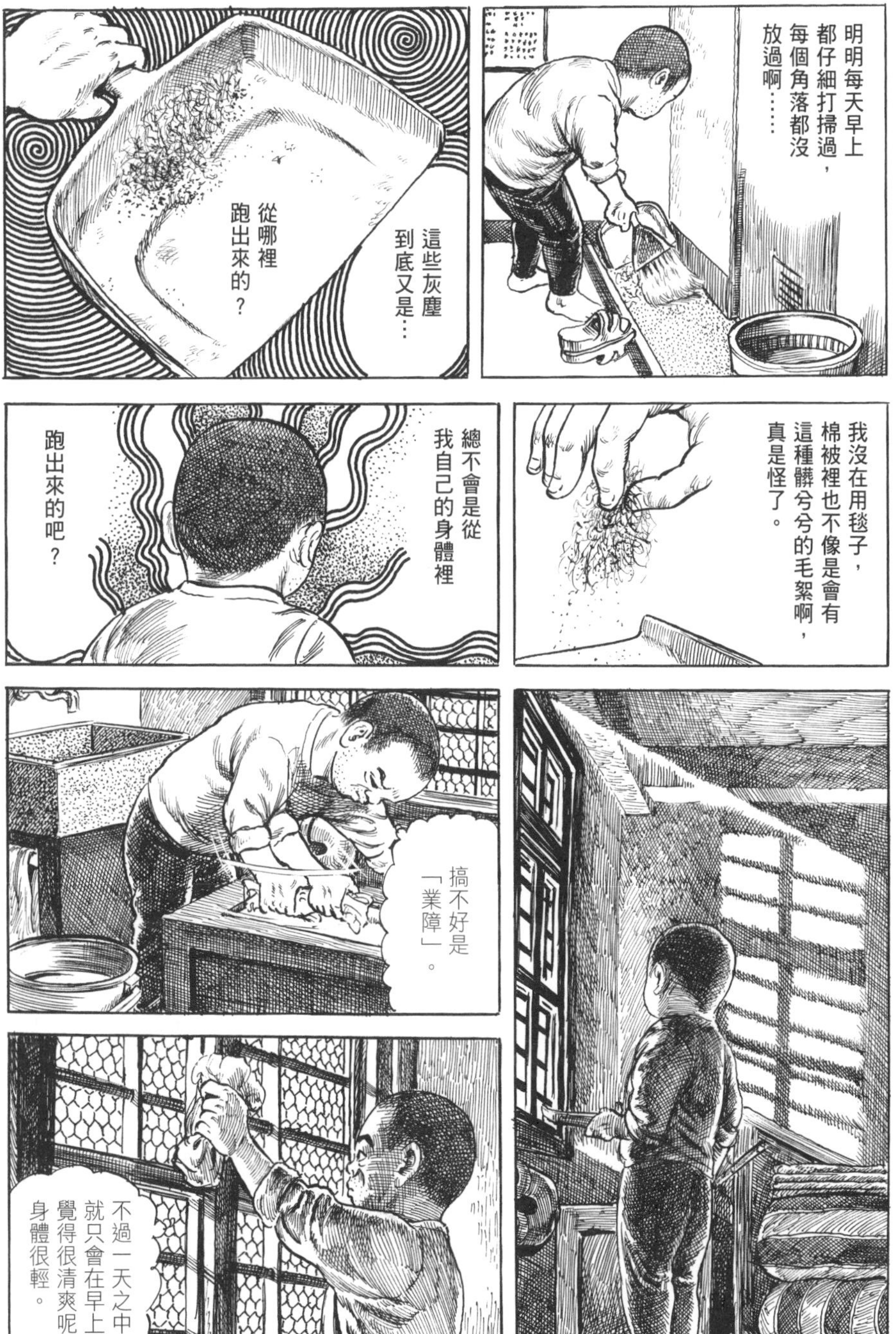
明明每天早上都仔細打掃過，每個角落都沒放過啊……
這些灰塵到底又是…
從哪裡跑出來的？
我沒在用毯子，棉被裡也不像是會有這種髒兮兮的毛絮啊，真是怪了。
總不會是從我自己的身體裡
跑出來的吧？
搞不好是「業障」。
不過一天之中就只會在早上覺得很清爽呢，身體很輕。

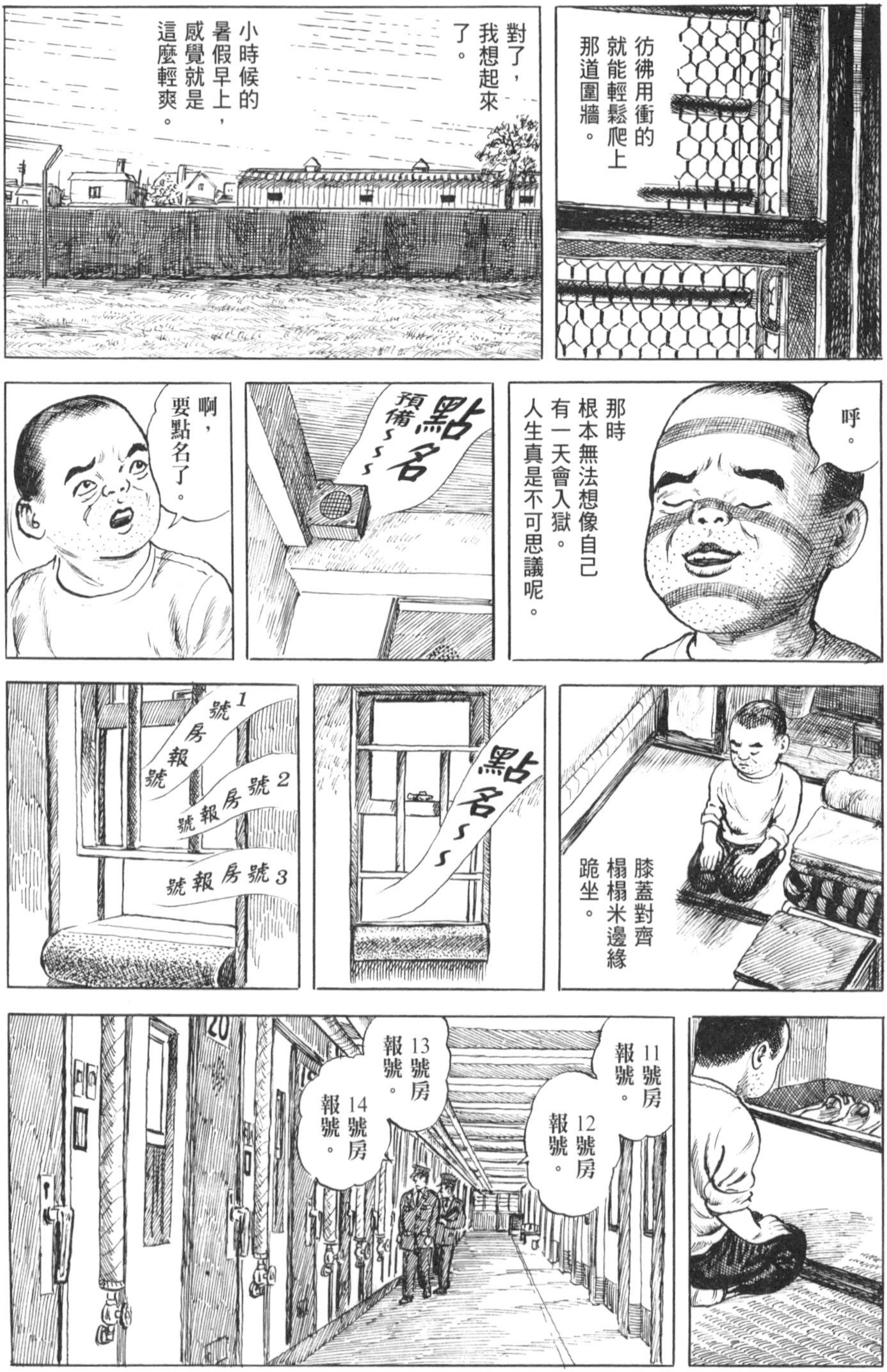
彷彿用衝的就能輕鬆爬上那道圍牆。
對了，我想起來了。
小時候的暑假早上，感覺就是這麼輕爽。
呼。
那時根本無法想像自己有一天會入獄。人生真是不可思議呢。
預備點名~~~
啊，要點名了。
膝蓋對齊榻榻米邊緣跪坐。
點名~~
1號房報號
2號房報號
3號房報號
11號房報號。
12號房報號。
13號房報號。
14號房報號。

22號房報號。
23號房報號。
(喀喀喀)
カッ
カッ
カッ
24號房報號。
報號。
二十八號。
不要捲袖子！
什麼啊，點名的時候不能捲袖子啊。
點名完畢～！
結束了，結束了。好啦，早餐要來了。
一二
一二

（鏗 鏗）
ガガン
咦，這也不行？
不愧是「當官的」，完全不會鬆懈呢。
（喀啦喀啦喀啦）
ガラガラガラ
送餐～～！
（喀恰）
カチャ
（沙 沙 沙）
シャカシャカ
今早的配菜是什麼咧。
（嘩）
ジャ～
喔，醬燒昆布啊。真棒啊～還有醃漬蕪菁啊。

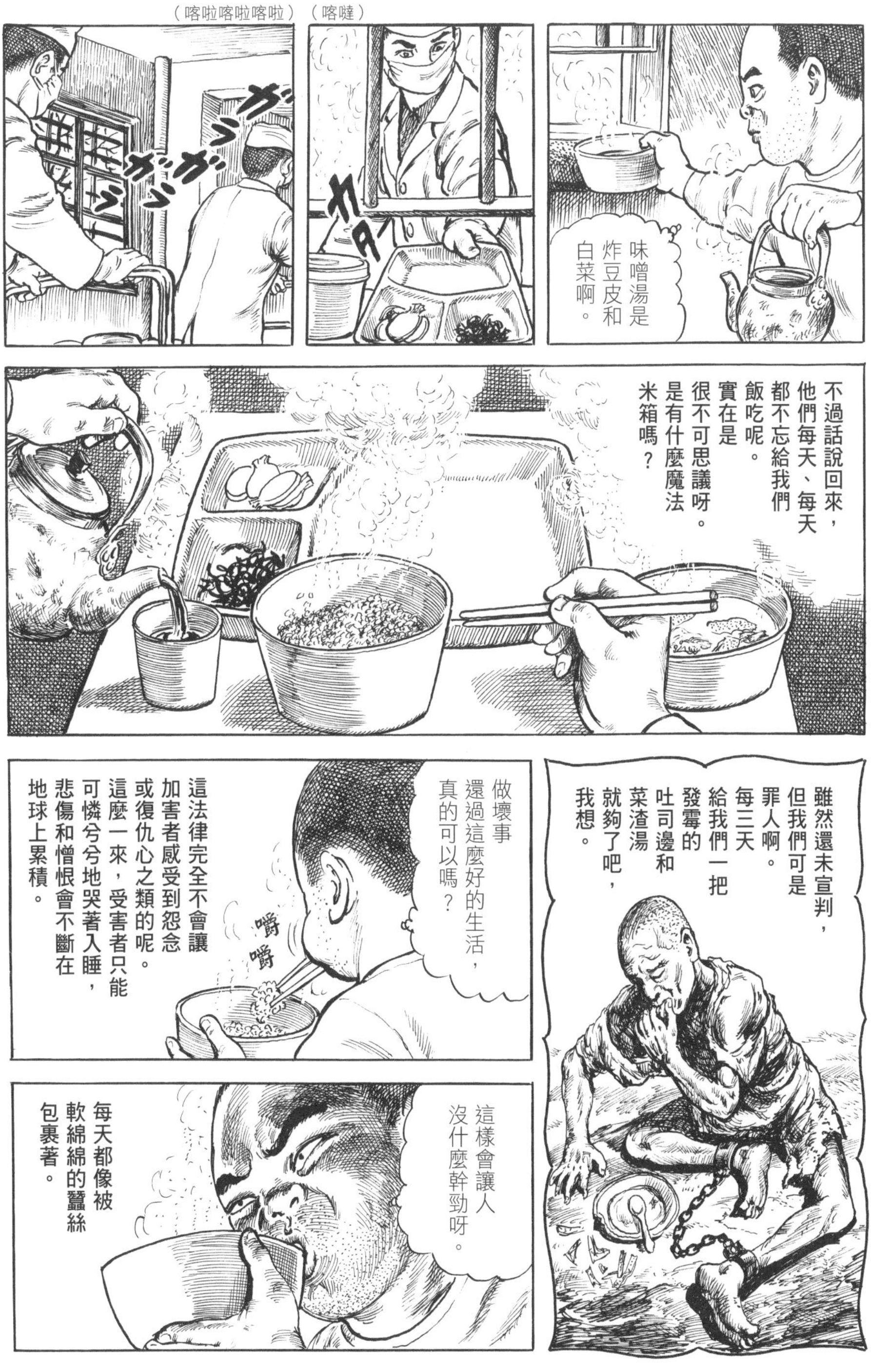
味噌湯是炸豆皮和白菜啊。
（喀噠）
（喀啦喀啦喀啦）
不過話說回來，他們每天、每天都不忘給我們飯吃呢。實在是很不可思議呀。是有什麼魔法米箱嗎？
雖然還未宣判，但我們可是罪人啊。每三天給我們一把發霉的吐司邊和菜渣湯就夠了吧，我想。
做壞事還過這麼好的生活，真的可以嗎？
嚼嚼
這法律完全不會讓加害者感受到怨念或復仇心之類的呢。這麼一來，受害者只能可憐兮兮地哭著入睡，悲傷和憎恨會不斷在地球上累積。
這樣會讓人沒什麼幹勁呀。
每天都像被軟綿綿的蠶絲包裹著。

不過
昨天作的夢
真討厭。
夢中我拿著
被沒收的
真槍……
四處探訪
香菸的自動
販賣機。
為什麼會是
那種夢……
（喀噠）
カタ
（喀啦喀啦喀啦）
（隆嘎嘎嘎嘎）
十五分鐘後
泡澡做好準備。
啊，好～
（嘰）
今天是泡澡日。
（嘩啦～～）
ジャー

毛巾。
（窣～～）
肥皂盒。
（喀）
只有入浴時可以脱褲子。
（叩唰）
ズー
（咚嘎嘎嘎嘎）
水壺也先擺出去吧。
コト
（喀恰　喀恰　喀啦喀啦）
入浴！
是。

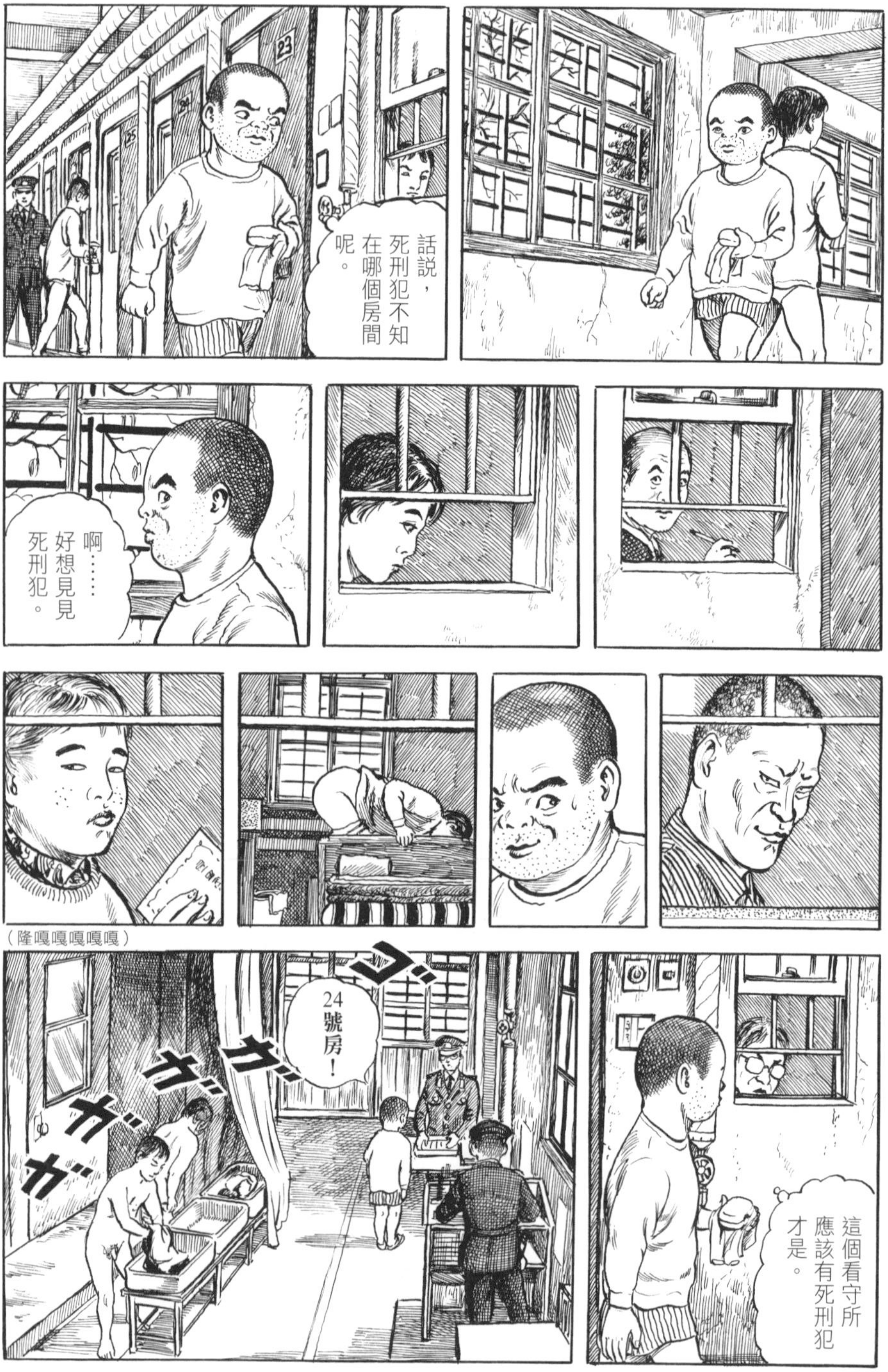
話說，死刑犯不知在哪個房間呢。
啊……好想見見死刑犯。
（隆嘎嘎嘎嘎嘎）
這個看守所應該有死刑犯才是。
ゴ
24號房！
ガ
ガ
ガ
ガ

好。
去中間那間。
是。
（嘰）
中午前泡澡，感覺簡直是在溫泉鄉啊。
入浴時間只有十五分鐘，要快一點才行。
（隆嘎嘎嘎）
ゴガガガ
泡浴缸三分鐘，刮鬍子二分鐘，洗身體五分鐘，再泡浴缸五分鐘。
浮著一大堆體垢呢。
（嗡嗡嗡嗡嗡）
ババババ
啊～～～熱水真舒服。
不過這聲音真驚人呢，感覺好像跟機車引擎一起泡澡。

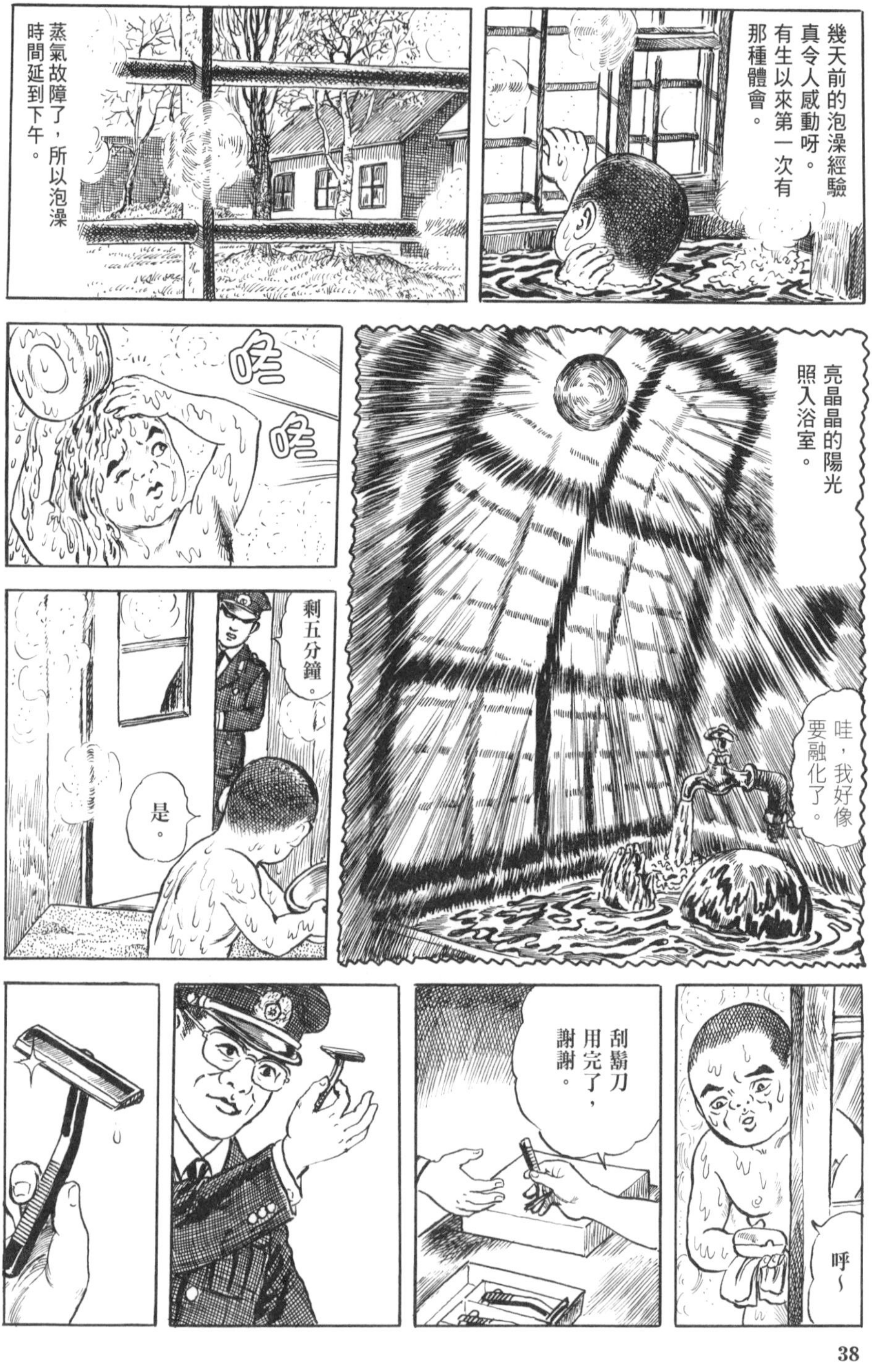
幾天前的泡澡經驗真令人感動呀。有生以來第一次有那種體會。
蒸氣故障了，所以泡澡時間延到下午。
亮晶晶的陽光照入浴室。
哇，我好像要融化了。
咚
咚
剩五分鐘。
是。
呼～
刮鬍刀用完了，謝謝。

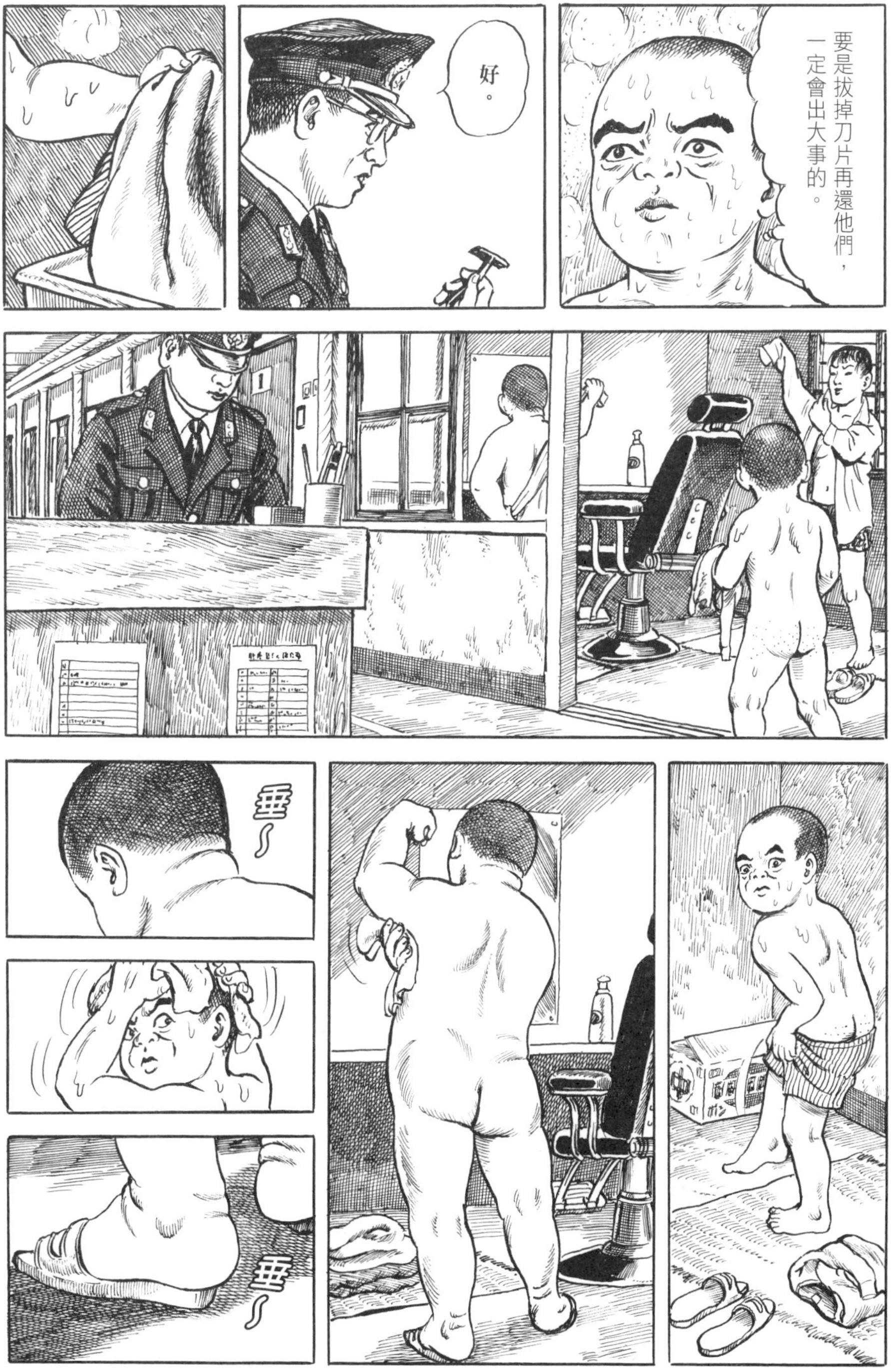
要是拔掉刀片再還他們，一定會出大事的。
好。
垂～
垂～

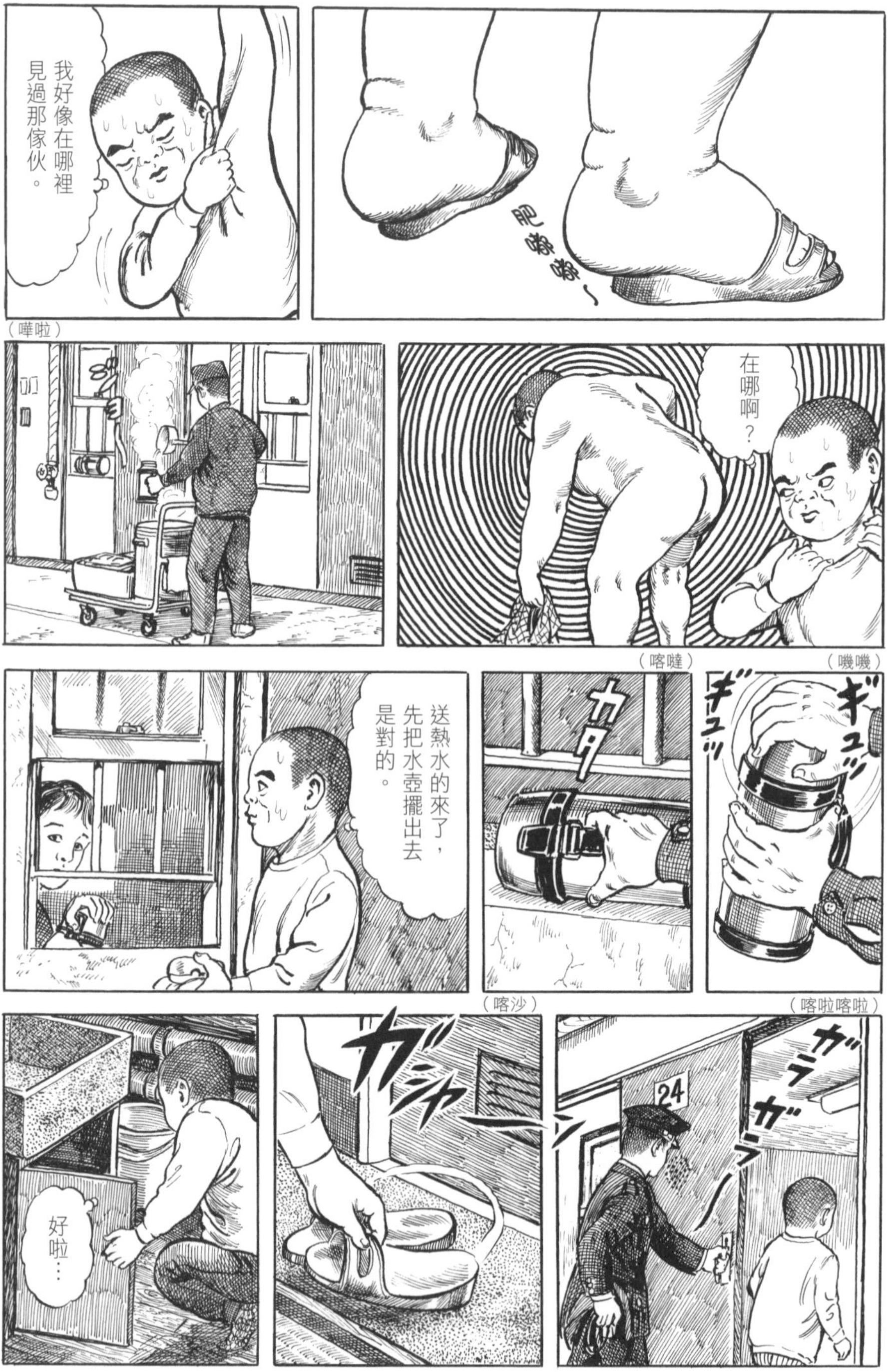
肥嗒嗒~
我好像在哪裡見過那傢伙。
在哪啊？
（嘩啦）
（嘰嘰）
ギュッギュッ
（喀噠）
カタ
送熱水的來了，先把水壺擺出去是對的。
（喀啦喀啦）
ガラガラ
（喀沙）
ガシャーン
好啦…

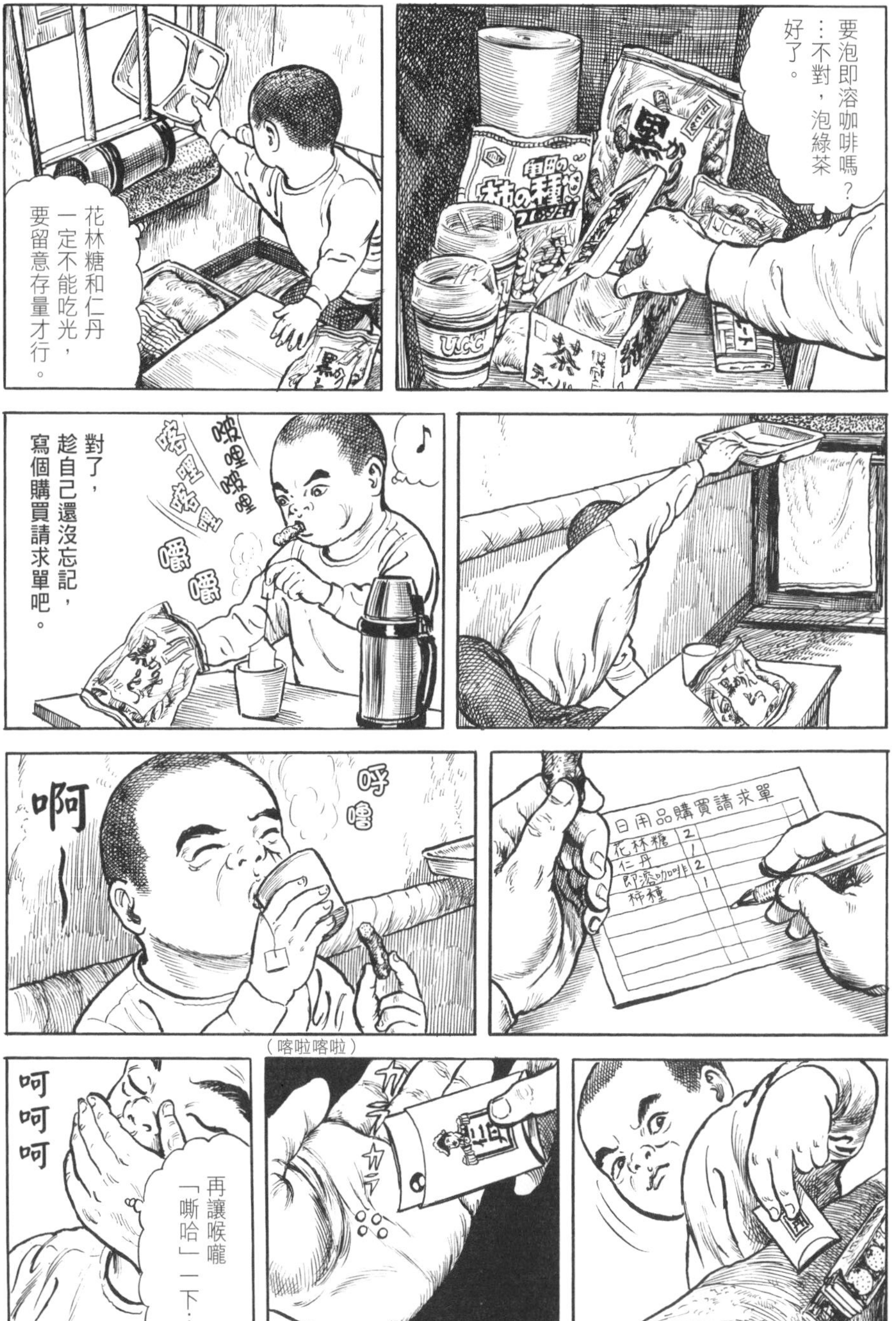

要泡即溶咖啡嗎？…不對，泡綠茶好了。
花林糖和仁丹一定不能吃光，要留意存量才行。
♪
喀哩喀哩
喀哩喀哩
嚼嚼
對了，趁自己還沒忘記，寫個購買請求單吧。
日用品購買請求單
花林糖 2
仁丹 1
即溶咖啡 2
柿種 1
呼嚕
啊～
（喀啦喀啦）
カラ
カラ
呵呵呵
再讓喉嚨「嘶哈」一下…

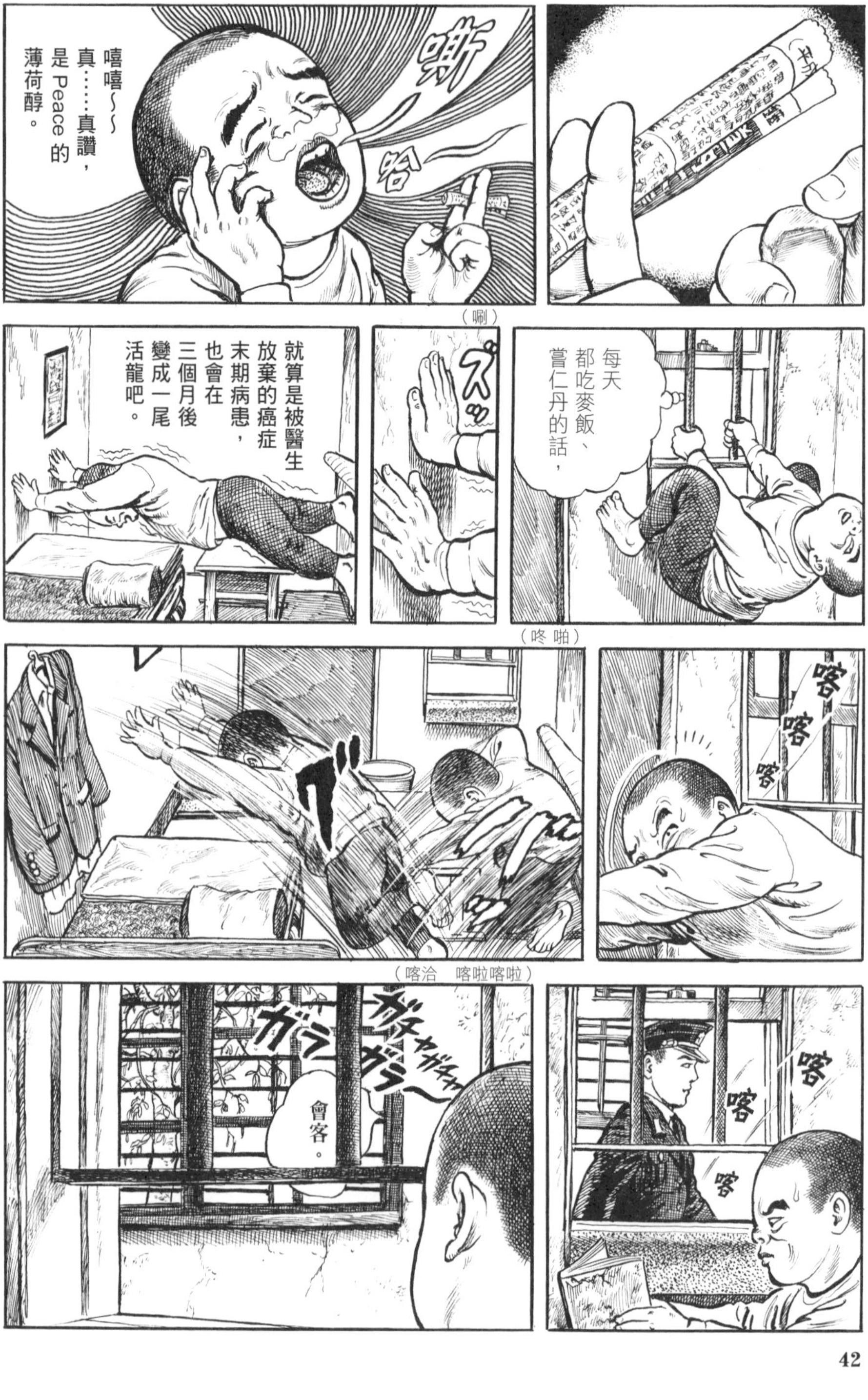
嘶~
咯
嘻嘻~~
真……真讚，
是Peace的
薄荷醇。
（唰）
每天
都吃麥飯、
嘗仁丹的話，
ズッ
就算是被醫生
放棄的癌症
末期病患，
也會在
三個月後
變成一尾
活龍吧。
（咚啪）
喀
喀
喀
（喀洽　喀啦喀啦）
ガラガラ~
會客。
喀
喀
喀

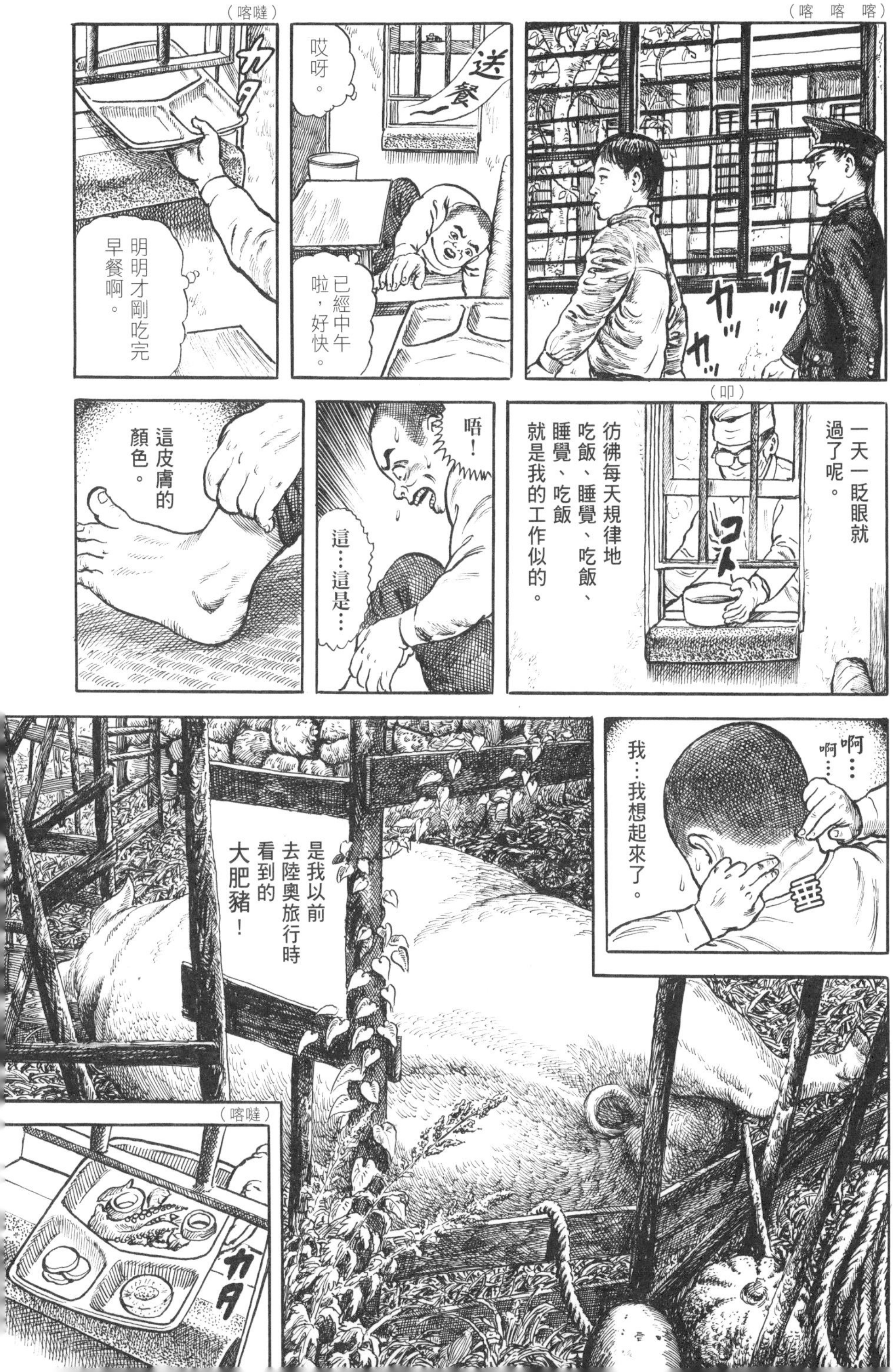
（喀　喀　喀）
カッ
カッ
カッ
送餐
哎呀。
已經中午啦，好快。
（喀嗟）
カタ
明明才剛吃完早餐啊。
（叩）
一天一眨眼就過了呢。
彷彿每天規律地吃飯、睡覺、吃飯、睡覺、吃飯就是我的工作似的。
コト
唔！
這…這是…。
這皮膚的顏色。
啊…啊…
我…我想起來了。
垂
是我以前去陸奧旅行時看到的大肥豬！
（喀嗟）
カタ

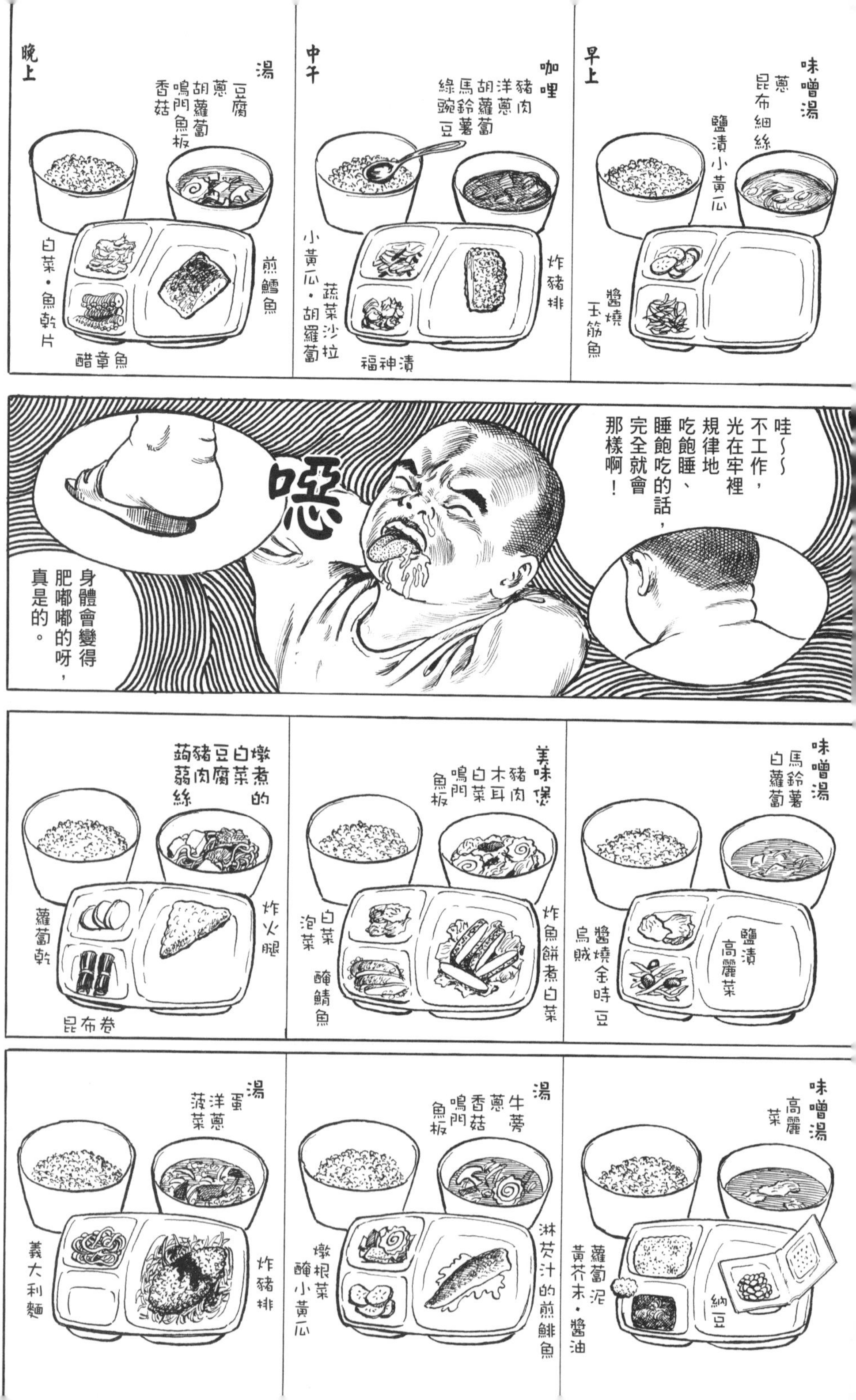
早上
味噌湯
蔥
昆布細絲
鹽漬小黃瓜
醬燒玉筋魚
中午
咖哩
豬肉
洋蔥
胡蘿蔔
馬鈴薯
綠豌豆
炸豬排
小黃瓜・蔬菜沙拉
胡羅蔔
福神漬
晚上
湯
豆腐
蔥
胡蘿蔔
鳴門魚板
香菇
煎鱈魚
白菜・魚乾片
醋章魚
哇~~不工作，光在牢裡規律地吃飽睡、睡飽吃的話，完全就會那樣啊！
噁
身體會變得肥嘟嘟的呀，真是的。
味噌湯
馬鈴薯
白蘿蔔
鹽漬高麗菜
醬燒金時豆
烏賊
美味煲
豬肉
木耳
白菜
鳴門魚板
炸魚餅煮白菜
白菜泡菜
醃鯖魚
燉煮的
白菜
豆腐
豬肉
蒟蒻絲
炸火腿
蘿蔔乾
昆布卷
味噌湯
高麗菜
納豆
蘿蔔泥
黃芥末・醬油
湯
牛蒡
蔥
香菇
鳴門魚板
淋芡汁的煎鯡魚
燉根菜
醃小黃瓜
湯
蛋
洋蔥
菠菜
炸豬排
義大利麵

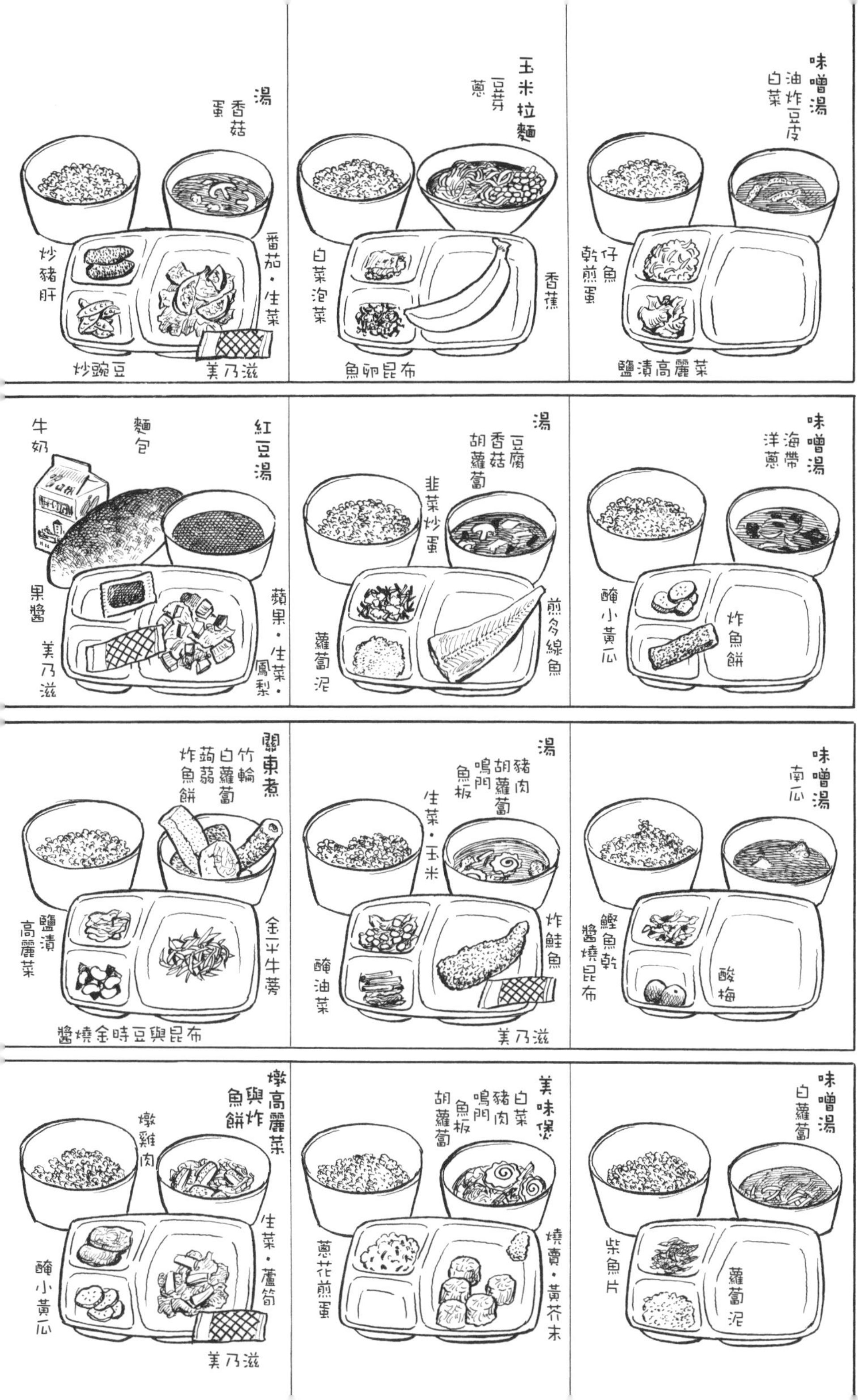
味噌湯
油炸豆皮
白菜
仔魚乾煎蛋
鹽漬高麗菜
玉米拉麵
豆芽
蔥
白菜泡菜
香蕉
魚卵昆布
湯
香菇
蛋
炒豬肝
番茄・生菜
炒豌豆
美乃滋
味噌湯
海帶
洋蔥
醃小黃瓜
炸魚餅
湯
豆腐
香菇
胡蘿蔔
韭菜炒蛋
煎多線魚
蘿蔔泥
紅豆湯
麵包
牛奶
果醬
美乃滋
蘋果・生菜・鳳梨
味噌湯
南瓜
鰹魚乾醬燒昆布
酸梅
湯
豬肉
胡蘿蔔
鳴門魚板
生菜・玉米
炸鮭魚
醃油菜
美乃滋
關東煮
竹輪
白蘿蔔
蒟蒻
炸魚餅
鹽漬高麗菜
金平牛蒡
醬燒金時豆與昆布
味噌湯
白蘿蔔
柴魚片
蘿蔔泥
美味煲
白菜
豬肉
鳴門魚板
胡蘿蔔
燒賣・黃芥末
蔥花煎蛋
燉高麗菜與炸魚餅
燉雞肉
生菜・蘆筍
醃小黃瓜
美乃滋

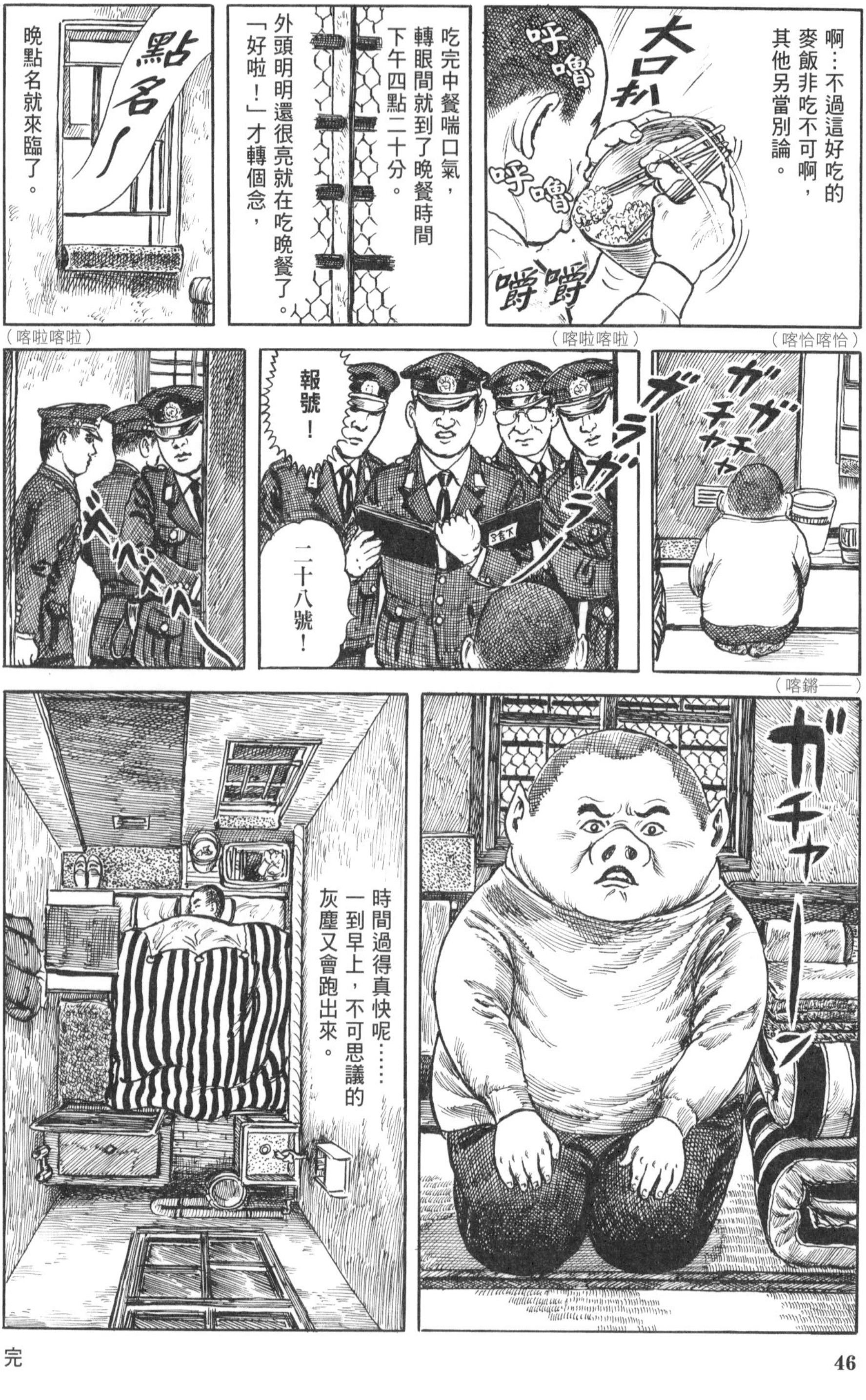

啊…不過這好吃的麥飯非吃不可啊，其他另當別論。
大口扒
呼嚕
呼嚕
嚼嚼
吃完中餐喘口氣，轉眼間就到了晚餐時間下午四點二十分。
外頭明明還很亮就在吃晚餐了。「好啦！」才轉個念，
點名～
晚點名就來臨了。
（喀恰喀恰）
ガチャガチャ
（喀啦喀啦）
ガラガラ
報號！
二十八號！
（喀啦喀啦）
（喀鏘——）
ガチャーン
時間過得真快呢……一到早上，不可思議的灰塵又會跑出來。


完

那麼大人懲戒室

在鐵窗外做壞事
遭到判刑後……
就會進監獄。

札幌監獄　2舍下19房（多人房）
拖鞋櫃
整理櫃
洗手台
廁所
細長榻榻米
榻榻米
電視
門
在監獄內違反規定，就會被關進懲戒室。
一、二
一、二
一、二

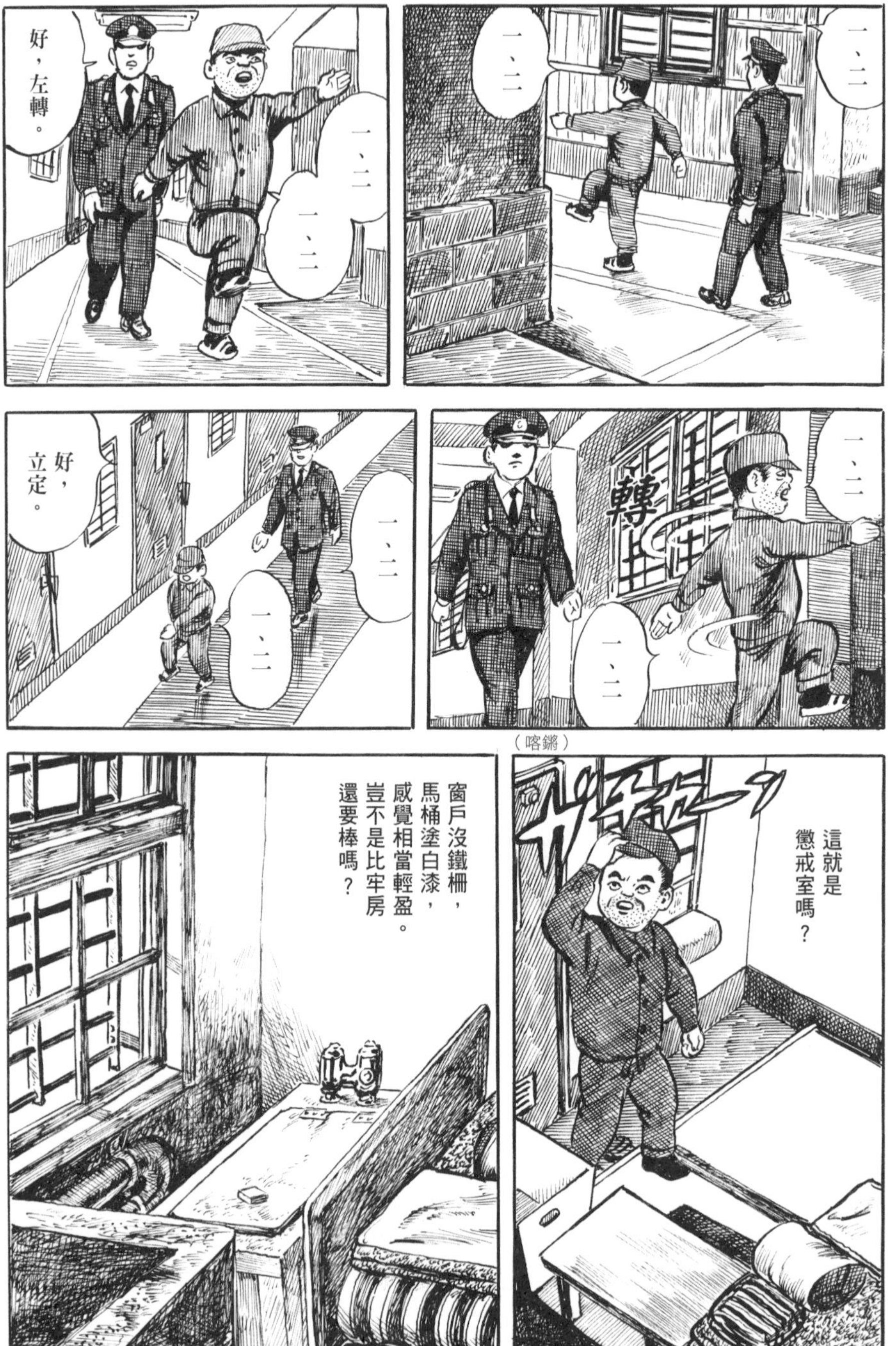
一、二
一、二
好，左轉。
一、二
一、二
一、二
轉
一、二
好，立定。
一、二
一、二
（喀鏘）
這就是懲戒室嗎？
窗戶沒鐵柵，馬桶塗白漆，感覺相當輕盈。豈不是比牢房還要棒嗎？

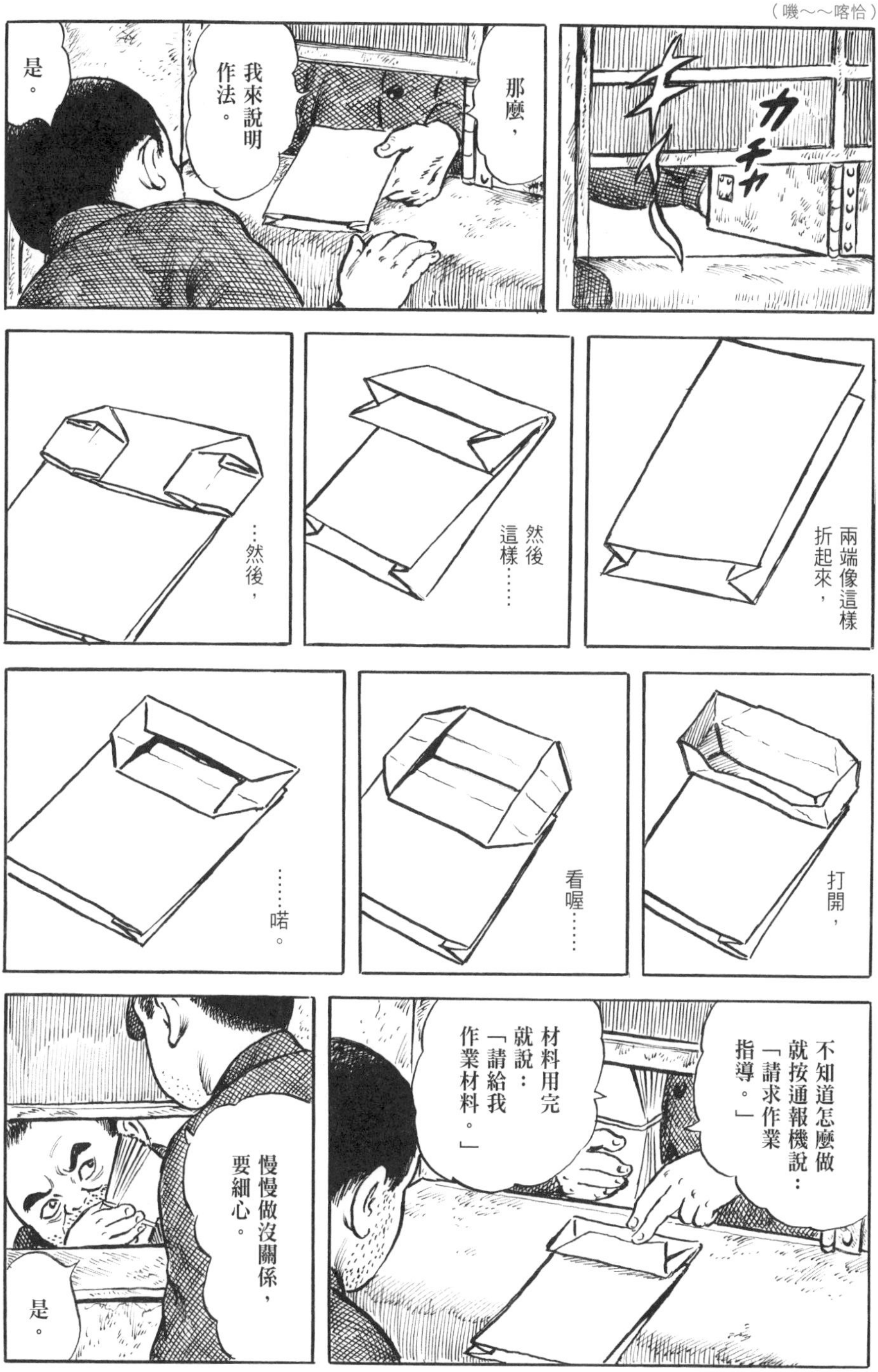
(嘰～～喀恰)
那麼，
我來說明作法。
是。
兩端像這樣折起來，
然後這樣……
…然後，
打開，
看喔……
……喏。
不知道怎麼做就按通報機說：「請求作業指導。」
材料用完就說：「請給我作業材料。」
慢慢做沒關係，要細心。
是。

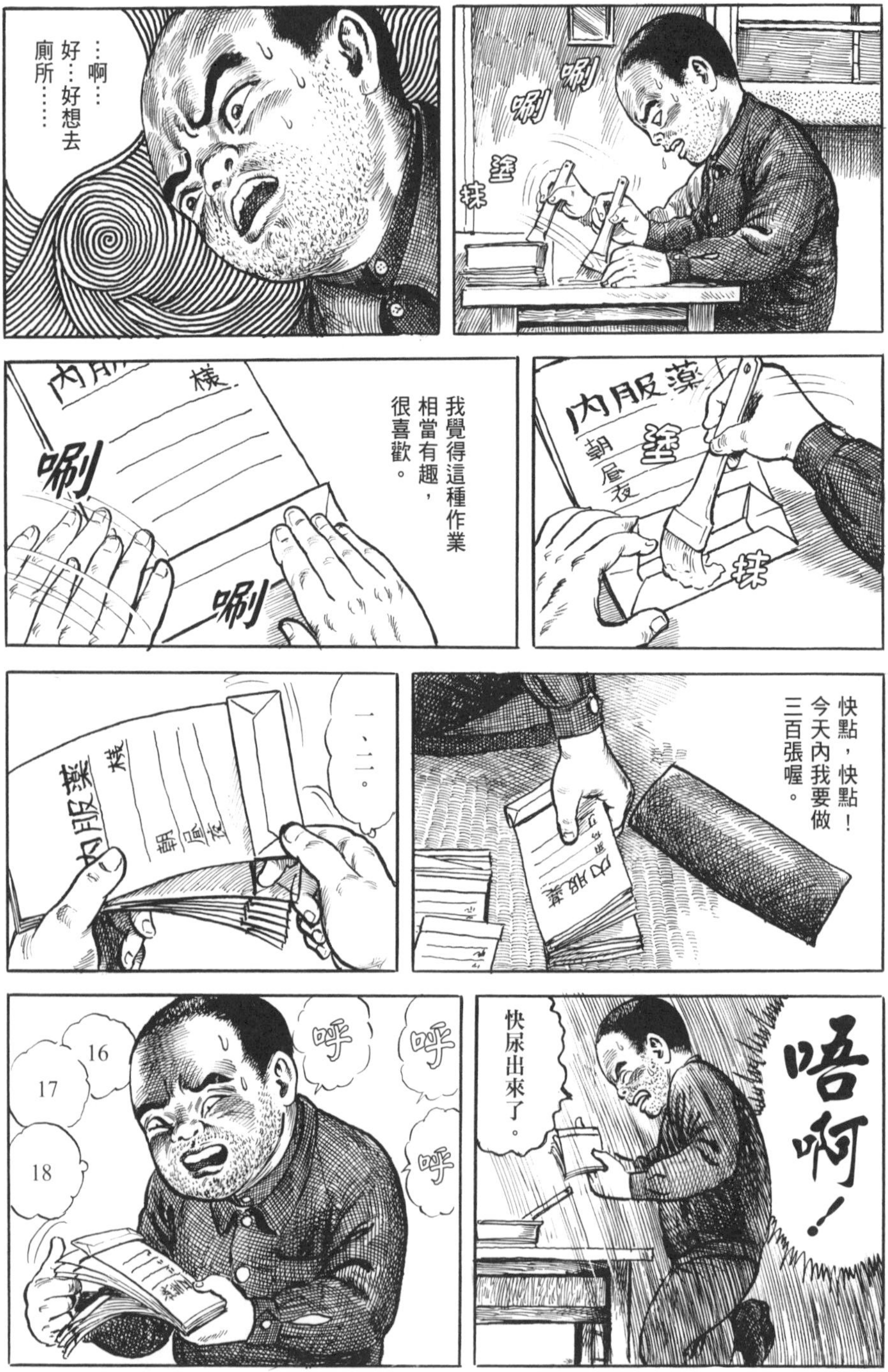
唰
唰
塗
抹
…啊…
好…好想去
廁所……
内服薬
塗
朝
昼
夜
抹
我覺得這種作業
相當有趣，
很喜歡。
唰
唰
快點，快點！
今天內我要做
三百張喔。
一、二。
唔啊！
快尿出來了。
呼
呼
呼
16
17
18

咿~~~不行了！
唔唔……
（啪噠）
怎麼了？
請讓我上廁所。
好。
パタン
啊~~~
好充實啊。
不用見任何人，工作不用動腦，這地方真適合我。
要是有人說：你一輩子待在這吧。我會怎樣？
嗯~~~
哎，大哭個三天後就會死心了吧……

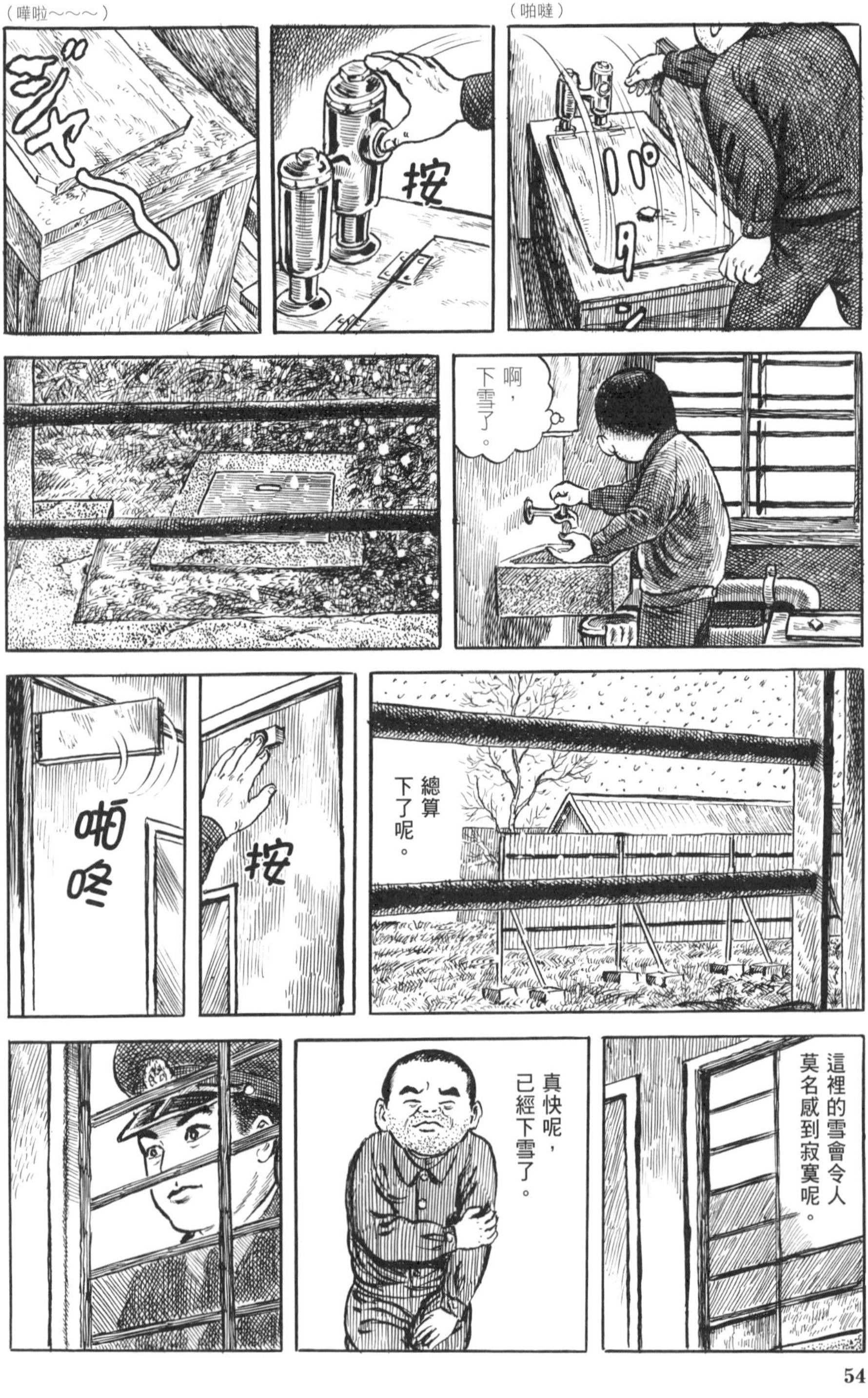
（啪噠）
按
（嘩啦～～～）
啊，下雪了。
總算下了呢。
按
啪咚
這裡的雪會令人莫名感到寂寞呢。
真快呢，已經下雪了。

我上完廁所了。
好。
好，加油囉。
做袋子這種事
（咚）
比我想的還要
（喀唧——）
耗時呢。
（喀唧——喀唧——）
隔壁房也有聲音傳來。
要指甲剪的人，按通報機。
要指甲剪的人，按通報機。
折袋子作業指甲會長得特別快呢。
借一下吧。

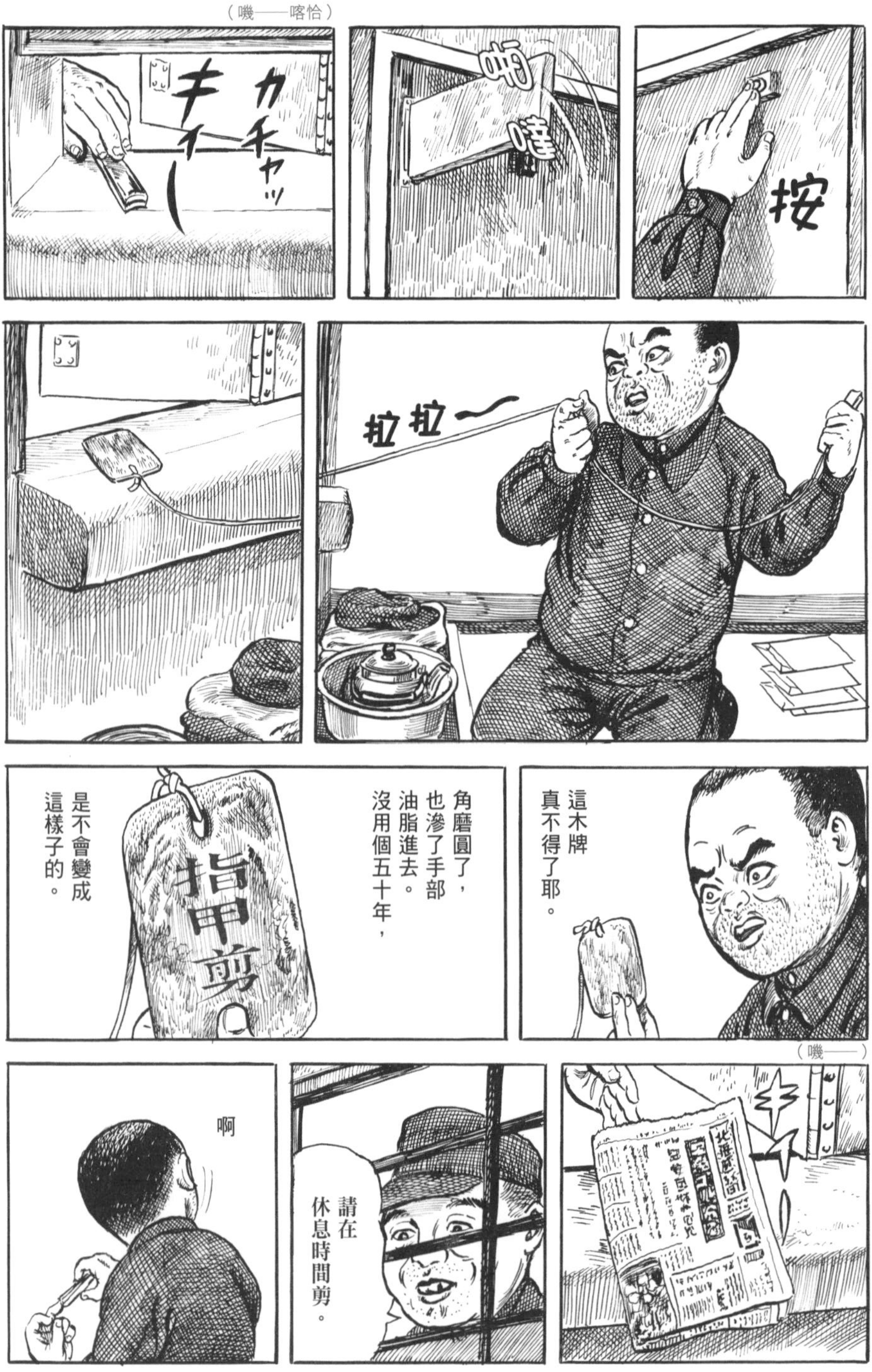
（嘰——喀恰）
カチャッ
キイー
啪
噠
按
拉拉～
這木牌
真不得了耶。
角磨圓了，
也滲了手部
油脂進去。
沒用個五十年，
是不會變成
這樣子的。
指甲剪
（嘰——）
キイー
請在
休息時間剪。
啊

做好之後要按通報機喔。
啊…休息時間是吧。好。
不出去運動的人按通報機。
不出去運動的人按通報機。
啊！通報機，通報機！
在那種地方運動討厭死了。
嘿咻嘿咻。
請做向上伸展操。
為什麼要跟著收音機做啊。

嘿咻嘿咻。
這安排多爛啊。
留邋遢的鬍子，穿上綁帶式的褲子，
嘿咻！
做起向上伸展體操的那天起，
嘿咻
花輪
你就徹底是個囚犯了！
那樣子太糗了，根本沒臉見人。
在起居室內做收音機體操還比較像話。
啊，這時候不該看什麼報紙了！
那麼大人給的期限快到了。

想一天做個三百張給他，但實在辦不到。
將來出獄後也可以靠這吃飯呢。
唰
唰
唰
做這樣一個袋子能賺多少啊？
總之先磨練技術，
工作速度就會變快。
喀啷—
キー
カチャ
（嘰——喀恰）
要洗的衣服請給我。
啊。
內褲麻煩了。
好。

甩甩甩
（喀啦喀啦）
ガラガラ
喀啷ー
大和號戰艦上，生活全靠公物，是個男人國。這裡也全是男人。
大和號上的生活就像這樣嗎？剛剛那清潔工也散發出戰死南方的海軍下士的氣質呢。

在懲戒室的生活比多人牢房好受，每天都充實又開心，這到底是怎麼一回事啊……連報紙都能看呢。
總覺得這裡的生活會成為我刑期中最難忘的回憶呢。
能來這一趟真是太好了。話說回來，那傢伙真的是個大麻專家耶。
北海道有自然生長的大麻咧。
還是red top最棒了。
紅頂？
那啥？

到了秋天會漸漸枯萎的叫「紅」呀，「頂」指的是枝幹前端。
那個成分很強，最棒了。
大麻似乎是…
相當棒的東西呢。
有…夠棒！
出去後拜託你帶我去採。
啊，好耶。
大家一起去吧。
去吧，帶便當去。
嗯，嘿嘿嘿。

當初要是學老鳥囚犯，在筆記本上寫暗號就好了……
我們卻特地把信紙割小，寫上電話號碼，藏到原子筆蓋裡。
罪名是不當聯絡。
檢查持有物時被抓包了，
所有人都被關到懲戒室。
（喀啦喀啦）
熱茶～！
ガラガラー
已經是喝茶時間啦。
（喀恰）
カチャ
雪停了。

茶每次都能討很多呢，多到喝不完得倒掉的程度。
叮咚
噹咚
休息時間。
兩手從前方往上伸，開始用緩慢的步調做拉背運動。一～二三四。
唔～
五～六七八。二二——
對面那個看起來很兇的不知在做什麼咧。
喔，在做體操。

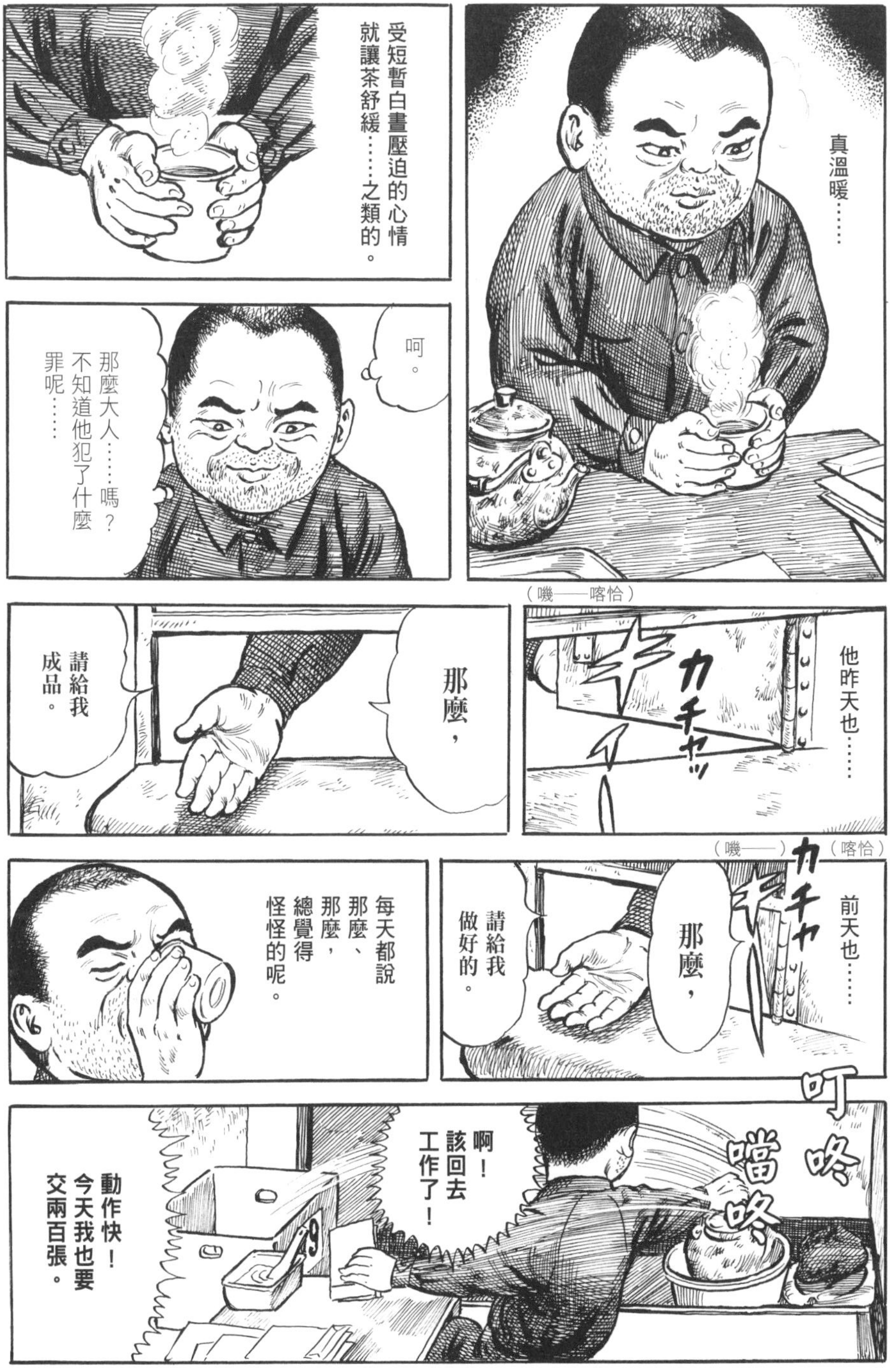
真溫暖……
受短暫白晝壓迫的心情
就讓茶舒緩……之類的。
呵。
那麼大人……嗎？
不知道他犯了什麼罪呢……
（嘰——喀恰）
カチャッ
他昨天也……
那麼，
請給我成品。
（嘰——）
（喀恰）
カチャ
前天也……
那麼，
請給我做好的。
每天都說那麼、那麼，總覺得怪怪的呢。
叮咚
噹咚
啊！該回去工作了！
動作快！今天我也要交兩百張。

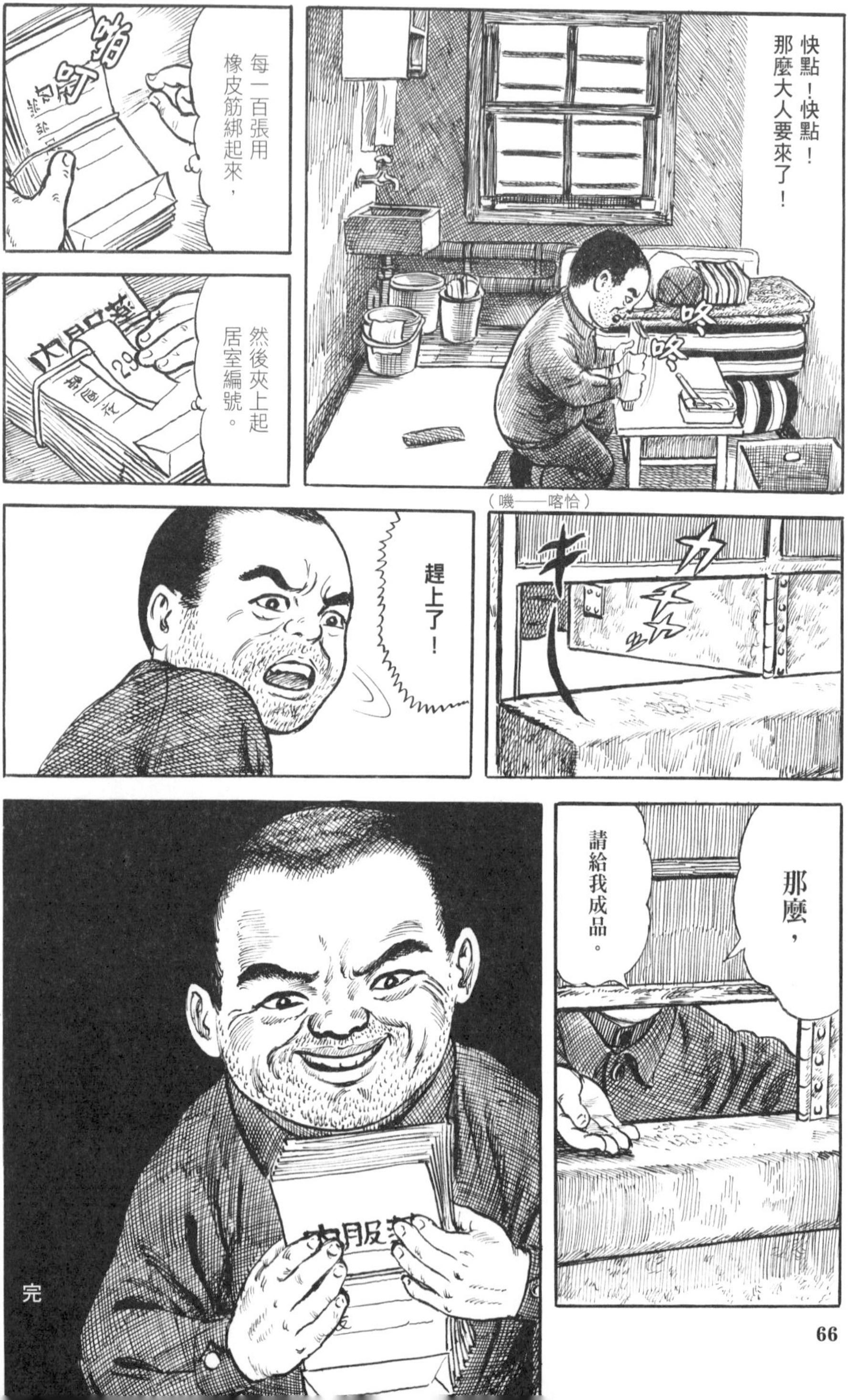
快點！快點！
那麼大人要來了！
咚
咚
每一百張用
橡皮筋綁起來，
然後夾上起
居室編號。
（嘰——喀恰）
趕上了！
那麼，
請給我成品。
完

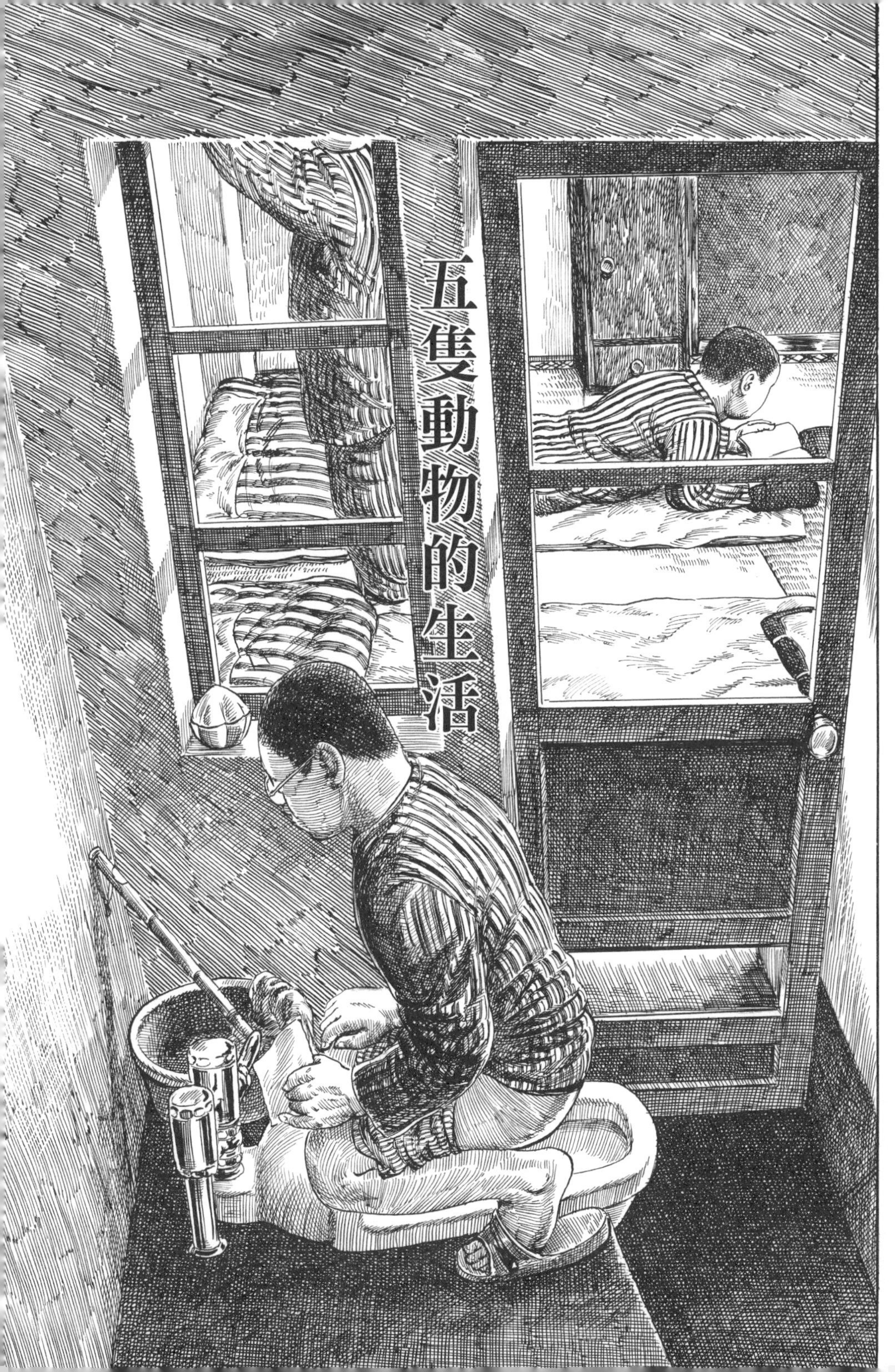
五隻動物的生活

函館監獄某多人房，214號室
榻榻米
榻榻米
門
洗手台
廁所
天花板
日光燈

今晚的冬粉湯真是個美景，美景喔，你們看——
喔，真不得了。
冬粉裝得像一座山呢。

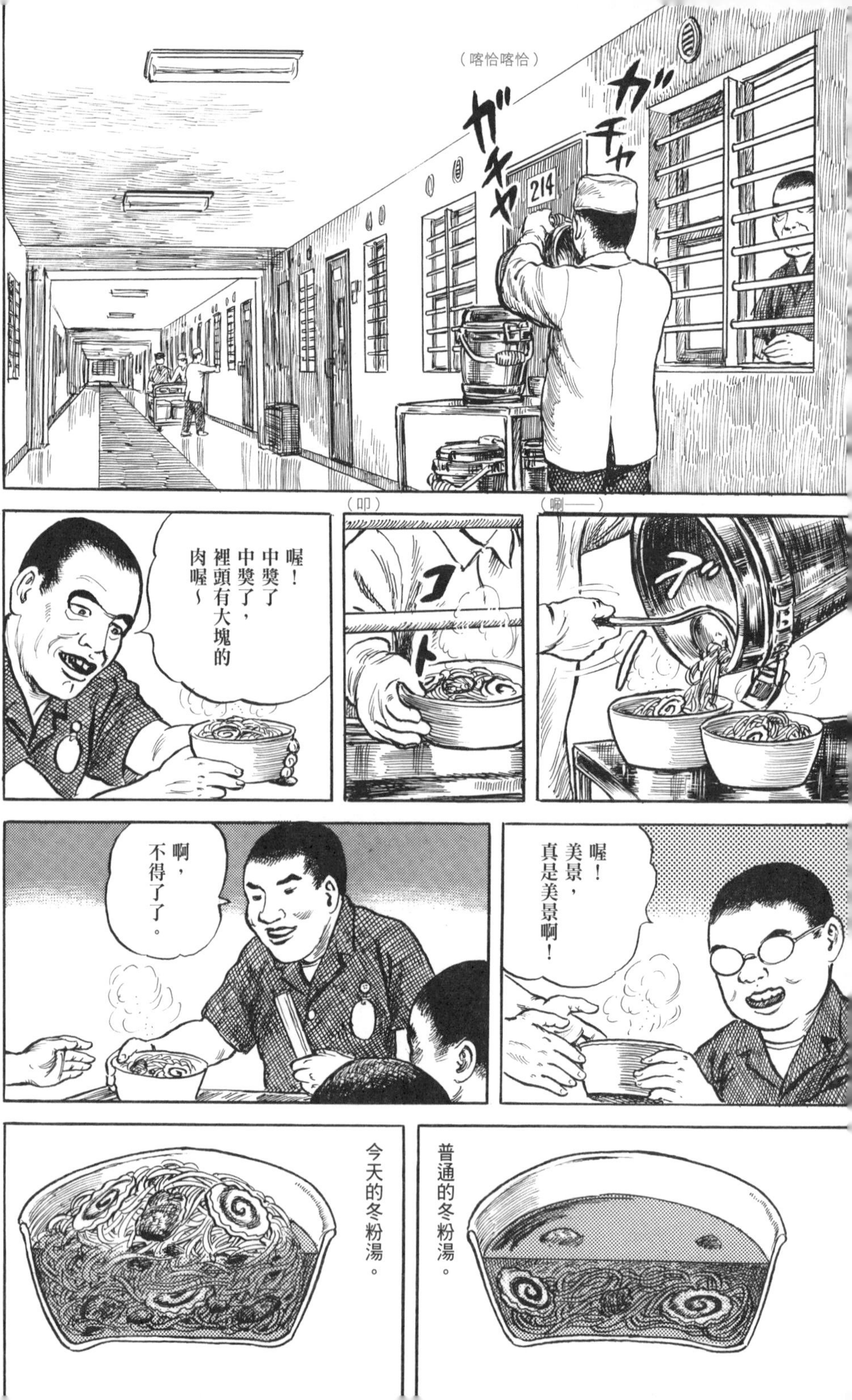
（喀恰喀恰）
ガチャ
ガチャ
（唰——）
ブ
（叩）
コト
喔！中獎了中獎了，裡頭有大塊的肉喔～
喔！美景，真是美景啊！
啊，不得了了。
普通的冬粉湯。
今天的冬粉湯。

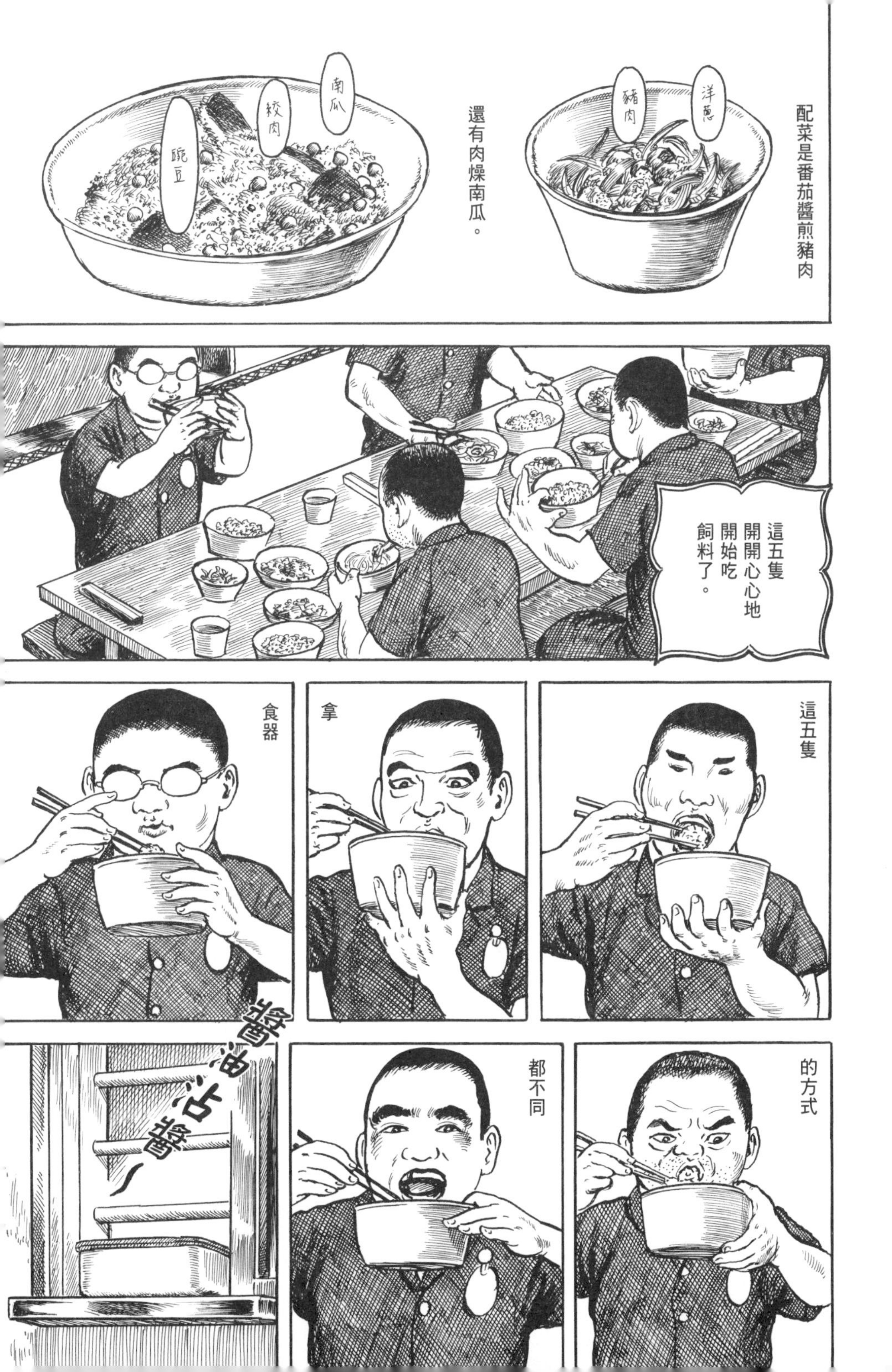
配菜是番茄醬煎豬肉
洋蔥
豬肉
還有肉燥南瓜。
南瓜
絞肉
豌豆
這五隻開開心心地開始吃飼料了。
這五隻
拿
食器
的方式
都不同
醬油沾醬~

啊，變少了呢。
（喀噠）
請他加吧。
閂閂
那是醬油。
沾醬
（叩）
コト
（喀啦喀啦喀啦——）
205
醬油沾醬——
ガラガラガラー

這五隻當中，也有長舌男。
然後呢……
嚼
嚼
嚼
我一大早就開始洗車，洗得亮晶晶的，
卻突然瞄到髒髒的地方。
嚼
嚼
嚼
我擦乾淨…
接著稍微往旁邊瞄。
啊，這裡也髒掉了。
我把那裡擦乾淨之後啊，
嚼
嚼
嚼
嚼
又發現了。
啊，這裡也髒了。
哎呀，這邊也髒了。
哎唷，這邊也髒了。回過神來已經傍晚了。
嚼
嚼
嚼
嚼
哈哈哈，旁人看了會覺得我很怪吧。一整天都在洗車。
嘶哈
嘶哈
嘶哈

我這人的專注力很異常呢。
嚼嚼
真討厭呢。
放空
嚼嚼
哎呀！你已經吃完啦。
嗯。
我要是想吃更快的話，一分鐘內就能吃完囉。
小屋吃飯真的很快呢。
（叮——噹啦叮——噹啦＊）
自己幫自己打針的模樣真的很低級呢。
ちんじゃら
ちんじゃら
嗯，低級，很低級，我要是又用那個，家庭真的會毀掉，會完蛋。
嚼嚼
發現了，這裡有一邊吃飼料一邊嘰哩呱拉說個不停的傢伙，還有吃東西極快的傢伙，快得像用吸的。


＊註：打柏青哥時的音效，這裡做為「癮」的隱喻。

唉
今天的樂趣就這樣結束了。
外頭還有陽光，亮亮的呢。
在鐵窗外根本不可能想像這種生活呢。
(嘩啦——)
ジャー
(喀恰)
カチャ
(叩)
コト

（喀啦喀啦喀啦）
ガラガラガラ
唉……心情真差……
也有人是收到家人的信後，好幾個月都不會回覆。
又有信啦。
我女兒幼稚園有才藝發表會，聽說她哭著說：為什麼只有我爸沒有來？
真可憐……

……知子，唉…好想見她。如果是為了知子，要我送死我也開心。
哇，你有這麼可愛的女兒啊。
我看看。
現在正可愛呢，無法一起生活真是可惜了。她像爸爸。
我們騙她說我出外工作了。
寫封信給她嘛。
說爸爸也很想見她，每天都想著她。
我想寫，雖然想寫…
但怎麼寫都寫不出來。

有時候
就是會這樣呢。
有點像繼子
沒辦法叫繼母
「媽媽」，
就是叫不出口……
為什麼會
這樣呢。
你幫我畫
似顏繪……
好嗎？
啥？
檢查
筆記本的
時候會
出事啦。
受刑人一個月可持有
十張以下的照片，
限人像照。
我會說
是我自己畫的！

真拿你沒辦法呢。
那我在下一個免業日＊幫你畫。
拜託囉～
那你要寫信給你女兒啊…
這五隻都在筆記本上畫了月曆，標出出獄日，然後每天畫掉一天。
啊～還有四年三個月啊。
小屋還有多久去了？
嗯…
我還有三年又六十二天。
每天都不厭其煩地問起彼此的出獄日和確認菜單。
啊，對了，印象中我比你早三十天。
明天早餐是什麼去了？
應該有納豆吧。

＊註：監獄中免勞動的假日。

菜單
洋蔥麵麩味噌湯，
還有醬燒金石豆、鮪魚薄片。
太棒了～！
金時豆甜甜的，也是美景啊。
……你真的是B型呢。
啊～真想吃一整個洗手台的甜納豆呢。

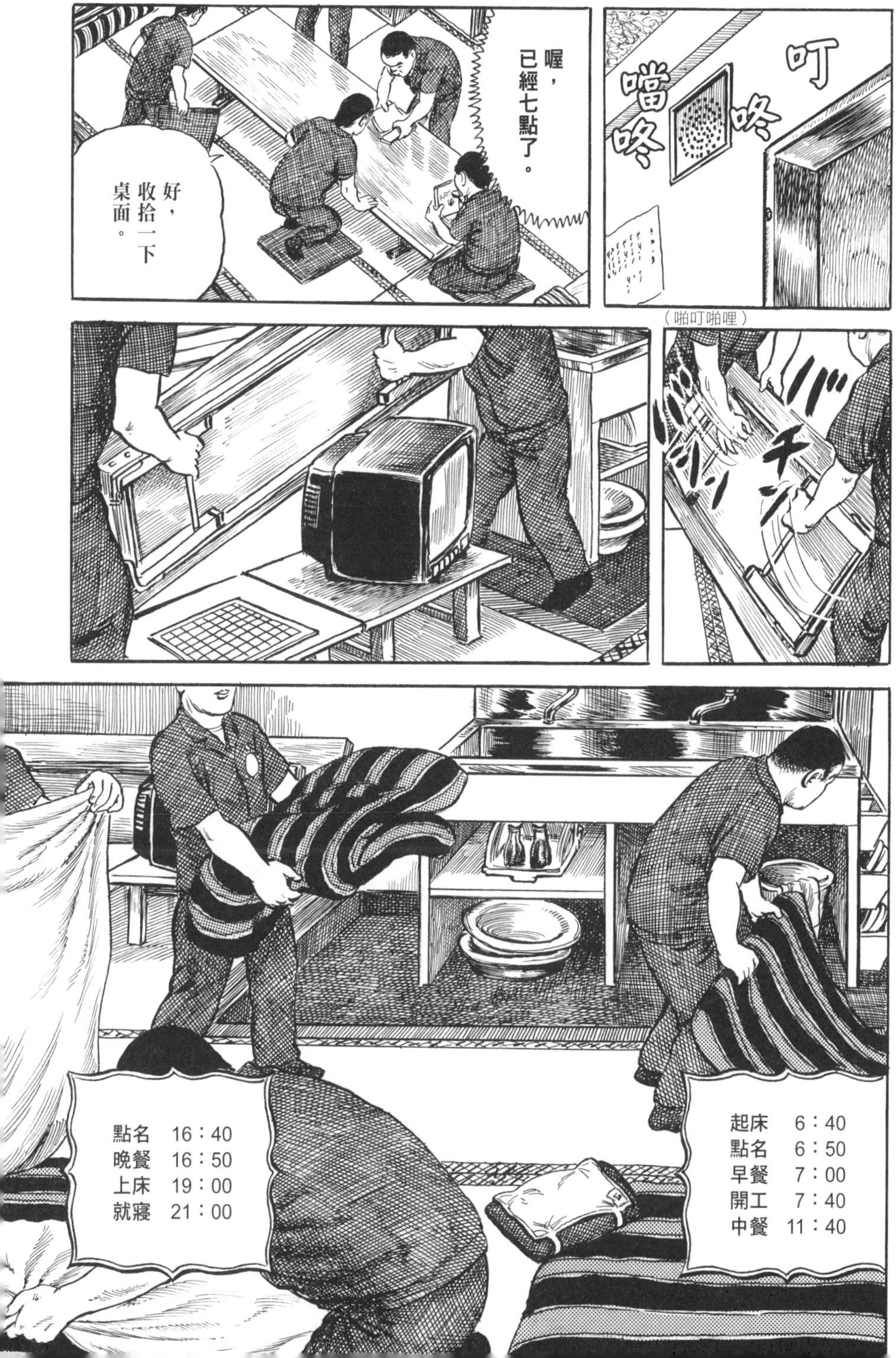

叮咚噹咚
喔，已經七點了。
好，收拾一下桌面。
（啪叮啪哩）
起床　6：40
點名　6：50
早餐　7：00
開工　7：40
中餐　11：40
點名　16：40
晚餐　16：50
上床　19：00
就寢　21：00

公家的內褲很大一條，真棒啊。
買自用的比較好吧。
只要五百三十日元，穿起來的感覺完全不一樣。
不要！
22
花輪
這麼厲害的二手內褲，在其他地方是絕對穿不到的。
要是穿著它夢遺，就可以成為頂天立地又俊美的罪犯、囚犯、受刑人、服刑者、階下囚、懲役囚了。
呵呵呵
（叮）
好啦，今晚要看什麼？
希望有特別節目。
蟑螂警視廳二十四小時貼身採訪之類的。

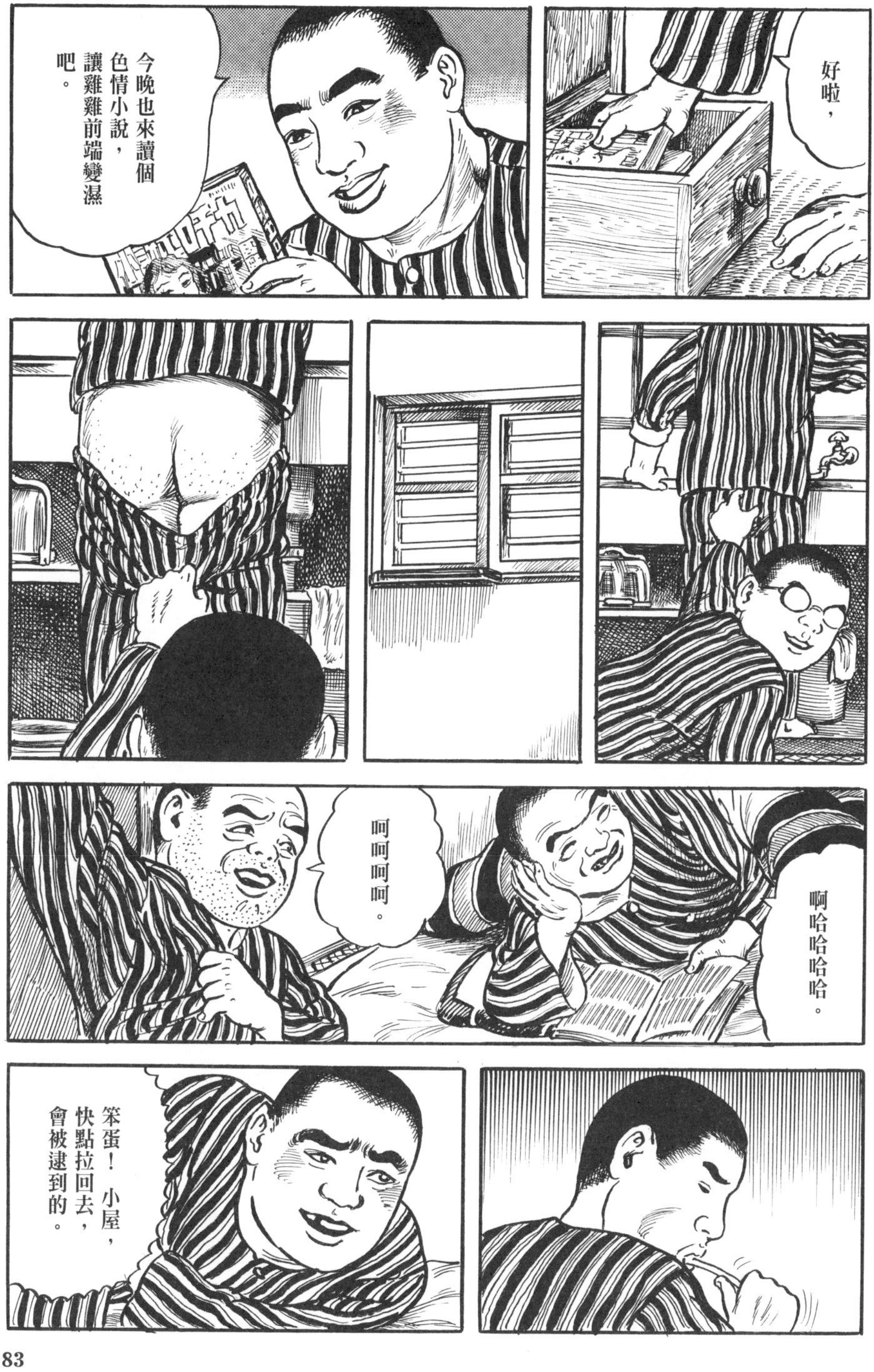
好啦，
今晚也來讀個色情小說，讓雞雞前端變濕吧。
啊哈哈哈哈。
呵呵呵呵。
笨蛋！小屋，快點拉回去，會被逮到的。

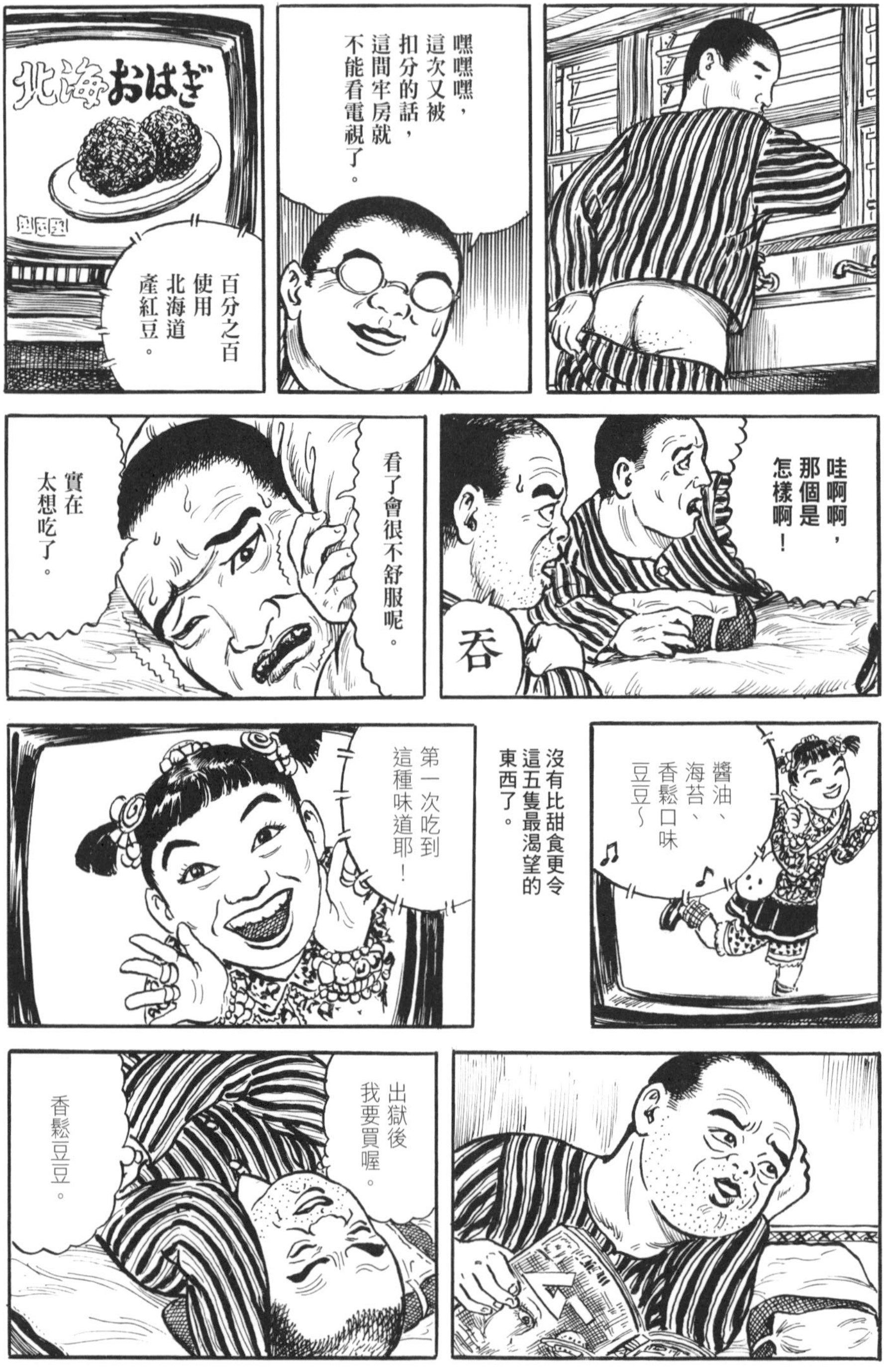
嘿嘿嘿，這次又被扣分的話，這間牢房就不能看電視了。
北海おはぎ
百分之百使用北海道產紅豆。
哇啊啊，那個是怎樣啊！
吞
看了會很不舒服呢。
實在太想吃了。
醬油、海苔、香鬆口味豆豆～
沒有比甜食更令這五隻最渴望的東西了。
第一次吃到這種味道耶！
出獄後我要買喔。
香鬆豆豆。

如何啊？
嗯？
我在問你…
覺得如何啊！
啊咿～

不妙喔，這樣鬧下去很不妙喔。
咿 咿
如何？嗯？如何啦？
最近這牢房裡的人都很散漫，要小心才行……
（啪唧）
喂！你們以為自己在哪裡啊？
你們不是來校外參觀的啊！懂不懂啊？
是…懂。
想想在外頭過苦日子的家人啊！
出局了。
下個月起，二一四號房禁看電視一個月。
完

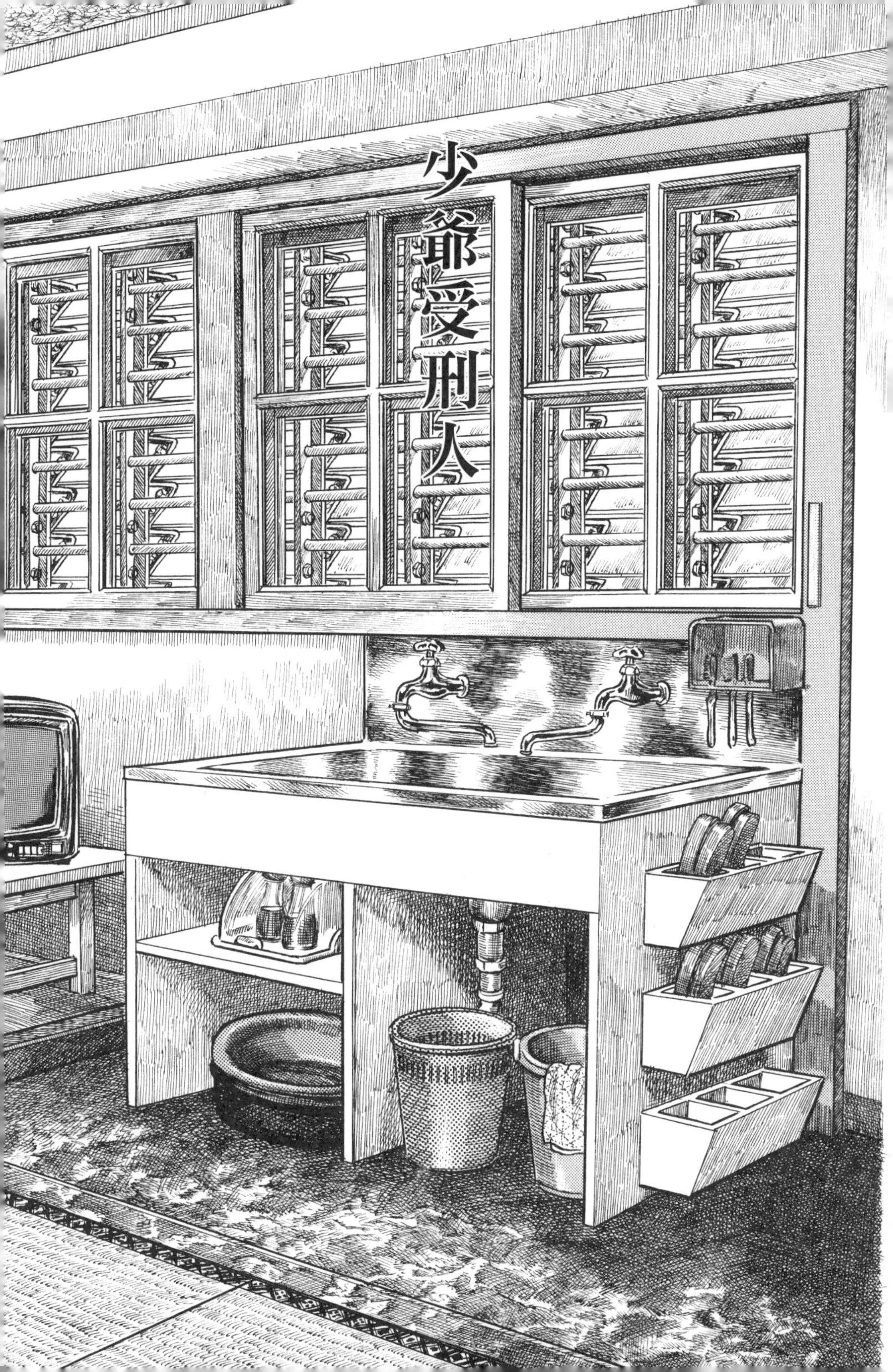
少爺受刑人

暖氣爐
調溫鈕
廁所
牙刷架
拖鞋籃
水桶
垃圾桶
啤酒桶波卡舞曲，今天也響起了……
恰拉拉恰拉
恰恰拉拉
女人的嗓音聽起來無比溫柔。
大家晚安，
晚餐後的片刻休息時間還愉快嗎？首先會為各位做節目簡介，接著會有各課公告。
碗盤
醬油
牙籤
沾醬
湯勺

圍棋將棋盤
臉盆
啤酒桶波卡舞曲再度響起……這次輪到男性嗓音開口了。
恰拉拉
各位受刑人請注意，明天十月八日星期三，一舍二樓、二舍二樓、光風舍請清洗襟布*、床單、枕頭套、襪子。
出舍時，一舍二樓、二舍二樓受刑人請將待洗衣物帶至出口，光風舍受刑人請帶至樓梯間。
以下重複報告，明天十月……
*註：罩在最容易弄髒的棉被上緣，方便更換清洗。
毛巾
裝棋子的袋子（舊棉被布製）
明天要洗衣服呢。

接下來是關於消毒的公告。
明天十月八日星期三，一舍二樓、四舍一樓的擦碗布將進行消毒。
出舍時請將擦碗布放到碗盤回收口。
以下重複……
明天要消毒呢，可不能忘了把布擺好。
他雖然這麼說，但每次都要別人動手，自己什麼也不做。是個少爺受刑人。
我記得光風舍是交通事故罪犯待的地方吧？
是頂級的模範罪犯待的地方啦。
交通事故罪犯在四舍啊。剛移監到這裡的人會進四舍，所以應該看過他們啊。

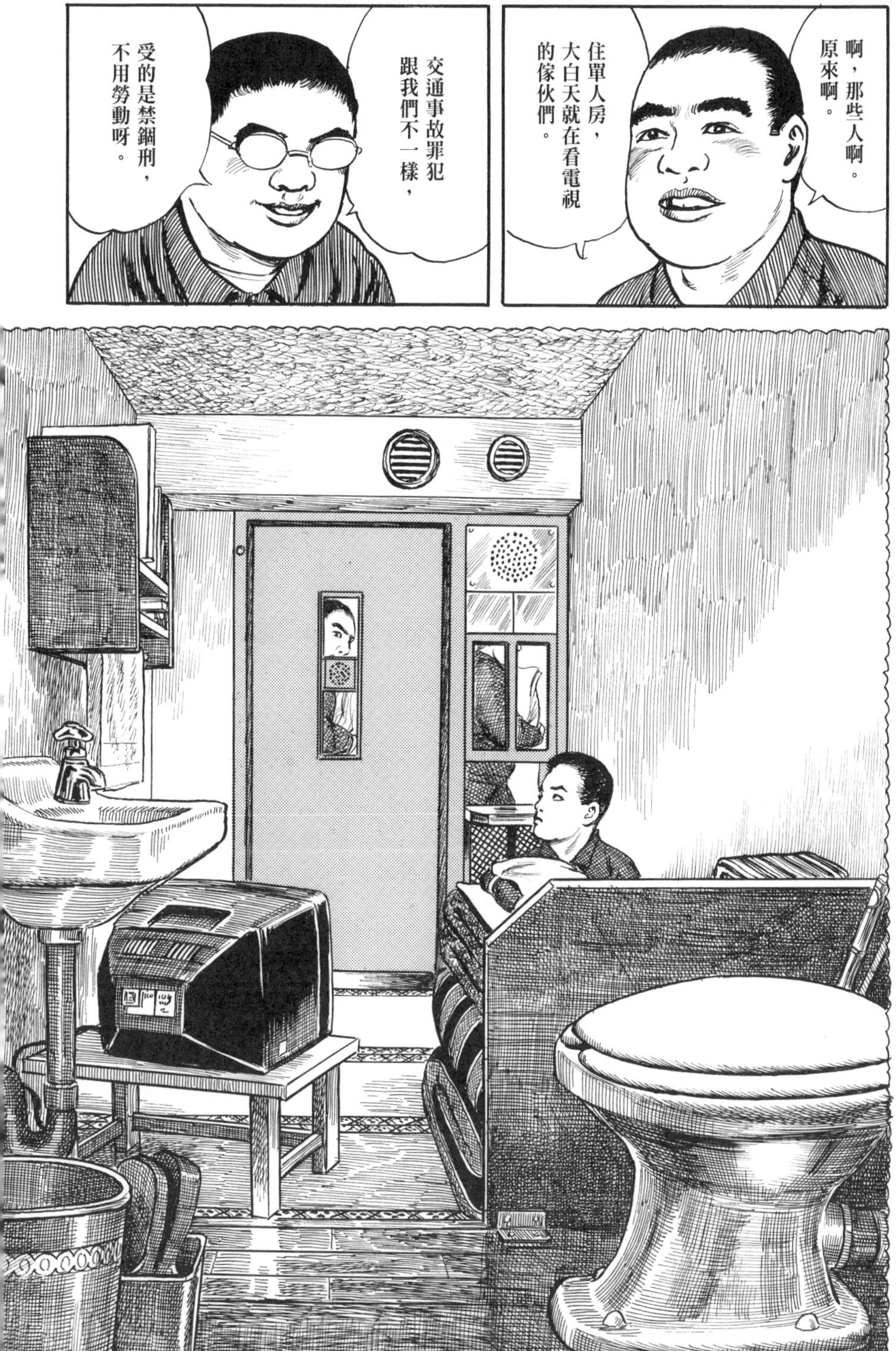
啊，那些人啊。原來啊。
住單人房，大白天就在看電視的傢伙們。
交通事故罪犯跟我們不一樣，
受的是禁錮刑，不用勞動呀。

你明明是第一次進來，竟然這麼了解高牆內啊。
還好啦。
禁錮刑應該很棒吧。
就像進了金庫那樣。
內心平靜安定又沉穩，
以太體變成三角形，討厭的東西全都會脫落。
又~在說那些，還真悠哉啊……
拜託你，可別忘了明天早上的事……
你可是房長啊。
……？
……？
啊。
差點又要忘得一乾二淨了。
隔天早上
請擺出碗盤
和抹布

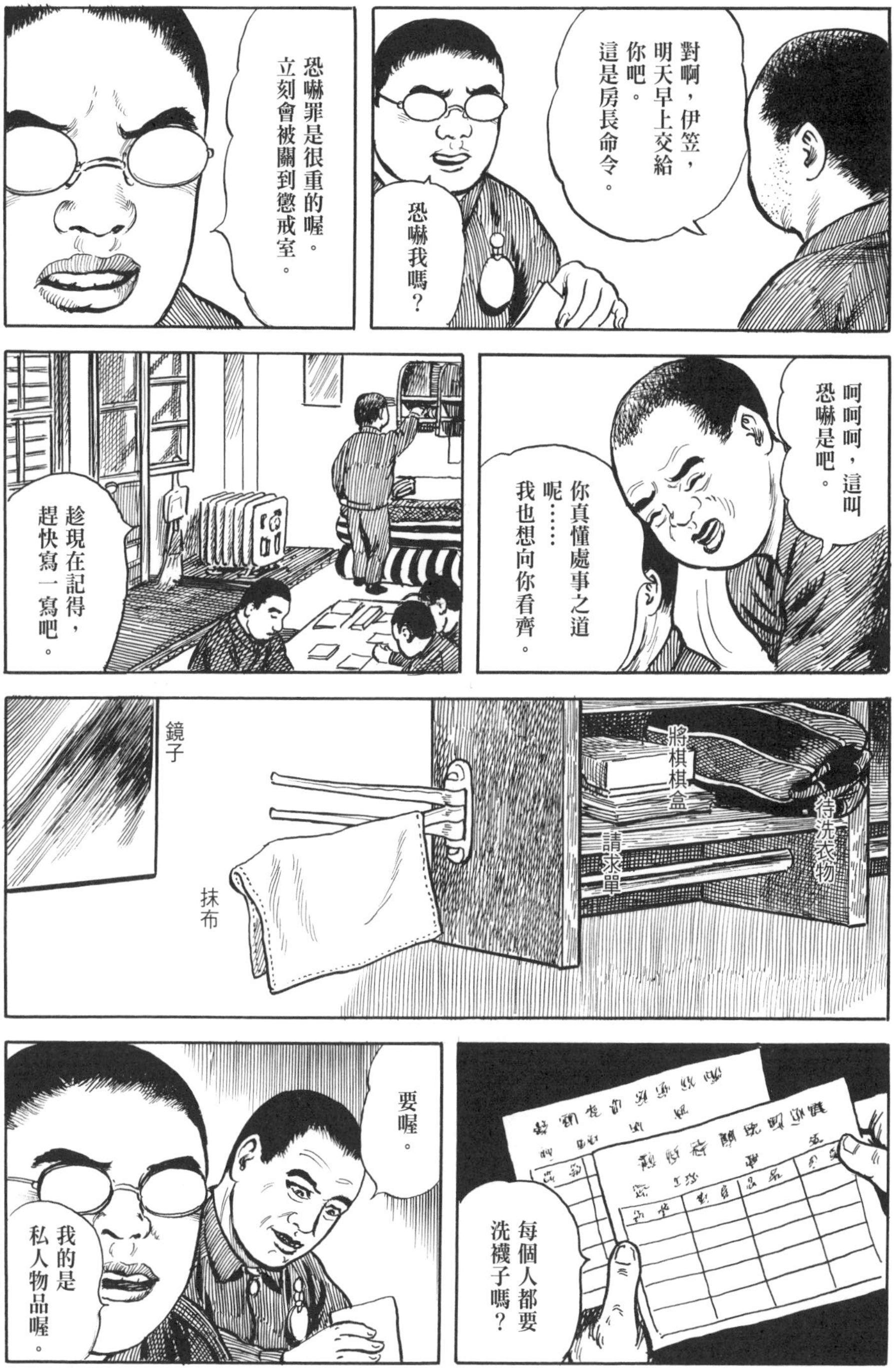
對啊，伊笠，明天早上交給你吧。這是房長命令。
恐嚇我嗎？
恐嚇罪是很重的喔。立刻會被關到懲戒室。
呵呵呵，這叫恐嚇是吧。
你真懂處事之道呢……我也想向你看齊。
趁現在記得，趕快寫一寫吧。
待洗衣物
將棋棋盒
請求單
鏡子
抹布
每個人都要洗襪子嗎？
要喔。
我的是私人物品喔。

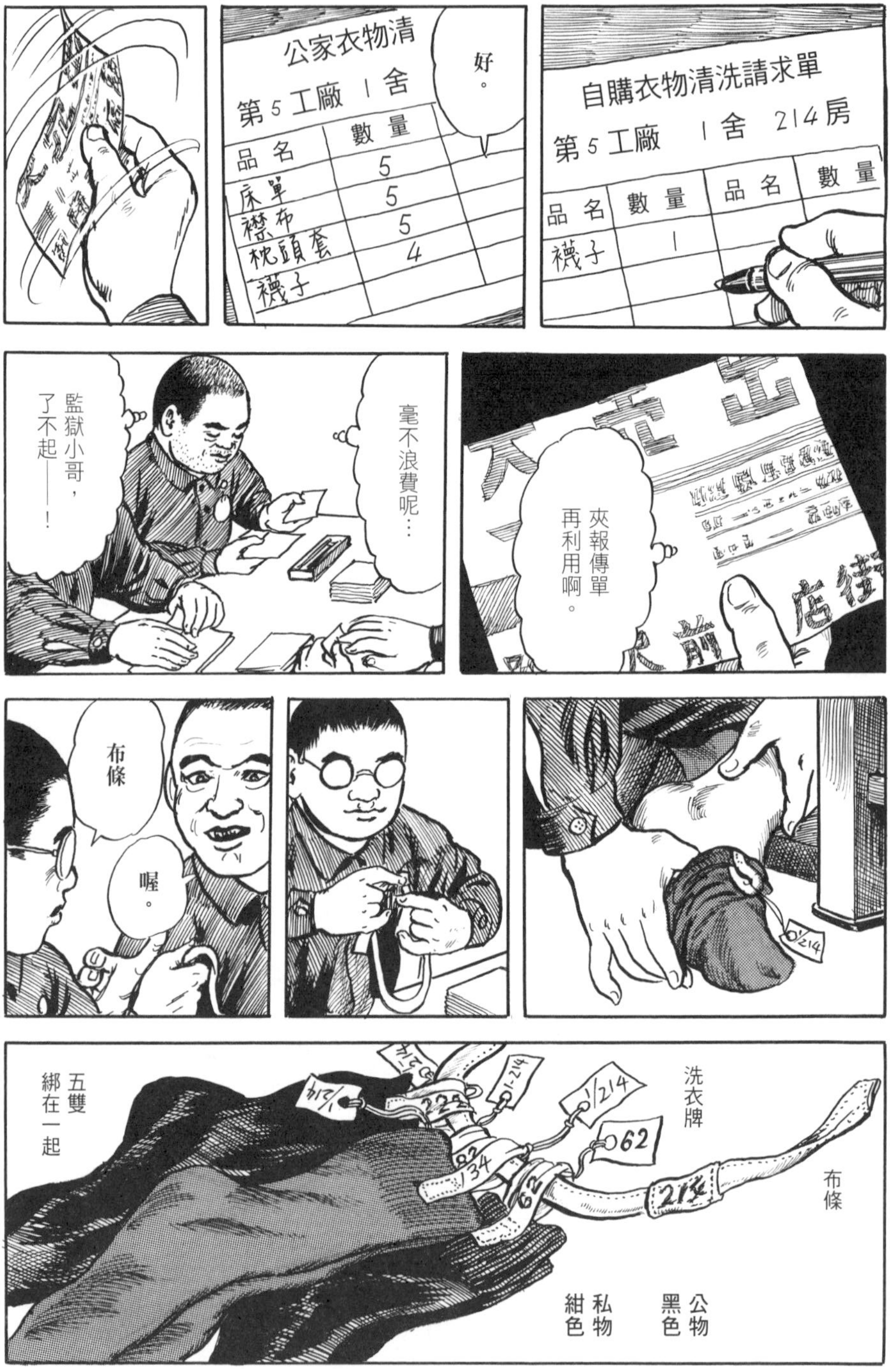
公家衣物清
第5工廠 1舍
品名 數量
床單 5
襟布 5
枕頭套 5
襪子 4
好。
自購衣物清洗請求單
第5工廠 1舍 214房
品名 數量 品名 數量
襪子 1
監獄小哥，了不起——！
毫不浪費呢……
夾報傳單再利用啊。
布條
喔。
五雙綁在一起
洗衣牌
1/214
062
214
布條
公物黑色
私物紺色

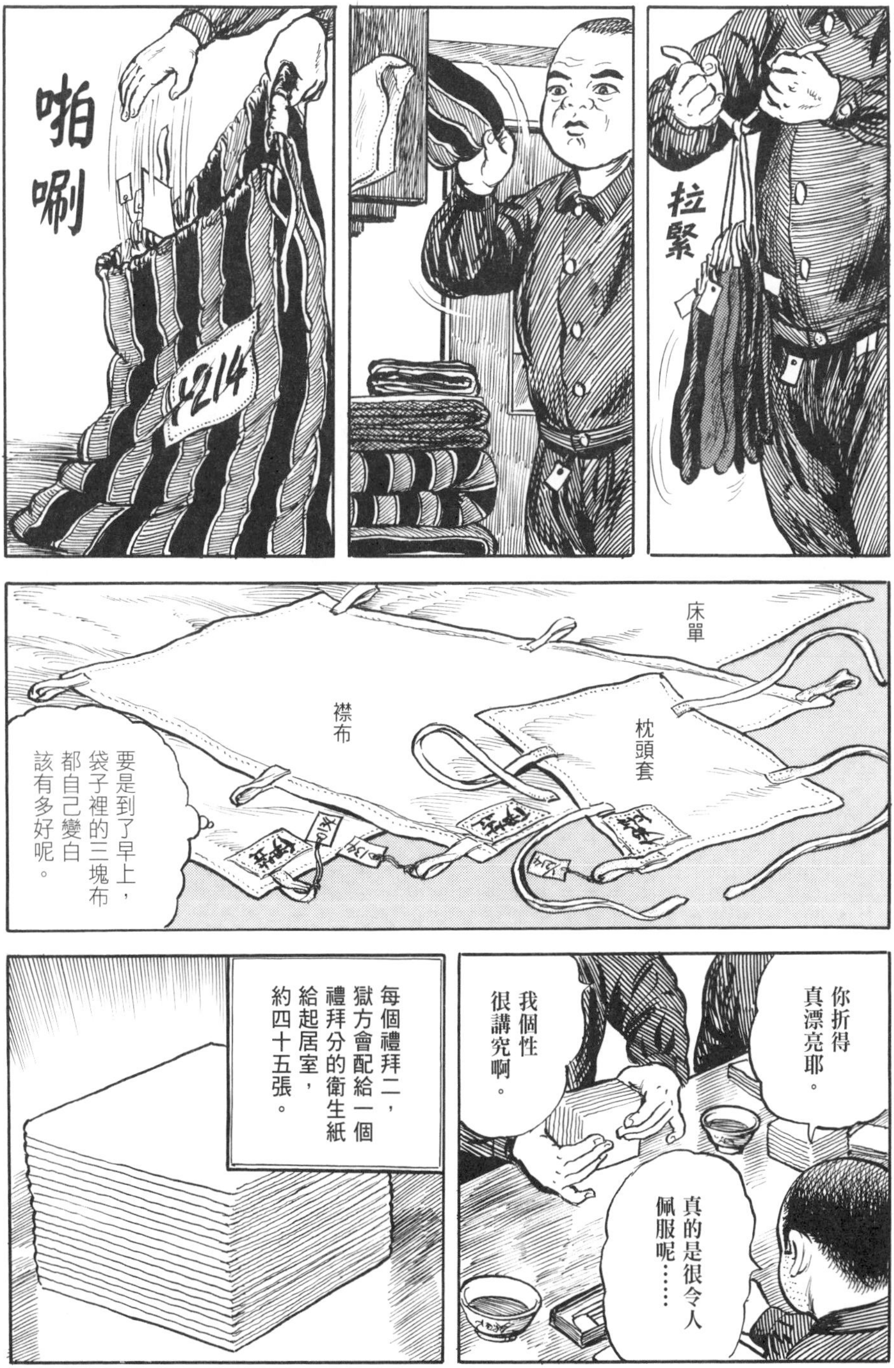
啪唰
拉緊
床單
襟布
枕頭套
要是到了早上，袋子裡的三塊布都自己變白該有多好呢。
每個禮拜二，獄方會配給一個禮拜分的衛生紙給起居室，約四十五張。
你折得真漂亮耶。
我個性很講究啊。
真的是很令人佩服呢……

受刑人多的是時間。為了方便抽取，他將兩張疊在一起，細心、漂亮地對折再對折，放到架子上，彷彿像機器那樣精準。
少爺的整理架總是擺放得很整齊，別人要是搜他的東西，他馬上會發現。
自購書
電池
剃刀
牙刷盒
筆盒
Super
NIVEA
筷盒
衛生紙
我上廁所喔。
——翹起小指頭把持櫃中肥皂盒好個大少爺——
是說……上廁所時大家都會先脫褲子，在家裡也是這樣嗎？
嗯
對啊，因為腳會痛。
嗯……這樣啊，我還是第一次看到。

又～掉了。
馬～～～上
就會掉呢。
啊。
喀噠
按
借個針線吧。
小屋，
我借你的書喔。
嗯。
FOCUS
——傳閱獄友書
亦無人予以譴責
鐵窗後日常

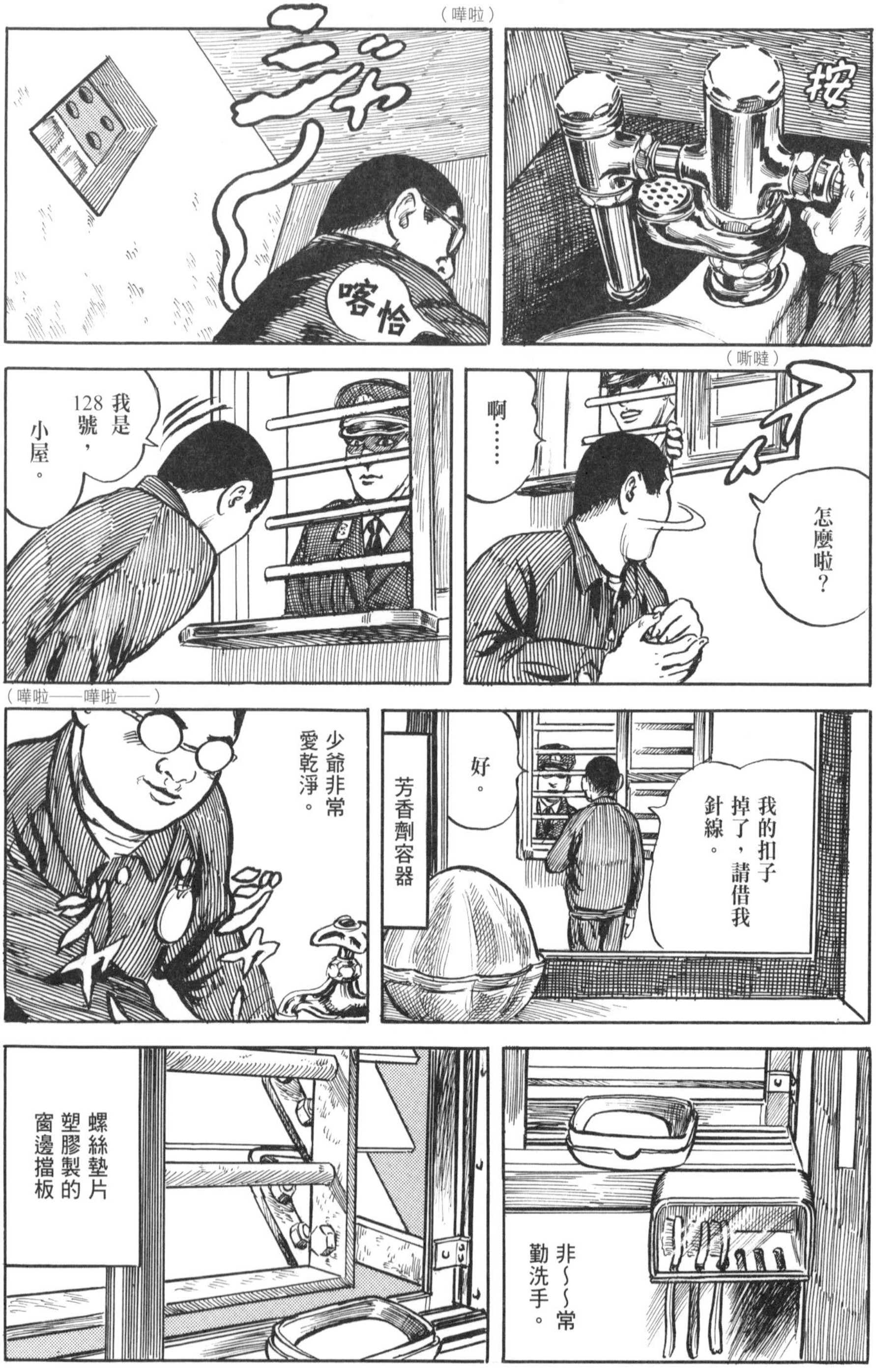
（嘩啦）
按
喀恰
（嘶噠）
怎麼啦？
啊……
我是128號，小屋。
（嘩啦——嘩啦——）
我的扣子掉了，請借我針線。
好。
芳香劑容器
少爺非常愛乾淨。
非～～常勤洗手。
螺絲墊片
塑膠製的窗邊擋板

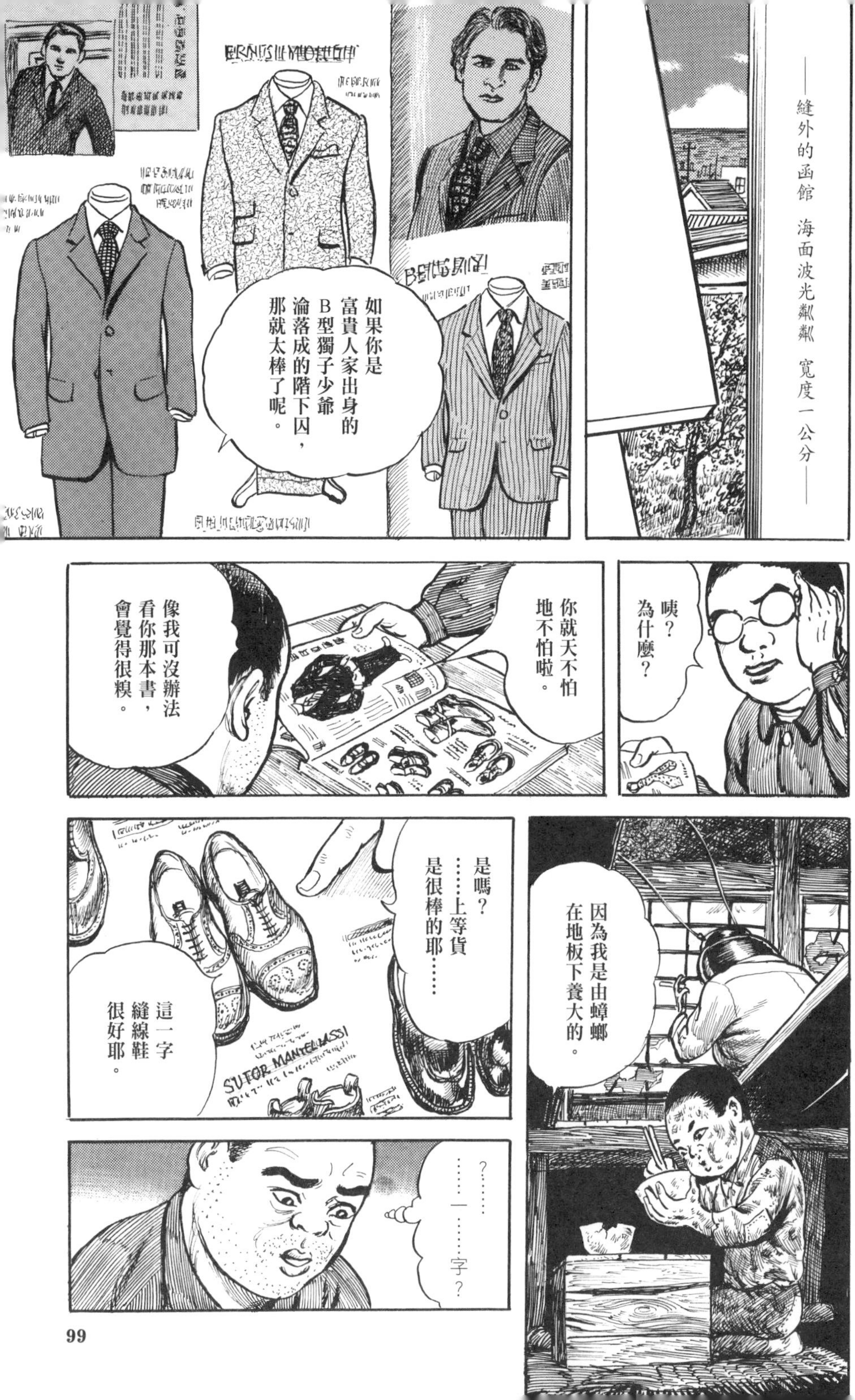
——縫外的函館 海面波光粼粼 寬度一公分——
如果你是富貴人家出身的B型獨子少爺淪落成的階下囚，那就太棒了呢。
咦？為什麼？
你就天不怕地不怕啦。
像我可沒辦法看你那本書，會覺得很糗。
因為我是由蟑螂在地板下養大的。
是嗎？……上等貨是很棒的耶……
這一字縫線鞋很好耶。
SUTOR MANTELLASSI
？……一……字？

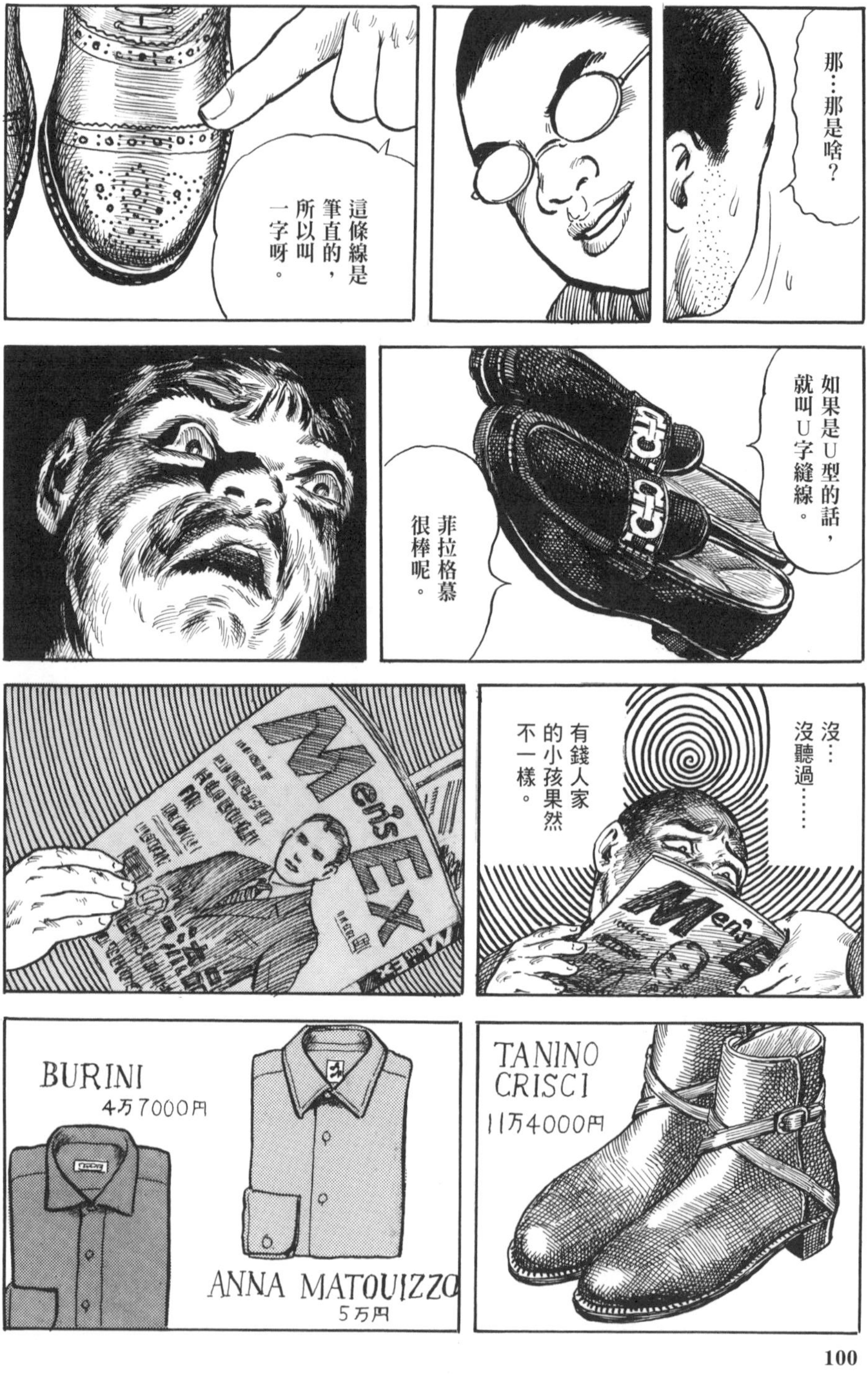
那…那是啥？
這條線是筆直的，所以叫一字呀。
如果是U型的話，就叫U字縫線。
菲拉格慕很棒呢。
沒…沒聽過……
有錢人家的小孩果然不一樣。
Men's EX
TANINO CRISCI
11万4000円
BURINI
4万7000円
ANNA MATOUIZZO
5万円

嗯～～～
原來也有這樣的世界啊。
哇—
出獄後得再訂做一套 KITON 的西裝才行。
喂！你在做什麼！
你以為可以那樣做嗎！喂！
是對面那間！不知道他們在做什麼。
自來水一直開著，是在刷牙嗎……
（喀 喀 喀）
四菱紋樣的榻榻米邊緣
カッ
カッ
カッ
啊，被帶走了。
誰？

藤島先生。
咦！那個正派的……
被關到懲戒室嗎……不知道他做了什麼呢。
按
怎麼啦？
我是128號，小屋。
針線用完了，非常感謝您。
好。

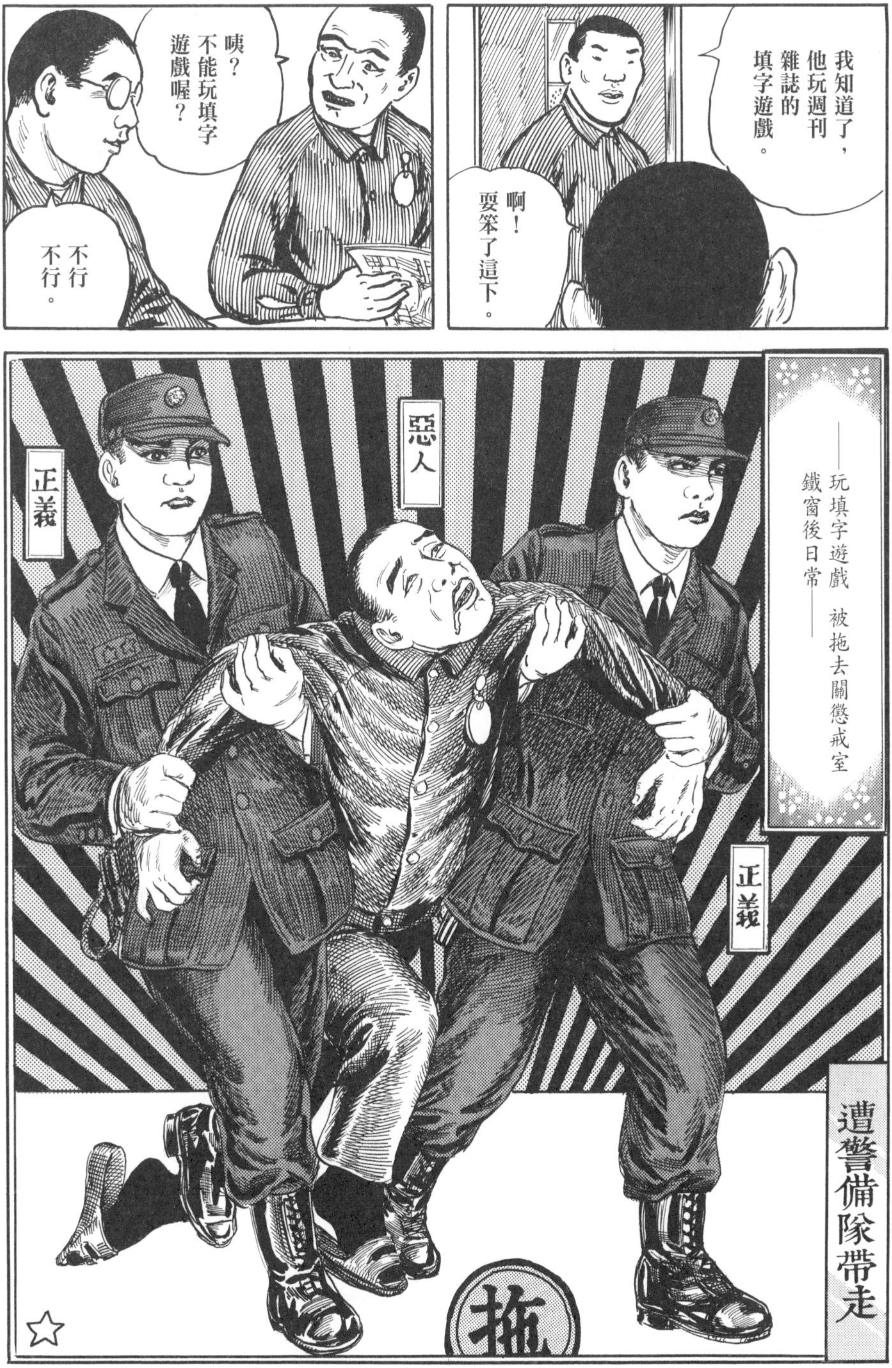
我知道了，他玩週刊雜誌的填字遊戲。
啊！要笨了這下。
咦？不能玩填字遊戲喔？
不行不行。
——玩填字遊戲 被拖去關懲戒室 鐵窗後日常——
惡人
正義
正義
遭警備隊帶走
拖

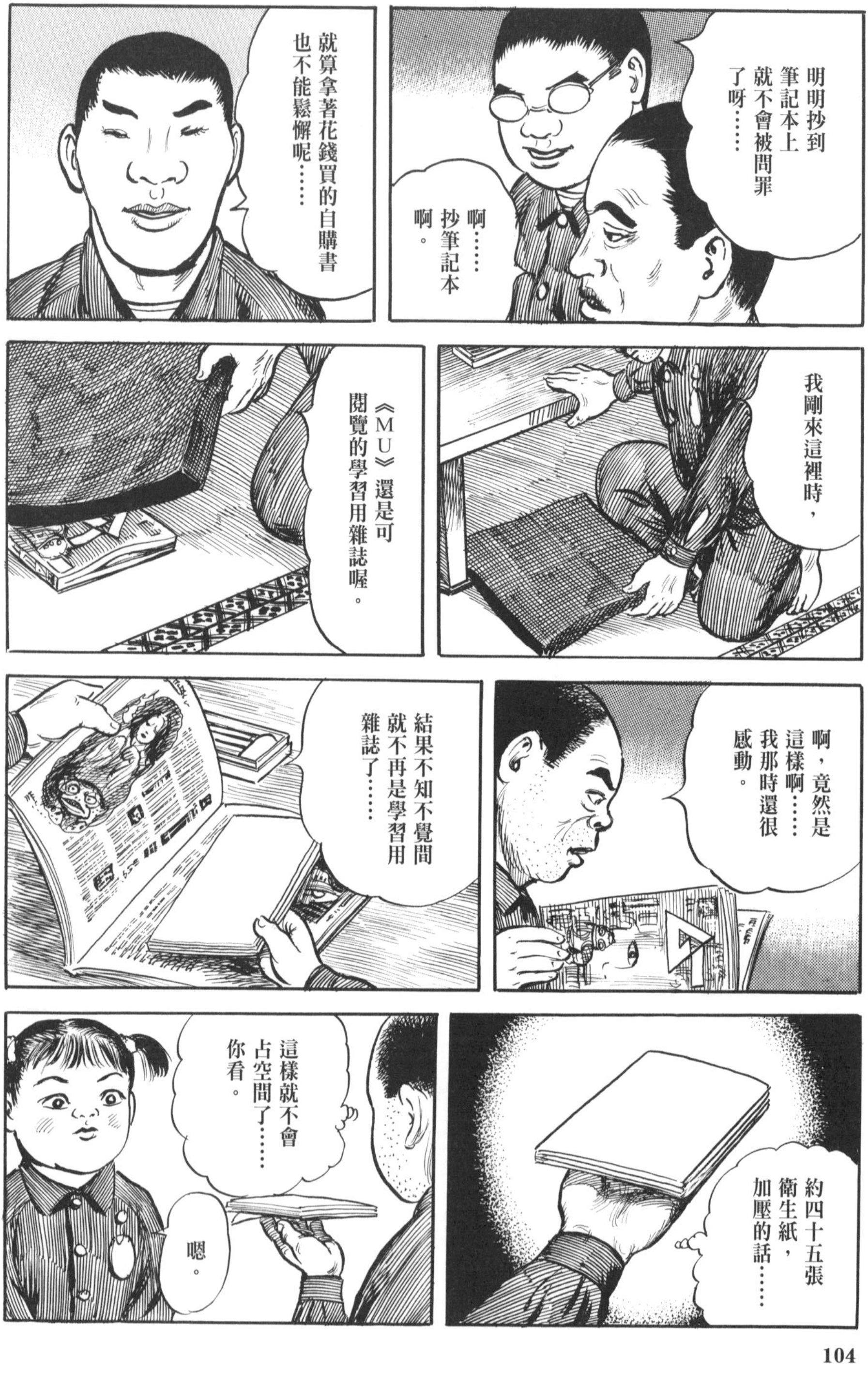
明明抄到筆記本上就不會被問罪了呀……
啊……抄筆記本啊。
就算拿著花錢買的自購書也不能鬆懈呢……
我剛來這裡時，
《ＭＵ》還是可閱覽的學習用雜誌喔。
啊，竟然是這樣啊……我那時還很感動。
結果不知不覺間就不再是學習用雜誌了……
約四十五張衛生紙，加壓的話……
這樣就不會占空間了……你看。
嗯。

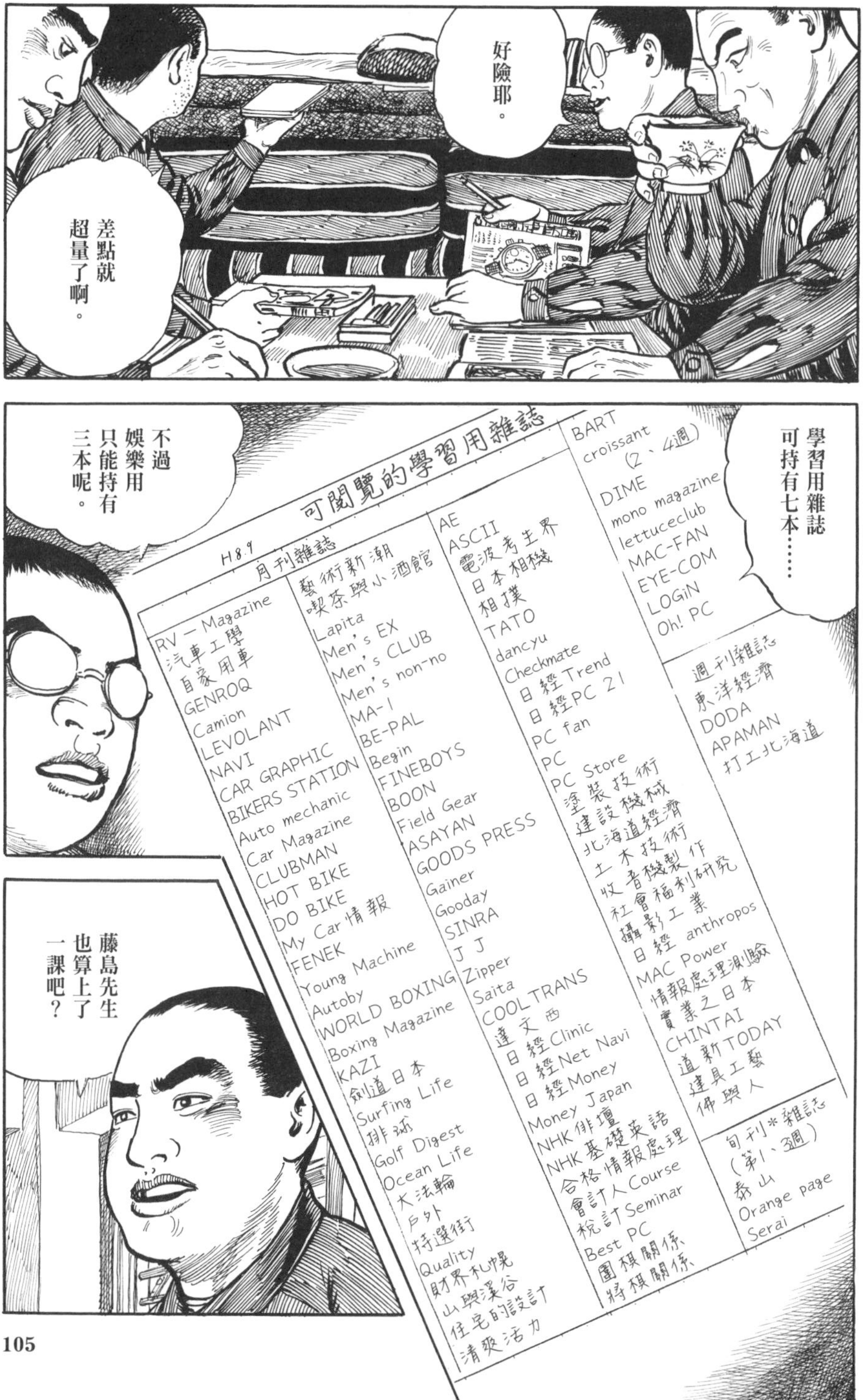


*註：出刊頻率為每十天一期。

在這方面，少爺也很機靈，懂得保身之道，自己購買的書全是學習用雜誌，所以絕對不可能出包。
要是不小心點…改天就輪到我們了……
違反規定會影響到假釋呢。
ガチャーン
（喀鏘）
藤島

完

ANA
歡喜過新年

一～！
二～！
三～！
所有人～
停！
好，做體操！
沙沙

四～！
一～二三四。
一～二三四。
以佐佐木為基準。
基準！
成體操隊形，散開！
一、二、三、四。
五～六、七、八。

—鐵窗之後方
燦爛日光與外界
無差異可言—
—在休息時間
無尼古丁慰藉的
監所中庭院—

（轟～～～）
那時苦惱好久、好久…
…但最後還是覺得只能動手了，就戴上口罩。
我真的…
好怕、好怕，心跳快得不得了。
我在收銀台前面默默拿出菜刀，對方馬上就交出錢了。
什～麼嘛，太順利了。
所以我後來才繼續囉。
犯下超商連續搶案啊。
你在外頭做什麼工作？

砌牆師傅。
你馬上就要假釋了耶。
在外頭過新年嗎。真棒耶。
在新年出去也沒工作做，手頭完全沒錢，真傷腦筋呢。該怎麼辦呢？
剩的錢應該有個一、兩百萬唄，哇哈哈！
沒有啊，半毛都沒有。我只有將近六萬元的工作獎金。
那你是為了什麼搶劫啊？真搞不懂。
話說回來，關在這裡的人大多很缺錢呢。
為什麼會缺錢缺成那樣呢？我實在覺得很不可思議。手邊應該會有個十萬、二十萬才對啊，我覺得啦。
天才級的窮人哩。
—假釋出獄後
高牆外迎接我者
唯有地獄焉—

我有吉普車喔。
上頭堆了一套露營用具，所以我出去之後立刻就可以去露營了。
我很喜歡在山裡採山野菜或菇類煮來吃呢。
聽說大內先生是槍殺了某人，在家睡覺時被逮捕耶。
哇哈哈哈。
我去討債時，對方拿起斧頭在那邊揮，我就開槍殺了他。
殺一個人只需要蹲七年，不是很划算嗎？哇，哈，哈。
偶爾會幫死者祈禱嗎？祝他進極樂世界之類的？
我完全不會呢，哇哈哈哈。
了不起！確立了很穩固的自我呢。
那種戴奧辛人渣就儘管殺吧，對世間、對其他人都是有益處的。

在人背上綁三塊磚頭沉到津輕海峽底是最省事的。
如果對方實在沒錢還，叫他保個傷害險再讓他斷隻手，拿走保險金就行了啊。
哇～
你會幹這種事啊，看不出來呢。
嘴巴拉鍊要拉上喔！拉上！不可以說出去。
唰
快下雪了呢。
在戶外晒晒太陽的時段也快結束了。
希望新年快來呢，到時可以吃很多好吃的東西，吃到肚子都脹起來。
2
真的會有羊羹嗎？
會喔。
去年有甜酒和鮪魚生魚片，
不過今年沒有呢。

只有一年一次的除夕可以熬夜，很好玩呢。
可以收看「過去的一年，新的一年」，半夜十二點十五分以前不睡覺。
除夕的晚餐是年菜喔。
還會有三顆小橘子和袋裝零食。
年節料理
炸蝦和炸雞
煎鮭魚塊
醃漬食品
鯡魚昆布卷
炸腰內豬排
白米手抓飯
蕎麥冷麵附醬油、蔥、山葵
半塊羊羹
鯛魚形的糕餅
玉子燒
冬粉湯
穿著睡衣吃跨年蕎麥麵會被罵喔。
跨年蕎麥麵來了。
啊，我也吃一下好了。
咦？已經要吃啦？
被子也得摺好。
進來這裡之前，我從來沒吃過跨年蕎麥麵耶。

過年真的吃太多了，腸胃會不太舒服。
元旦的早餐
香鬆兩包
雜煮 豬肉 莢豌豆 兩塊圓年糕
醬燒鯡魚乾
鮭魚罐頭
麥飯
年糕也很有嚼勁，超好吃的呢。
吃完年菜，肚子撐得正難受，結果中午又來了。
真棒耶。
午餐
豆皮鑲菜 炸豆皮中塞入肉、青菜、羊棲菜
壽喜風燉肉 蒟蒻絲 豆腐 牛肉 白菜
奈良漬
白飯
茶碗蒸
鳳梨果汁
我心想，哎呀，是白飯啊，結果吃下去一點味道也沒有。
麥飯還比較好吃。
他們用的應該是擺了很久的米吧，這裡是監獄嘛。
哇哈哈哈哈。

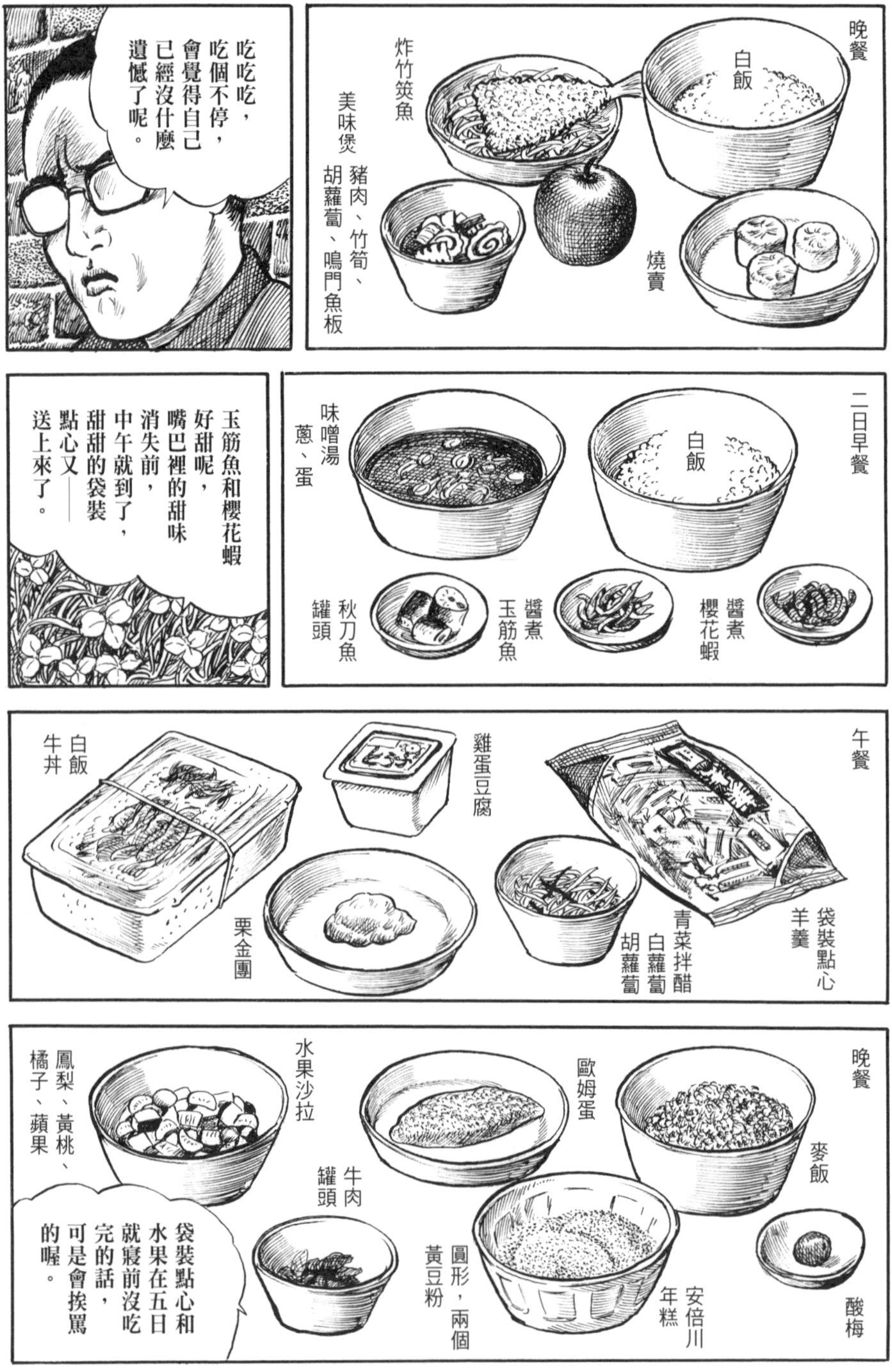
晚餐
白飯
炸竹筴魚
美味煲
豬肉、竹筍、胡蘿蔔、鳴門魚板
燒賣
吃吃吃，吃個不停，會覺得自己已經沒什麼遺憾了呢。
二日早餐
白飯
味噌湯
蔥、蛋
醬煮櫻花蝦
醬煮玉筋魚
秋刀魚罐頭
玉筋魚和櫻花蝦好甜呢，嘴巴裡的甜味消失前，中午就到了，甜甜的袋裝點心又送上來了。——
午餐
袋裝點心
羊羹
雞蛋豆腐
青菜拌醋
白蘿蔔
胡蘿蔔
栗金團
白飯
牛丼
晚餐
麥飯
歐姆蛋
酸梅
安倍川年糕
圓形，兩個
黃豆粉
牛肉罐頭
水果沙拉
鳳梨、黃桃、橘子、蘋果
袋裝點心和水果在五日就寢前沒吃完的話，可是會挨罵的喔。

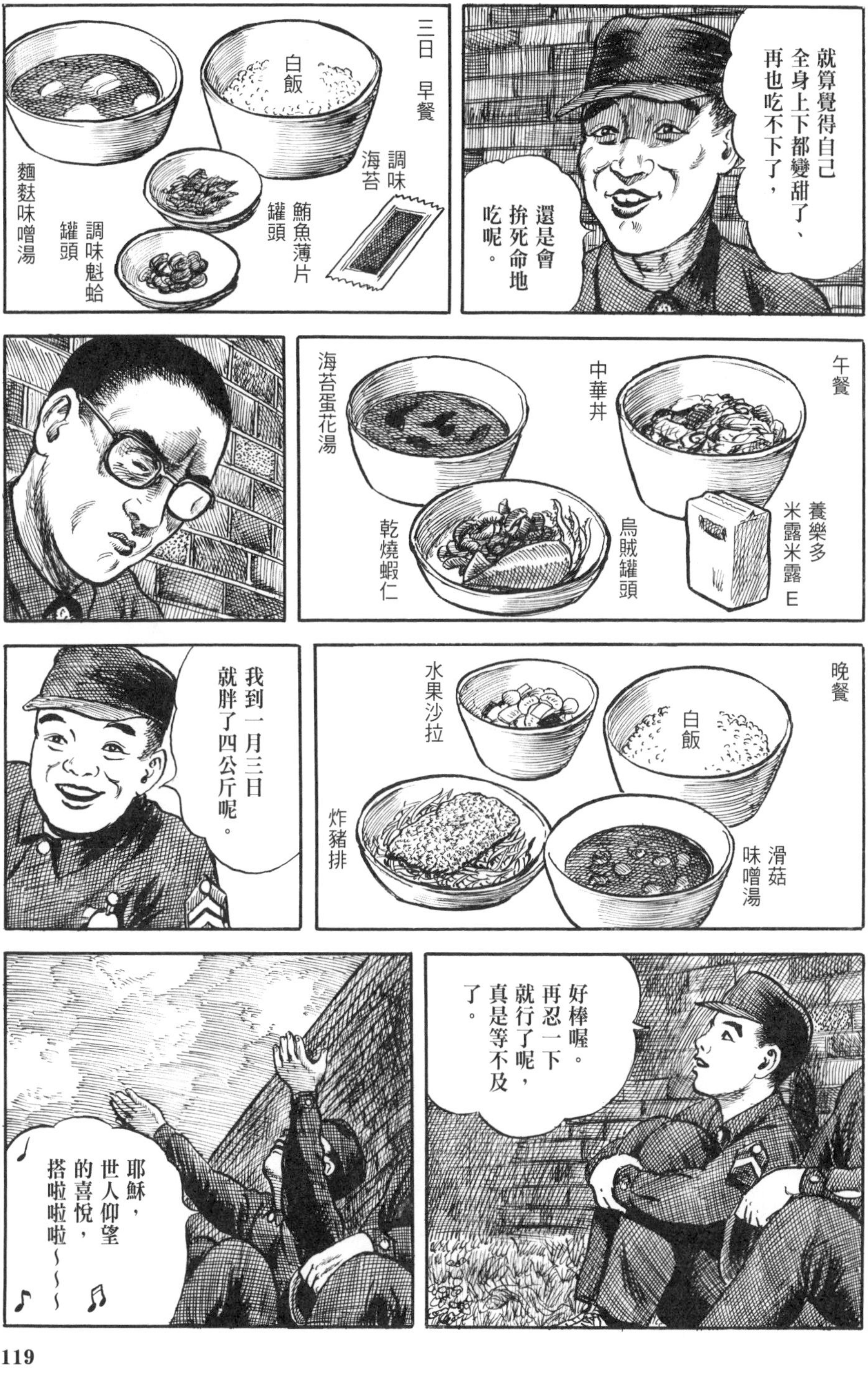
就算覺得自己全身上下都變甜了、再也吃不下了，
還是會拚死命地吃呢。
三日 早餐
白飯
調味海苔
鮪魚薄片罐頭
調味魁蛤罐頭
麵麩味噌湯
午餐
中華丼
養樂多 米露米露E
烏賊罐頭
乾燒蝦仁
海苔蛋花湯
晚餐
白飯
水果沙拉
滑菇味噌湯
炸豬排
我到一月三日就胖了四公斤呢。
好棒喔。再忍一下就行了呢，真是等不及了。
耶穌，世人仰望的喜悅，搭啦啦啦～～～

如何啊？要不要出個包，讓假釋取消，服滿刑期再出去？
啊，好主意耶，這樣你就能在這裡吃新年大餐了。
說什麼蠢話！
我怎麼可能做那麼丟臉的事啊。
大家每天都在想什麼時候能出去，想好幾年了，
出關日一旦逼近，又會感受到各種不安呢。
—毫無不安地仰望寬闊的天空監牢地上草—

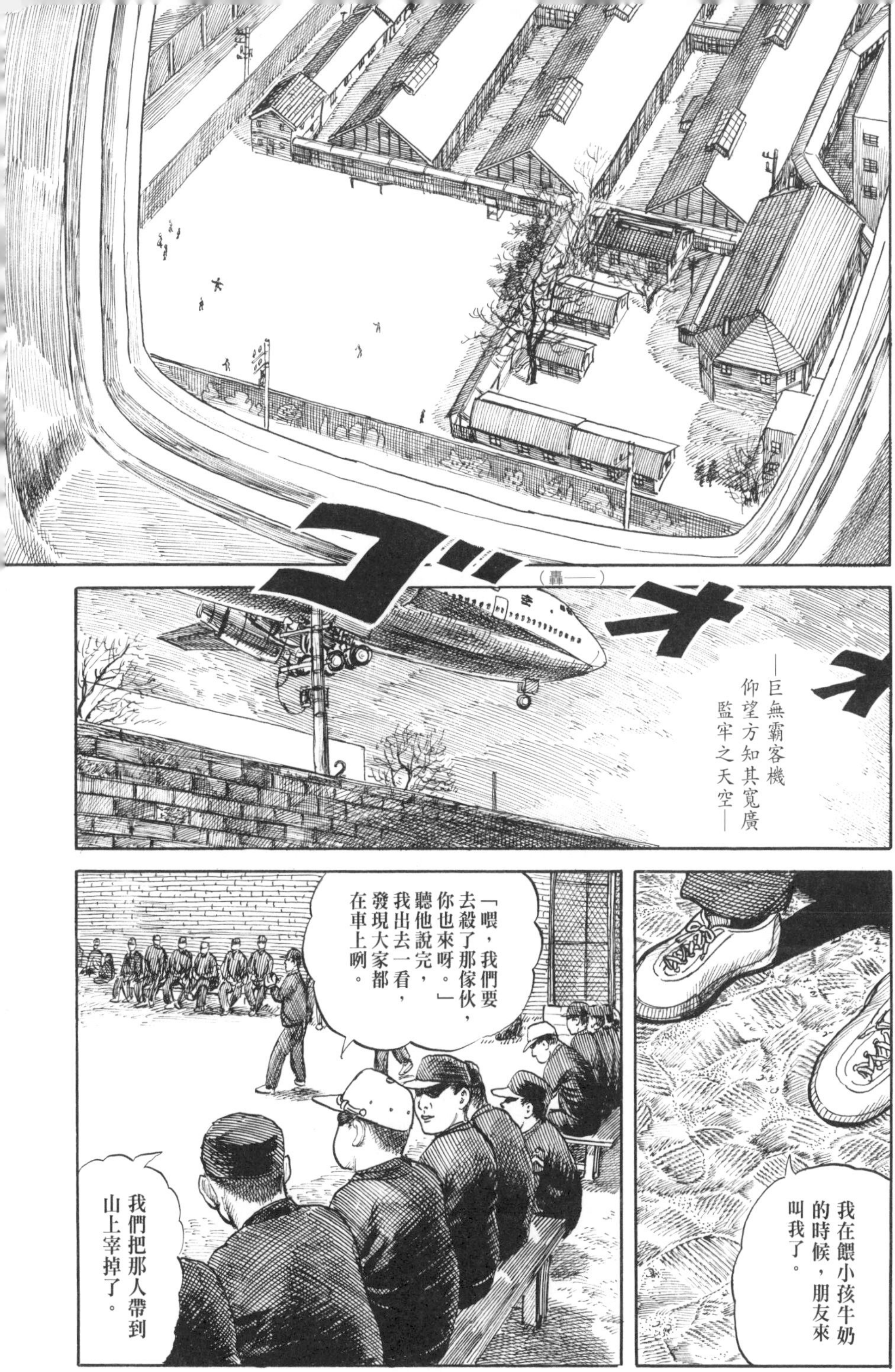
ゴオオ
(轟——)
—巨無霸客機
仰望方知其寬廣
監牢之天空—
我在餵小孩牛奶的時候，朋友來叫我了。
「喂，我們要去殺了那傢伙，你也來呀。」聽他說完，我出去一看，發現大家都在車上咧。
我們把那人帶到山上宰掉了。

他被殺掉時有沒有哇哇大哭？
沒有啊，只露出「快殺了我吧」的眼神。
像他那樣過活的人，被幹掉也是當然的呀。
面對黑道也是能撈多少，就撈多少呢。
可能已經走投無路，想求死了吧。
哎……好想抱抱小孩呢。
當時其中一個人信了教，跑去自首才害事情穿幫。
真是個大蠢蛋呢，那傢伙。
唉～新年馬上就要到了呢。
札幌那邊應該已經下雪了。

下雪的時候要在哪裡運動？
在那一頭的……
講堂。
三月融雪前，無法跨出戶外半步。
真想趕快吃年糕耶。
巧克力
羊羹
甜納豆
業務用紅豆餡
最中*
我的夢想是……
紅豆餡甜甜圈
餡蜜**
巧克力棒

*註：日式甜點，以糯米製成的皮包裹紅豆餡。

**註：日式甜點，寒天、紅豆、白湯圓和水果淋上黑糖蜜。

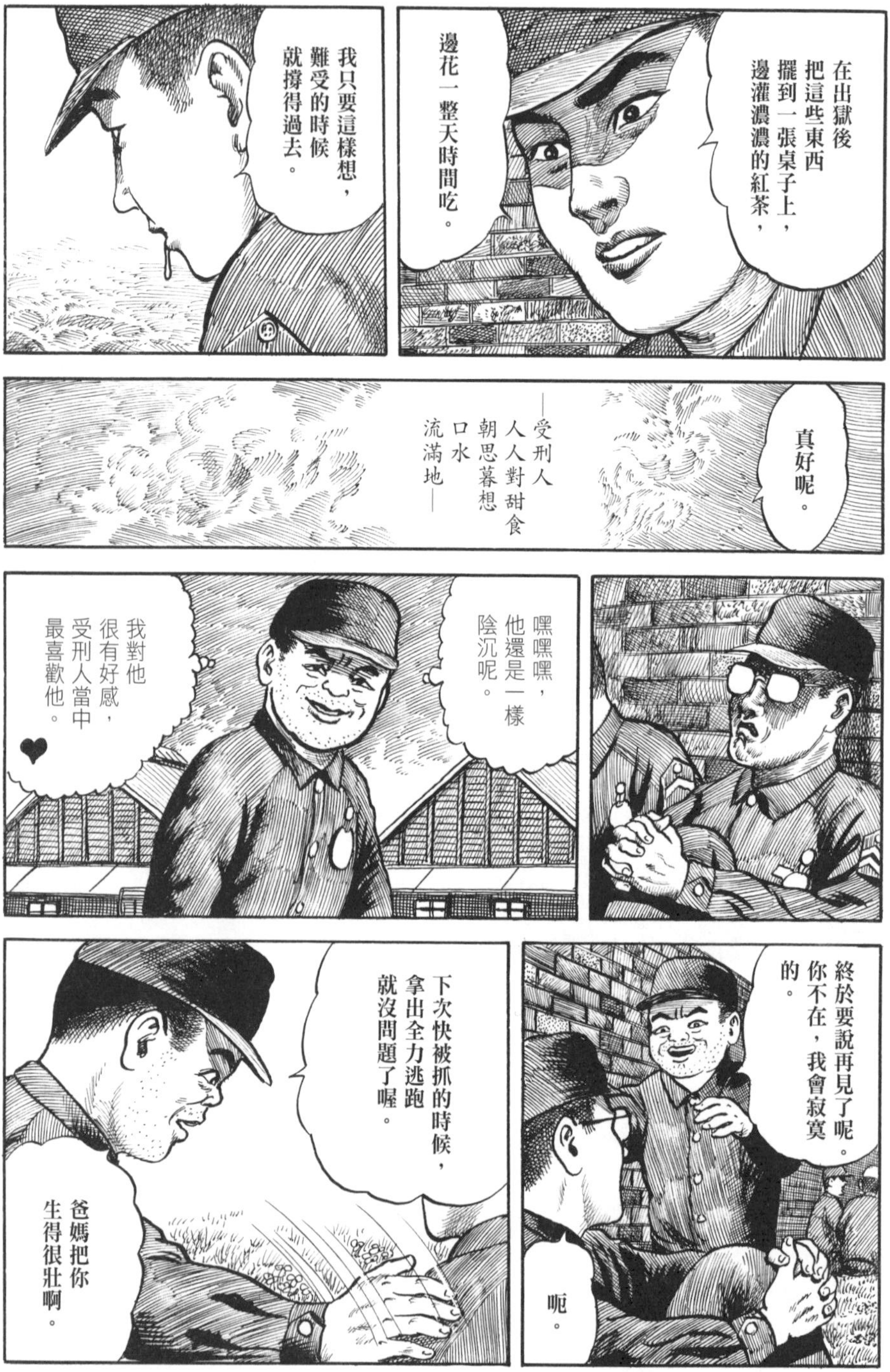
在出獄後
把這些東西
擺到一張桌子上，
邊灌濃濃的紅茶，
邊花一整天時間吃。
我只要這樣想，
難受的時候
就撐得過去。
真好呢。
—受刑人
人人對甜食
朝思暮想
口水
流滿地—
嘿嘿嘿，
他還是一樣
陰沉呢。
我對他
很有好感，
受刑人當中
最喜歡他。
終於要說再見了呢。
你不在，我會寂寞
的。
呃。
下次快被抓的時候，
拿出全力逃跑
就沒問題了喔。
爸媽把你
生得很壯啊。

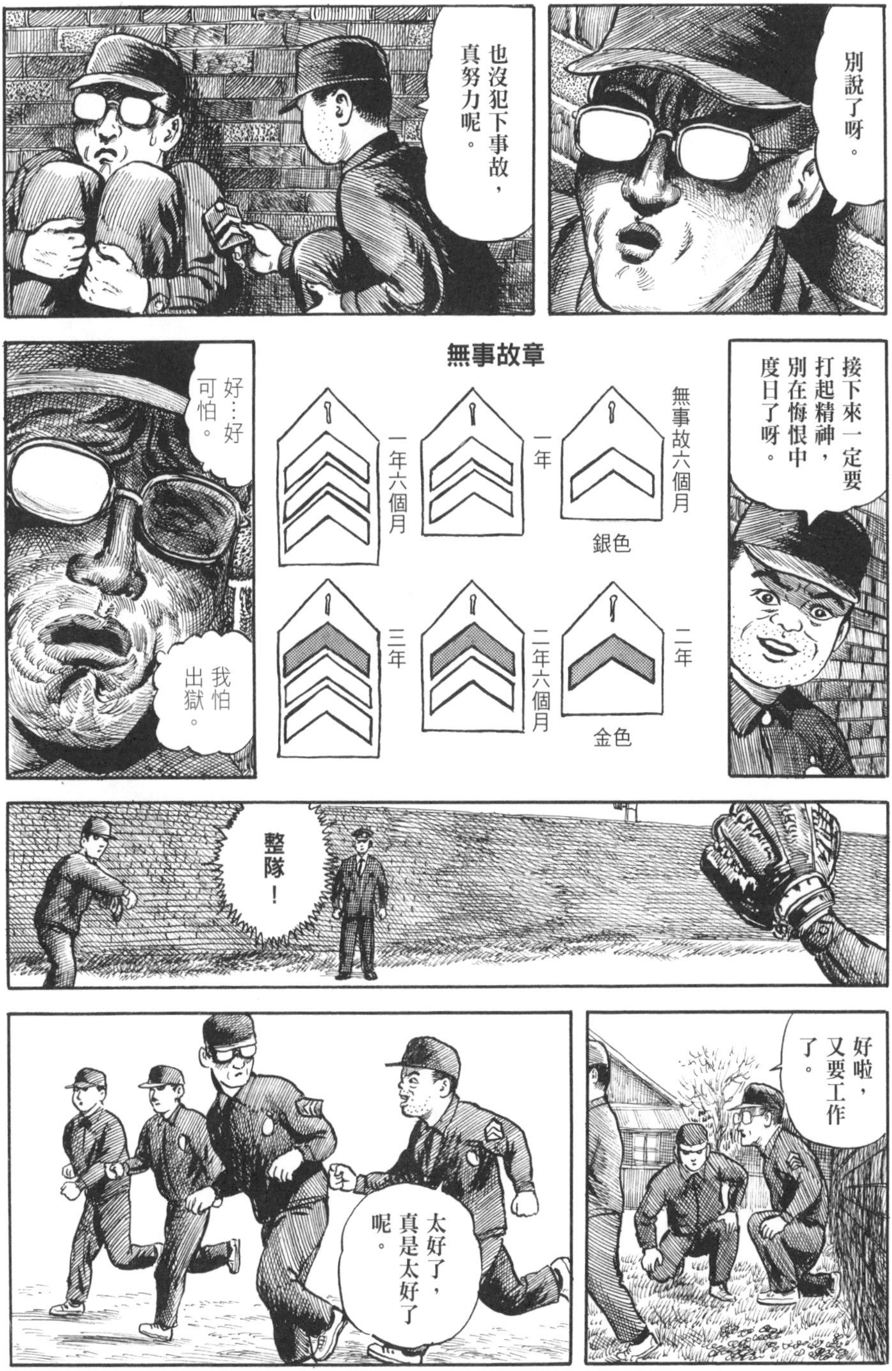
別說了呀。
也沒犯下事故，真努力呢。
接下來一定要打起精神，別在悔恨中度日了呀。
無事故章
無事故六個月
銀色
一年
一年六個月
二年
金色
二年六個月
三年
好…好可怕。
我怕出獄。
整隊！
好啦，又要工作了。
太好了，真是太好了呢。

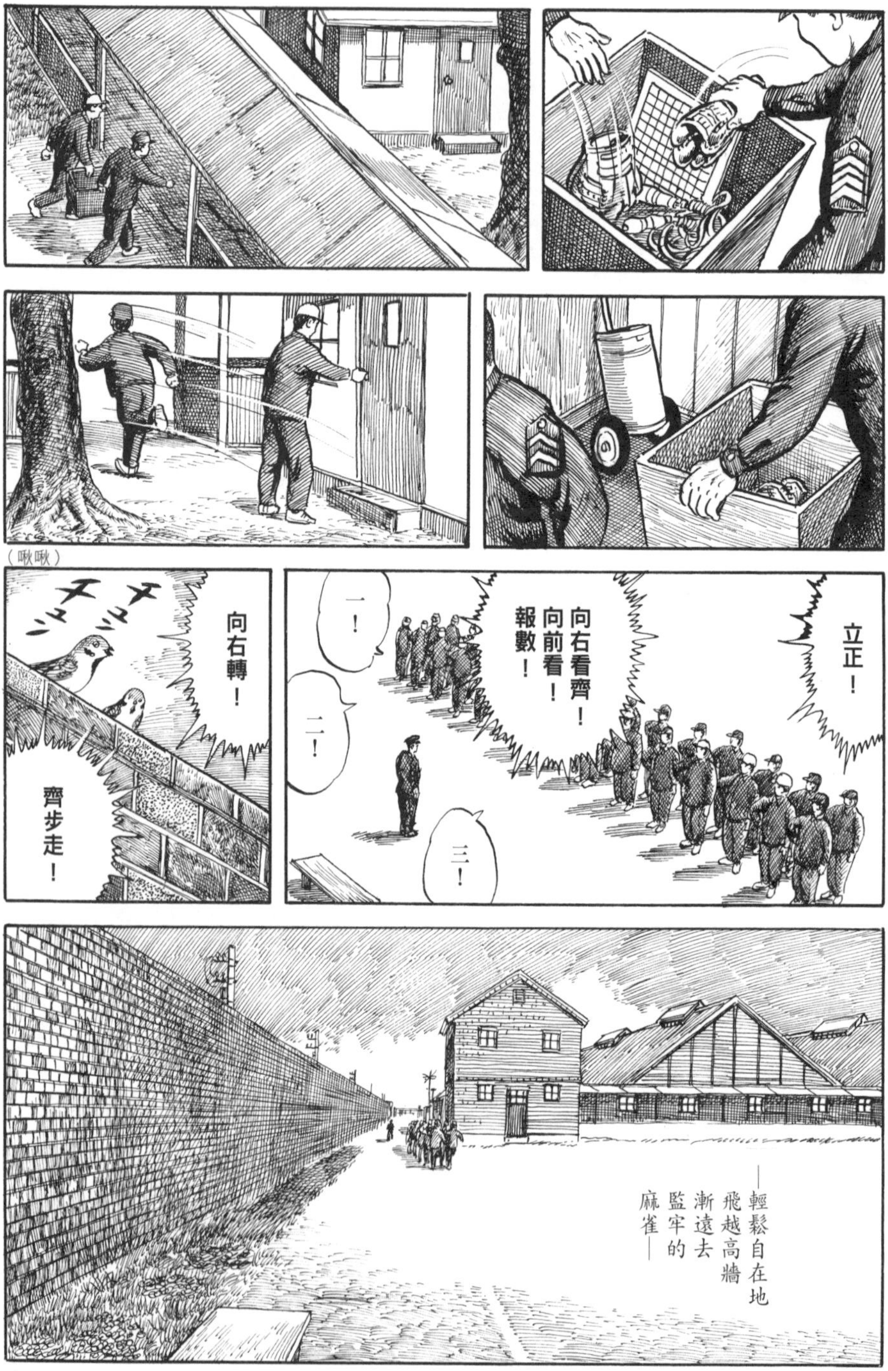
立正！
向右看齊！向前看！報數！
一！
二！
三！
（啾啾）
チュン チュン
向右轉！
齊步走！
—輕鬆自在地飛越高牆漸遠去監牢的麻雀—

完

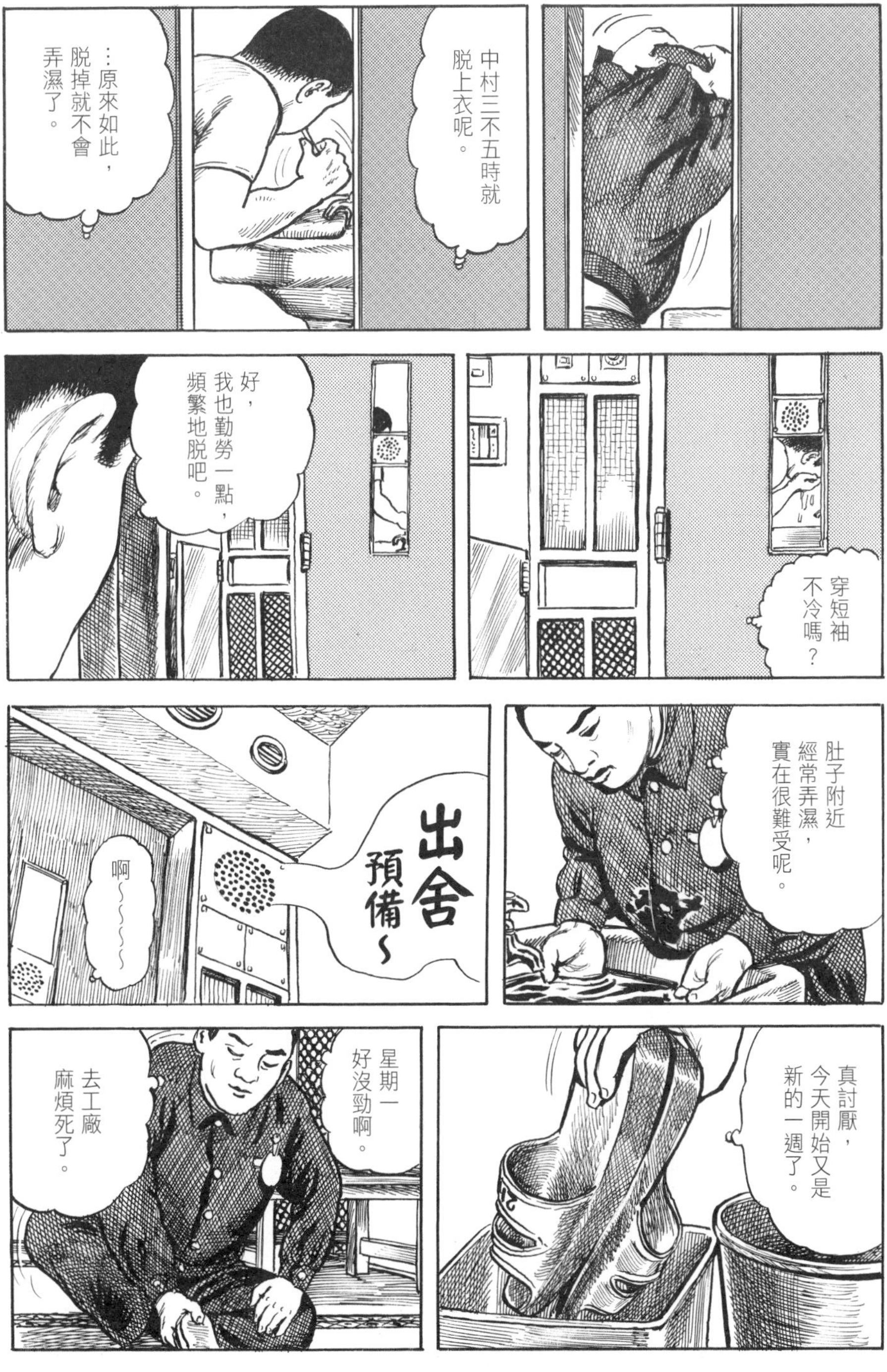
中村三不五時就脱上衣呢。
…原來如此，脱掉就不會弄濕了。
穿短袖不冷嗎？
好，我也勤勞一點，頻繁地脱吧。
肚子附近經常弄濕，實在很難受呢。
出舍預備～
啊～～～～
真討厭，今天開始又是新的一週了。
星期一好沒勁啊。
去工廠麻煩死了。

# 冬季的一天

又下雪啦。還真常下呢。
…話說回來，時間真是不可思議。回過神來竟然已經是中午了，一邊吃中飯一邊想，
咦？已經中午了。剛剛才想著要吃中飯，現在真的已經在吃了。
早上想的事情這麼快就實現了…
咦？真的已經中午了。
不知不覺間，一天結束了…
我又像這樣跪坐著接受晚點名了呀…
…時間的流動真是不可思議…
冬季的一天一下子就過去了…這過程重複幾次後，星期五馬上就到了。……一個禮拜過得異常快速。
開始出舍！
洗衣～～～！
獄外清潔～～！
乾洗～～～！
七號工廠～～！
（喀恰）
（嘰── 啪噠）

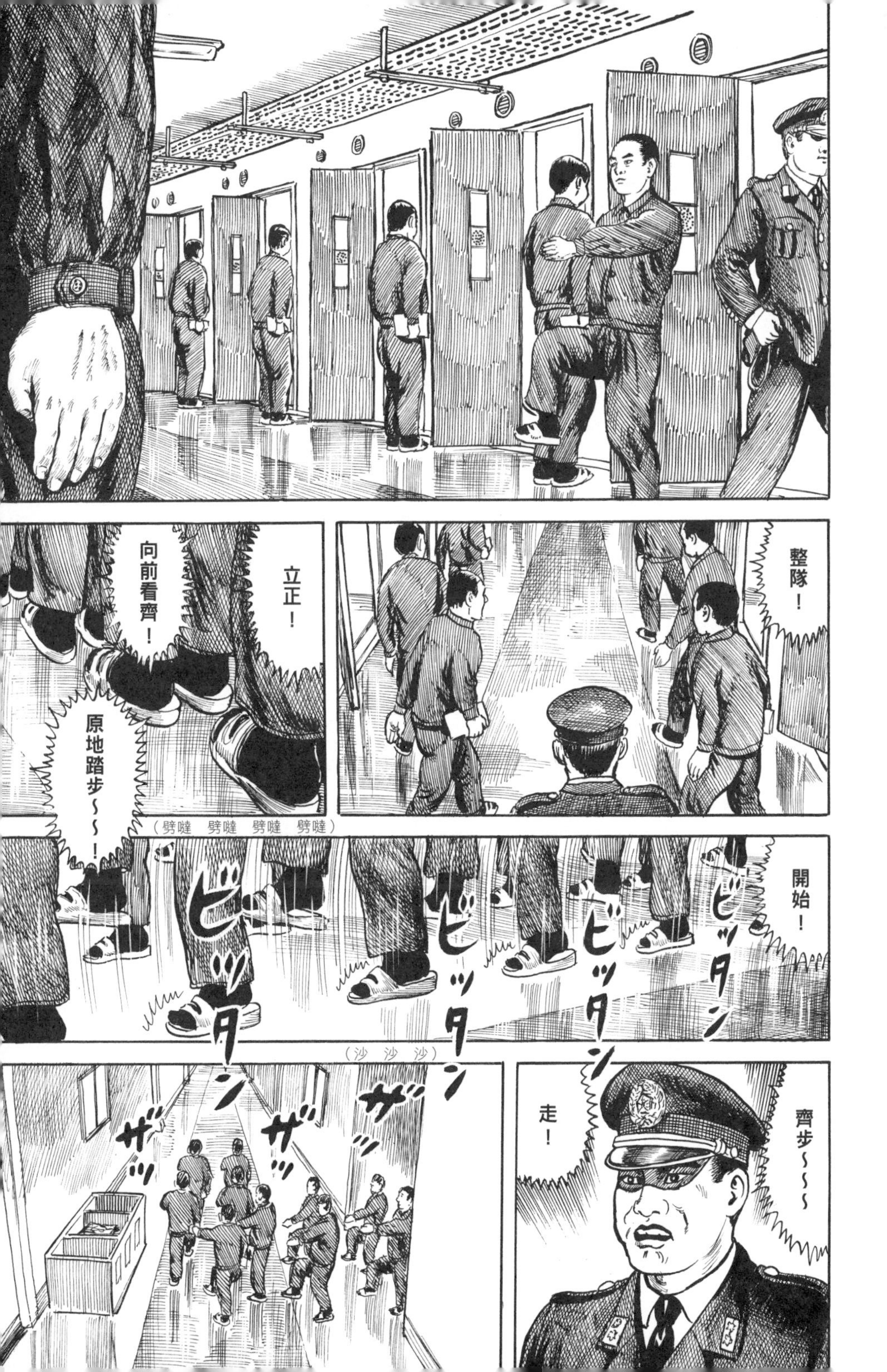

整隊！
立正！
向前看齊！
原地踏步～～！
（劈噠　劈噠　劈噠　劈噠）
開始！
ビッタン
ビッタン
ビッタン
ビッタン
齊步～～～
走！
（沙　沙　沙）
ザッ
ザッ
ザッ
ザッ

擺動手臂！
步伐要整齊！
腳再抬高！
每天早上都被手臂上有金線的長官怒罵…
安檢處
早上和傍晚脱衣、更衣…

（沙 沙 沙）
（沙 沙 沙 沙）
所有人～～～立定！
立正！
報數！
（轟——轟——）
一。
二。
三。
四。
今天早上的重油爐也燒得紅通通的。
向上伸展體操！
三個禁止事項
1 禁止交談
2 禁止張望
3 禁止擅自離席
嘿
咻～～

嘿咻～
嘿咻～
嘿咻～
「嘿咻」又為今天揭開了序幕。
開始搓手～～～！
(娑娑娑)
(娑娑娑)

彫刻
日照似乎
一天比一天強了，
雖然一次只
增加一點點。
……啊，
春天
快來吧。
像水流上的
葉片那樣……
完全不思考、
只聽從命令
運動身體的話，
時間一眨眼
就過去了。
停止搓手～～！
開始作業～！
（喀叩）
ガリ
ゴリ
（叩叩）
ゴリ
ゴリ
叮
噹
咚
咚
唉唷？

停止作業～～～！
整隊！
已經到了正午前休息時間啦。
好快呀……
討厭的星期一也過四分之一了。
立正！
報數！
我想用廁。
好。
我想用廁。
好。
（喀噠）
カタ
使用中
（嘰）
唔…快出來了。

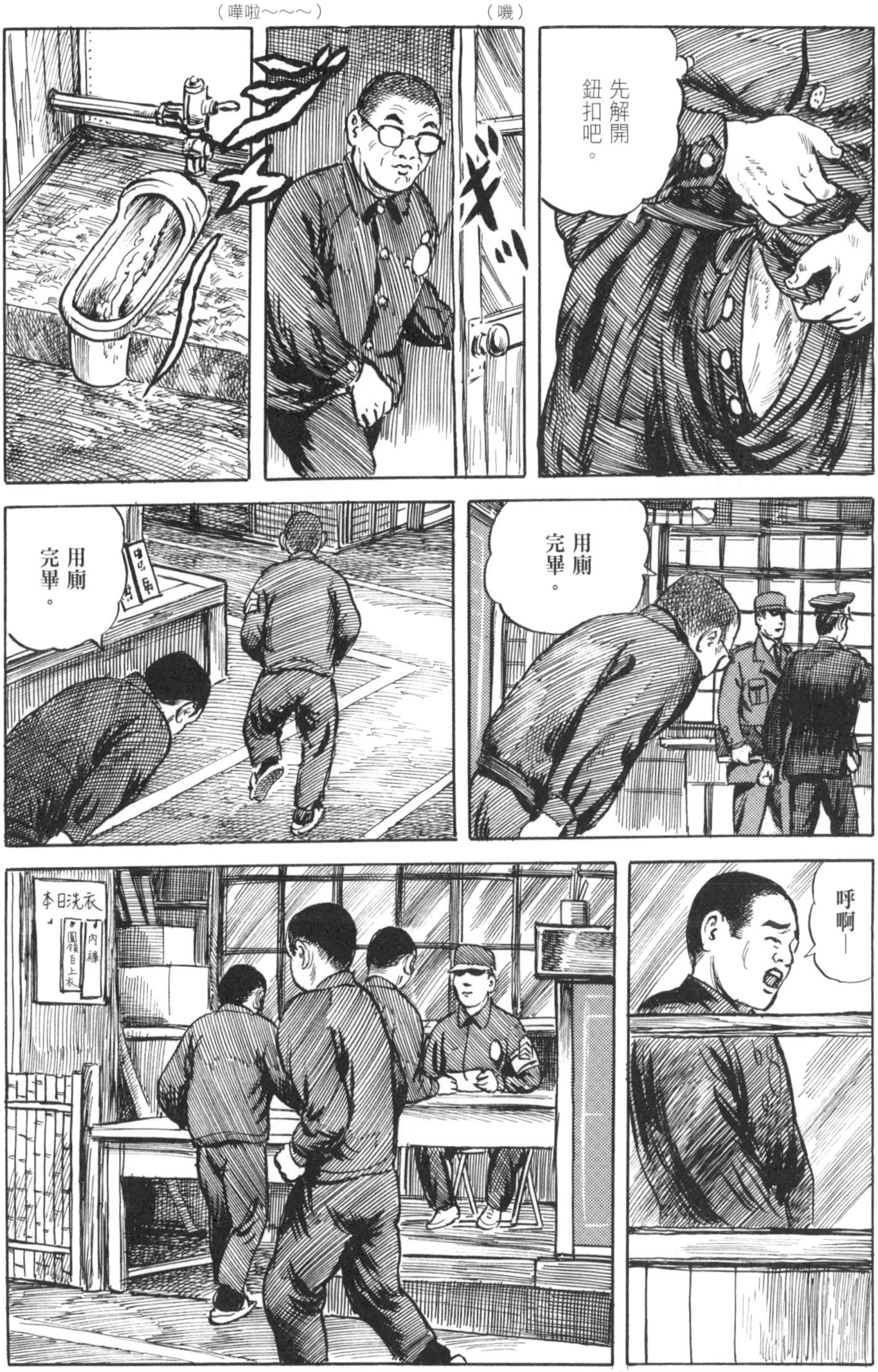
先解開鈕扣吧。
（嘰）
（嘩啦～～～）
用廁完畢。
用廁完畢。
呼啊—
本日洗衣
內褲
圓領白上衣

本日洗衣
內褲
圓領白上衣
用廁完畢。
好。
你不穿針織的衣褲，不會冷嗎？
不會啊…不會怎樣喔。
第
花輪
（噠　噠　噠　噠）
整隊！
ダ
食堂
ダ
ダ

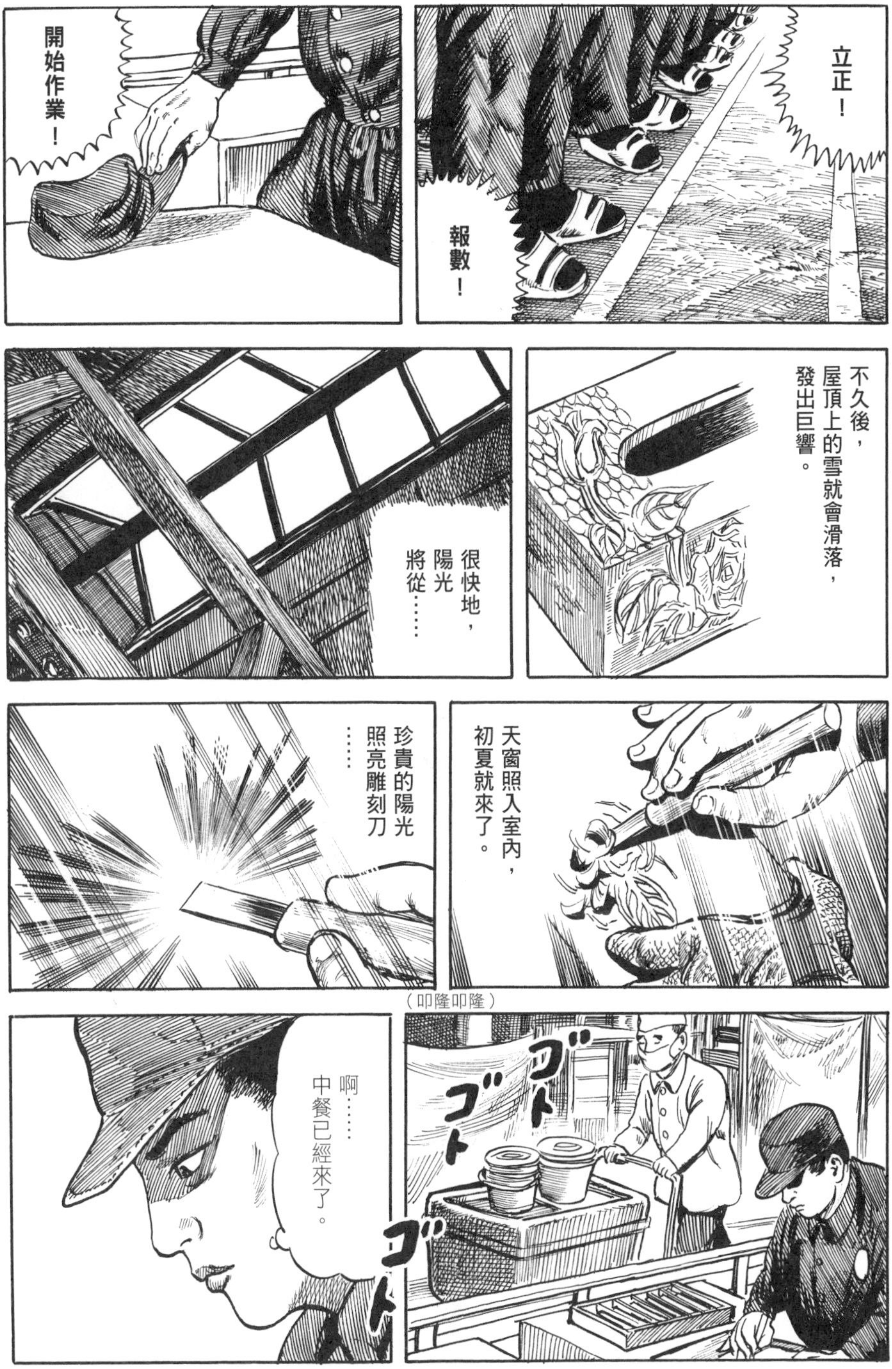
立正！
報數！
開始作業！
不久後，屋頂上的雪就會滑落，發出巨響。
很快地，陽光將從……
天窗照入室內，初夏就來了。
珍貴的陽光照亮雕刻刀……
（叩隆叩隆）
ゴト
ゴト
ゴト
啊……中餐已經來了。

啊……今天吃咖哩。
撲鼻～
啊……我真的在吃中餐了，就跟我早上想的一樣。

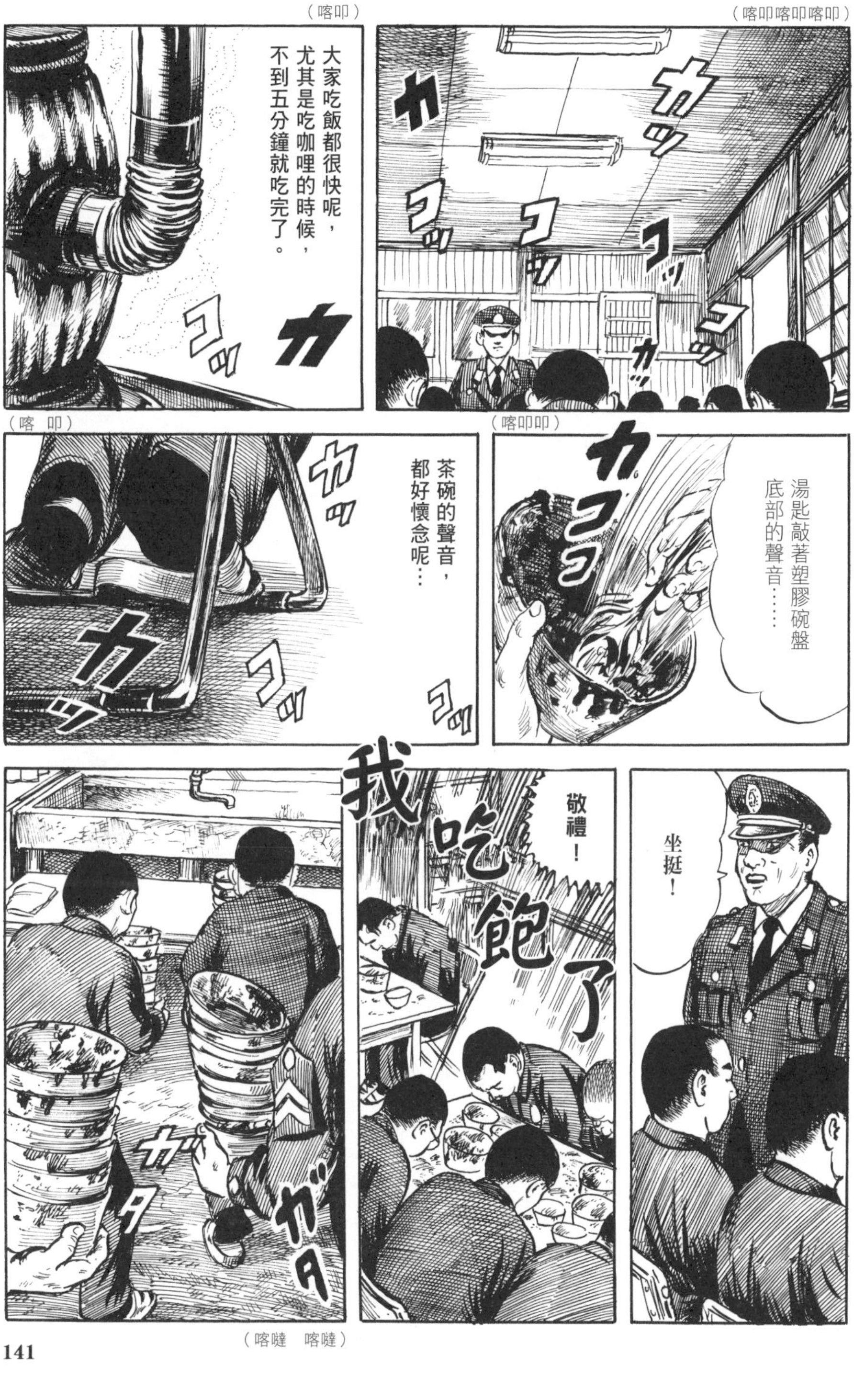
（喀叩喀叩喀叩）
大家吃飯都很快呢，尤其是吃咖哩的時候，不到五分鐘就吃完了。
（喀叩）
（喀叩叩）
湯匙敲著塑膠碗盤底部的聲音……
（喀 叩）
茶碗的聲音，都好懷念呢……
坐挺！
敬禮！
我吃飽了
（喀噠 喀噠）

每張桌子都撒滿菜渣，髒兮兮的，但大家都毫不在意。
因為不知不覺間就會變乾淨了。奇妙得很……
試著閉上眼睛，你會感受到鬧哄哄的交談聲。

開始作業~!
(唰唰——)
鸕鶿的鼻子
仁王
還有柿根
小杜鵑
鮠魚
也來哭訴

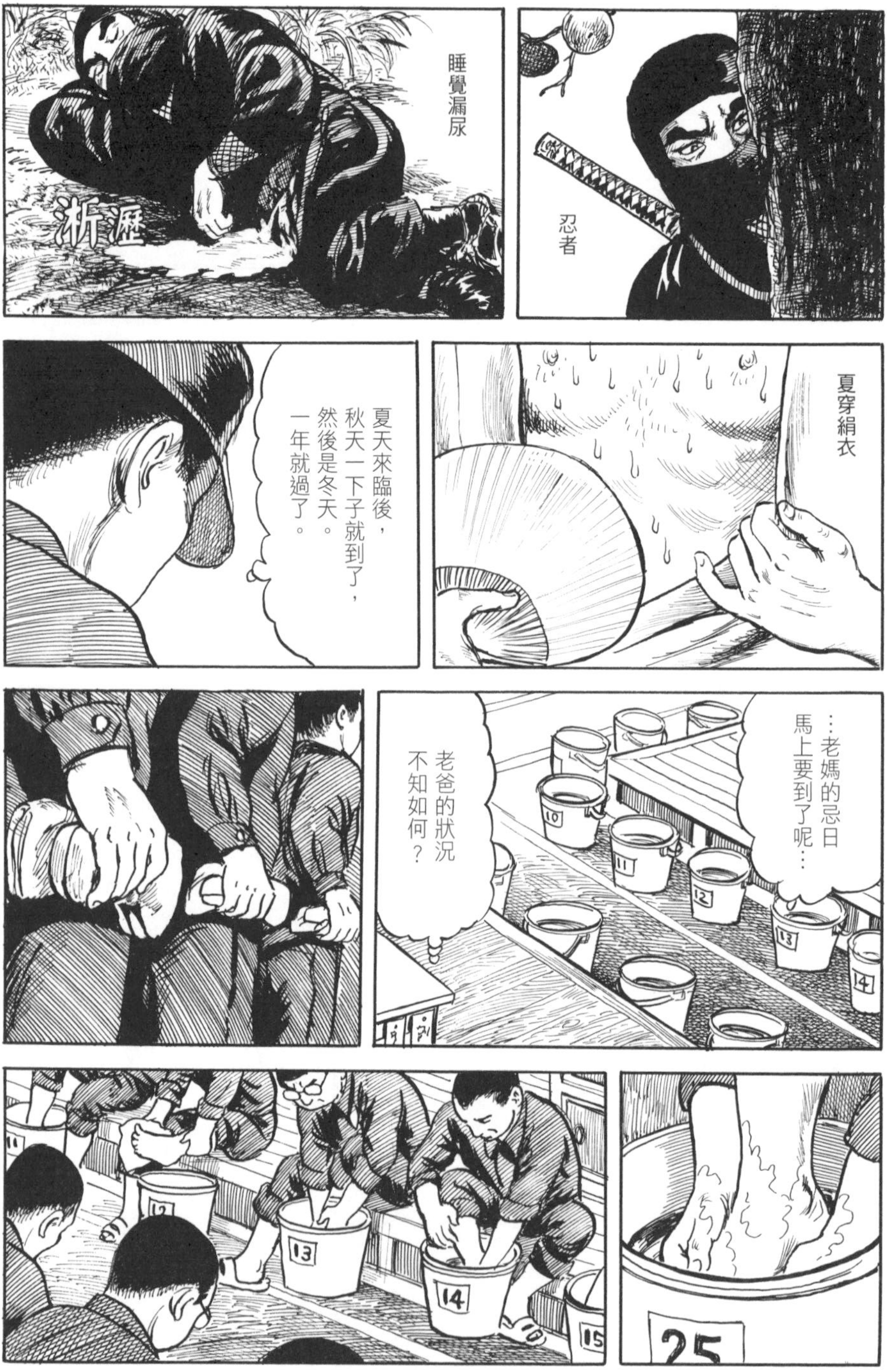
忍者
睡覺漏尿
淅瀝
夏穿絹衣
夏天來臨後，秋天一下子就到了，然後是冬天。一年就過了。
……老媽的忌日馬上要到了呢……
老爸的狀況不知如何？

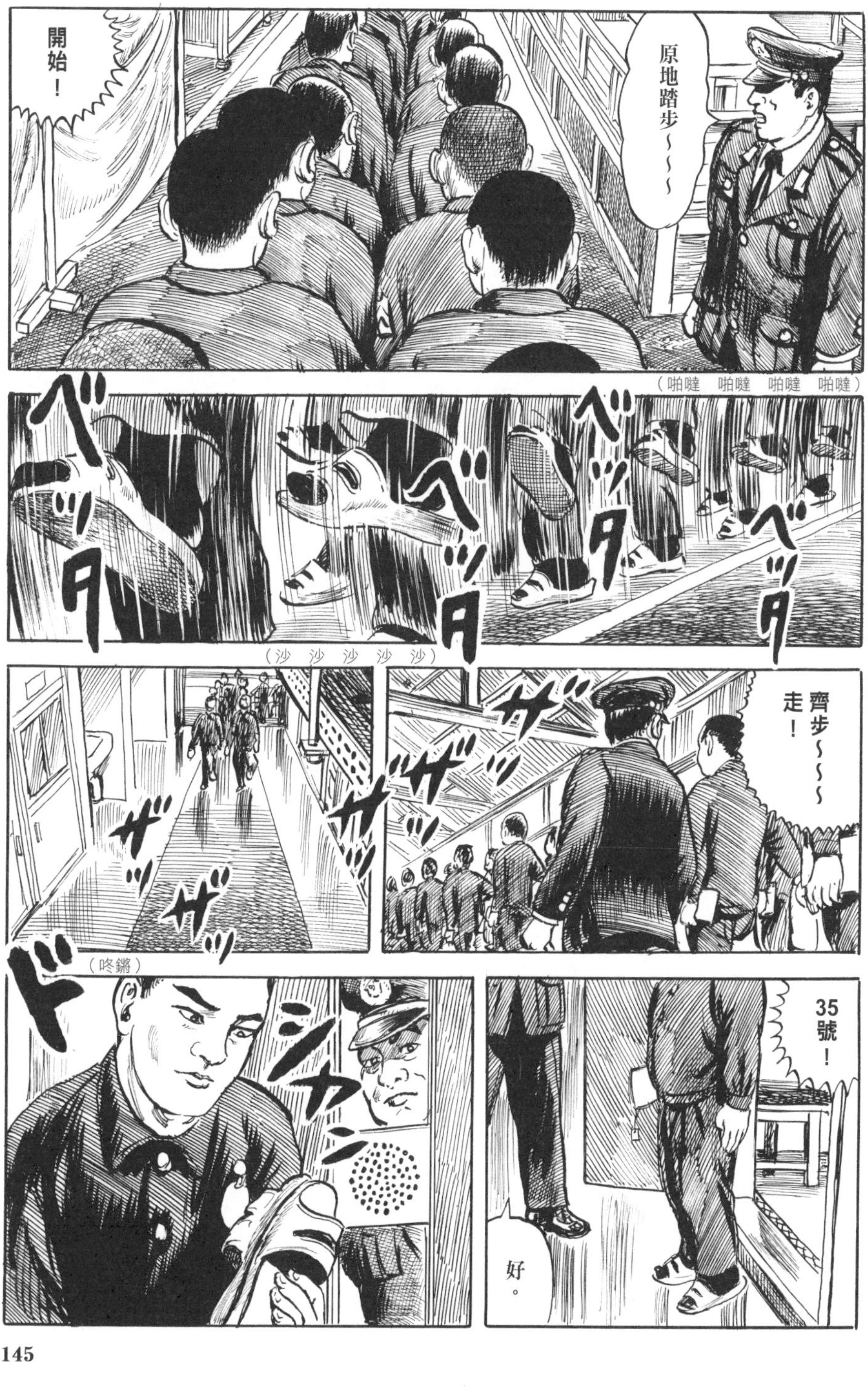
原地踏步～～～
開始！
（啪噠　啪噠　啪噠　啪噠）
齊步～～～走！
（沙沙沙沙沙）
35號！
好。
（咚鏘）

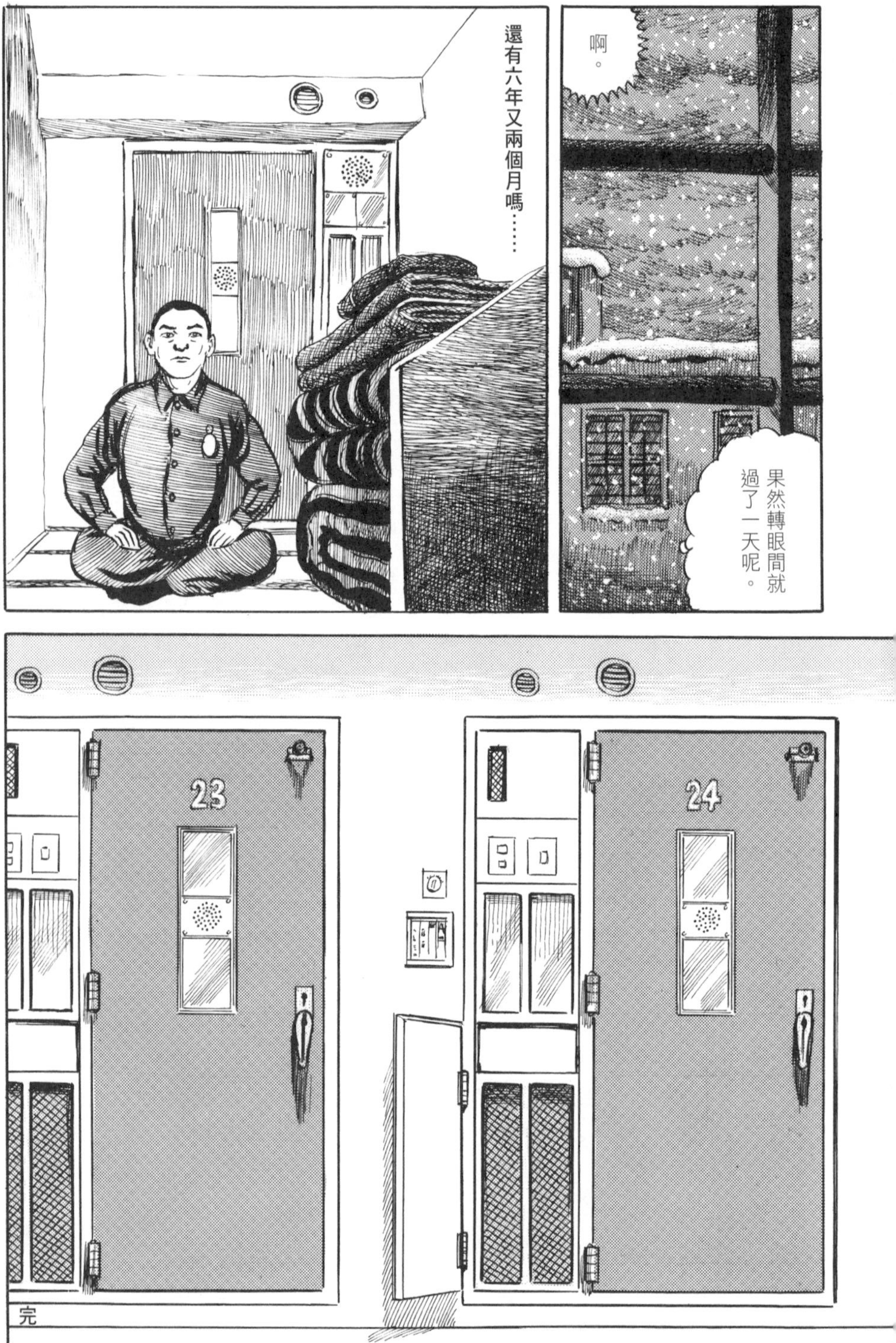
啊。
果然轉眼間就過了一天呢。
還有六年又兩個月嗎……
23
24
完

我有請求之牆

參加矯正展之得獎木工製品表揚獎狀
食堂兼休息室
計算工
清潔人員
消火器
值勤台
受刑人用置物櫃
許可牌
桌球台
鎌倉雕刻漆器完成品樣本
白漆腳印

安全第一
海報
運動會獎盃
雕刻班成績表
運動鞋
廁所
危險物
禁止擅自取用
稀釋液塗料放置櫃
內褲
襪子
完成樣品
削鉛筆器
垃圾桶
擅自取用
禁止
雕刻刀櫃
雕刻班

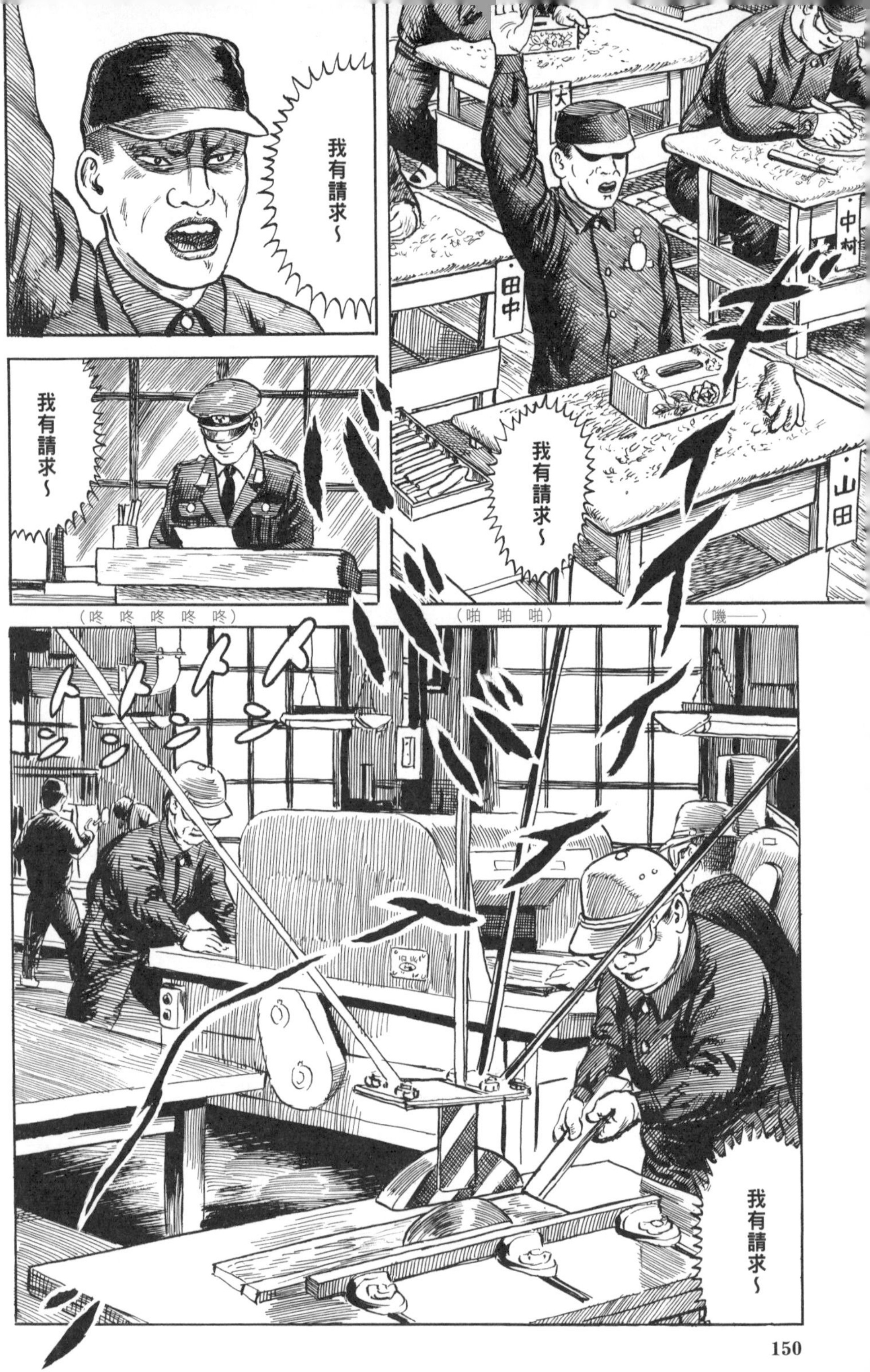

我有請求~
田中
中村
山田
我有請求~
我有請求~
（咚 咚 咚 咚 咚）
（啪 啪 啪）
（嘰——）
我有請求~

三個禁止事項
1 禁止交談
2 禁止張望
3 禁止擅自離席
我有請求~
我有請求~
（窣）
我想用廁~
（喀噠噠）
在地板上安靜走路……
（嘰嘰）
進入白線後，
（噠）
兩手抵腰小跑步……
（噠噠噠噠）

停
ㄉㄉㄉ
(噠噠噠)
踩上腳印
沙
立正，
脫帽。
敬禮。
我想用廁。
什麼啊，不是早上上完才來的嗎？

真…真是不好意思。
我肚子突然……
工作時盡量別去廁所喔。
好。
搜身。
敬禮。
戴帽。
（喀叩）
再次兩手抵腰小跑步。
（噠噠噠噠）
タタタタ
使用中
使用中
紅色油漆木牌（大）
黑色（小）
使用中
ヤコッ

（啪噠）
バタン
差不多該去磨雕刻刀了。
滾
滾
咚
大小事都得說「我有請求」、「我有請求」，麻煩死了，真討厭。
啊！
我…我有請求～
我有請求～
我有請求～

（窣）
我要撿橡皮擦！
禁止張望
禁止擅自離席
（嘎嘎嘎嘎）
（喀噠）
…怎麼撿個橡皮擦就精神疲勞成這樣…
呼—
（嘩啦）
掛木牌回去，再次雙手抵腰，小跑步。
（噠噠噠）

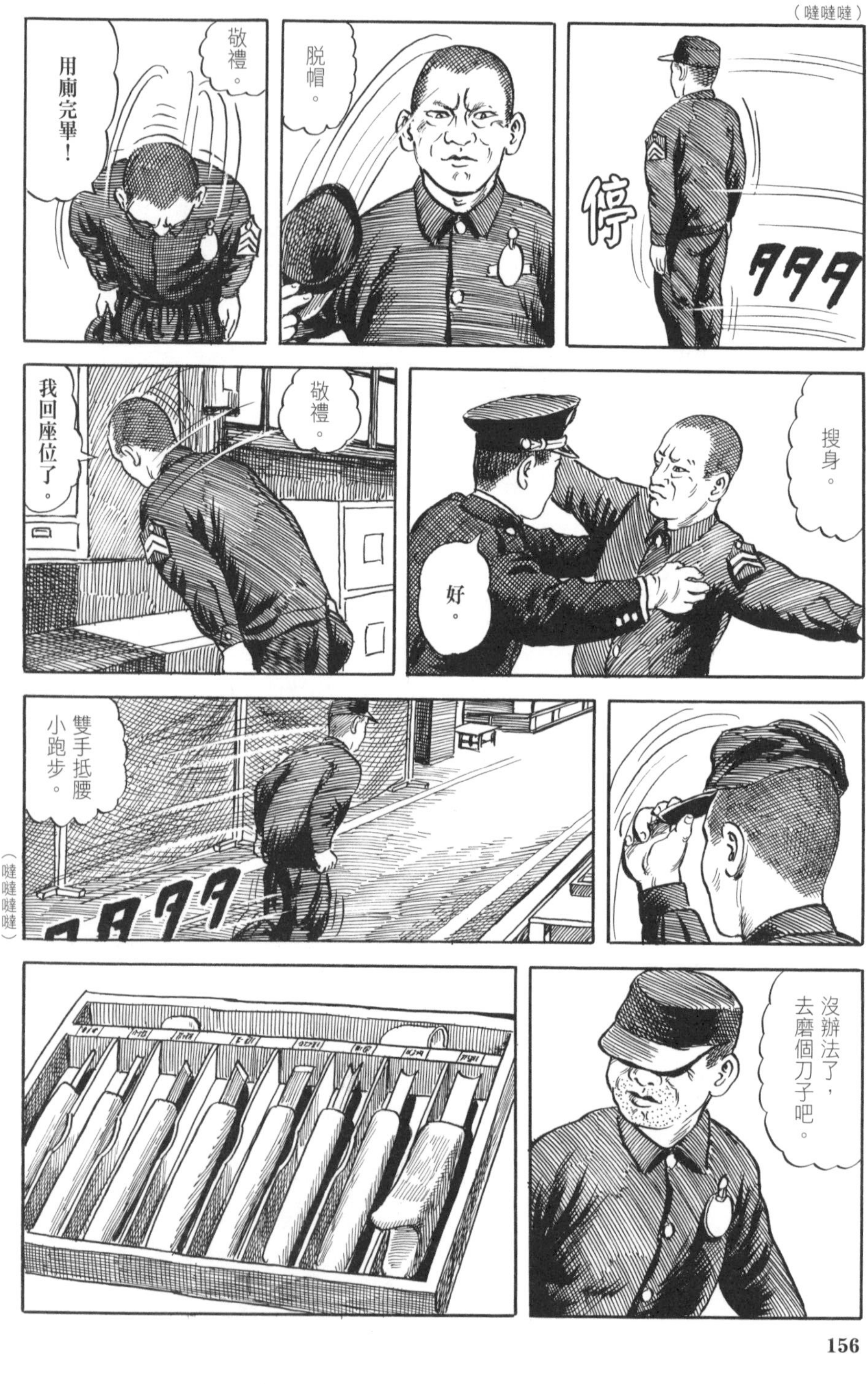

（噠噠噠）
停
タタタ
脱帽。
敬禮。
用廁完畢！
搜身。
好。
敬禮。
我回座位了。
雙手抵腰小跑步。
（噠噠噠噠）
タタタタ
沒辦法了，去磨個刀子吧。

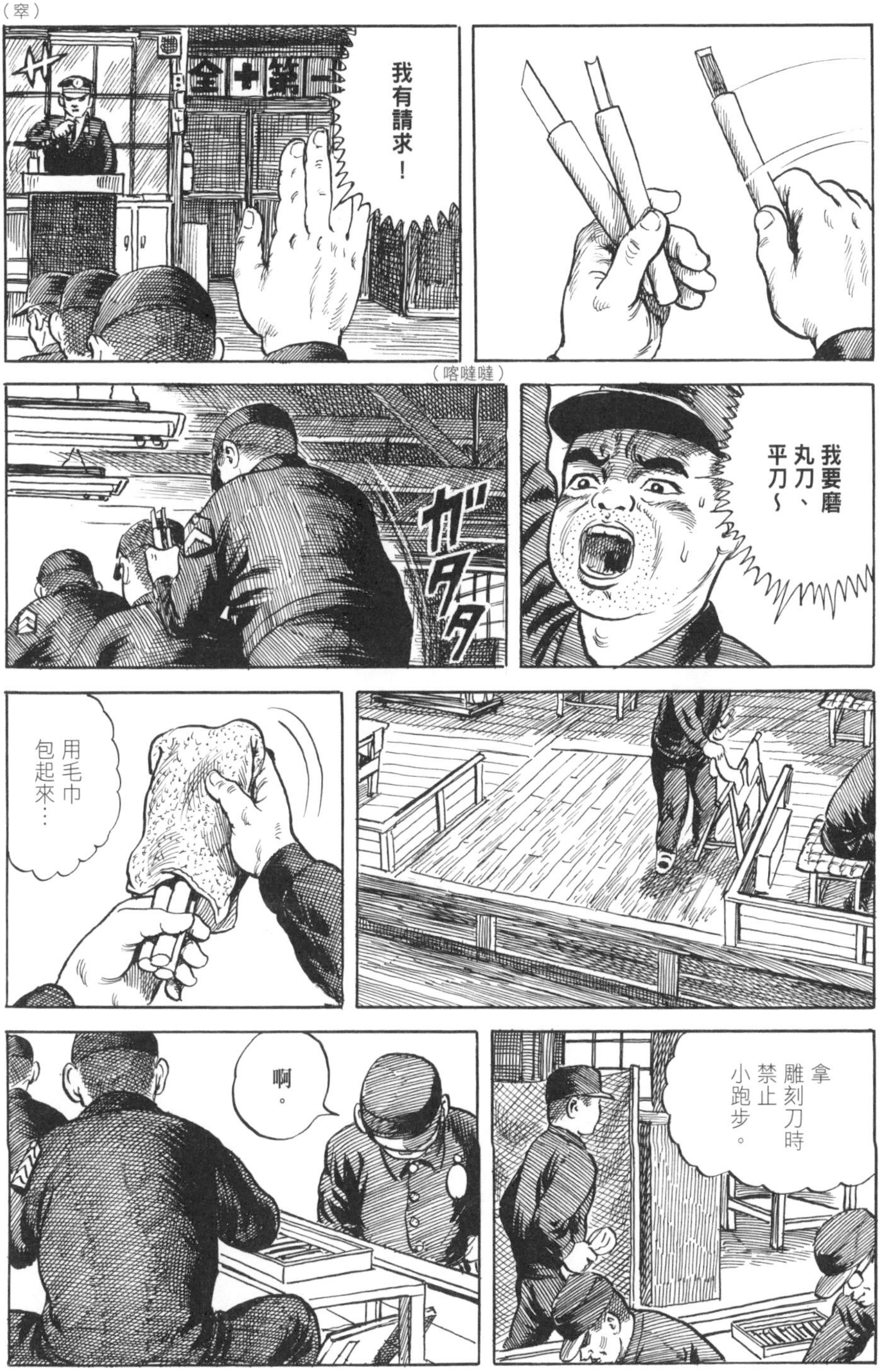
（窣）
我有請求！
（喀噠噠）
ガタタ
我要磨丸刀、平刀～
用毛巾包起來……
拿雕刻刀時禁止小跑步。
啊。

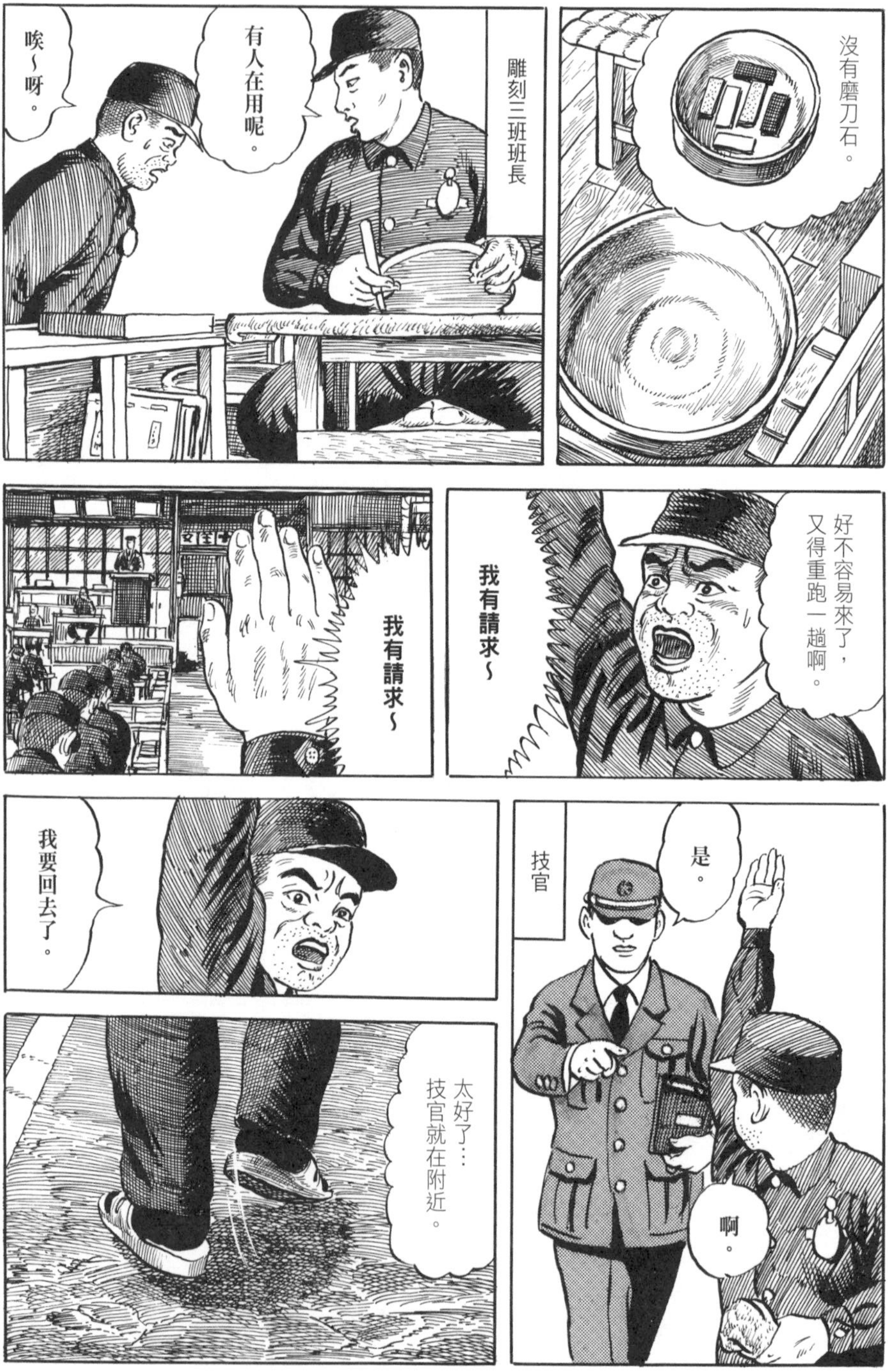
沒有磨刀石。
雕刻三班班長
有人在用呢。
唉~呀。
好不容易來了，又得重跑一趟啊。
我有請求~
我有請求~
技官
是。
啊。
我要回去了。
太好了…技官就在附近。

（嘶──喀──嘶──喀──）

研磨機。

是。

我有請求。

研磨機

班長

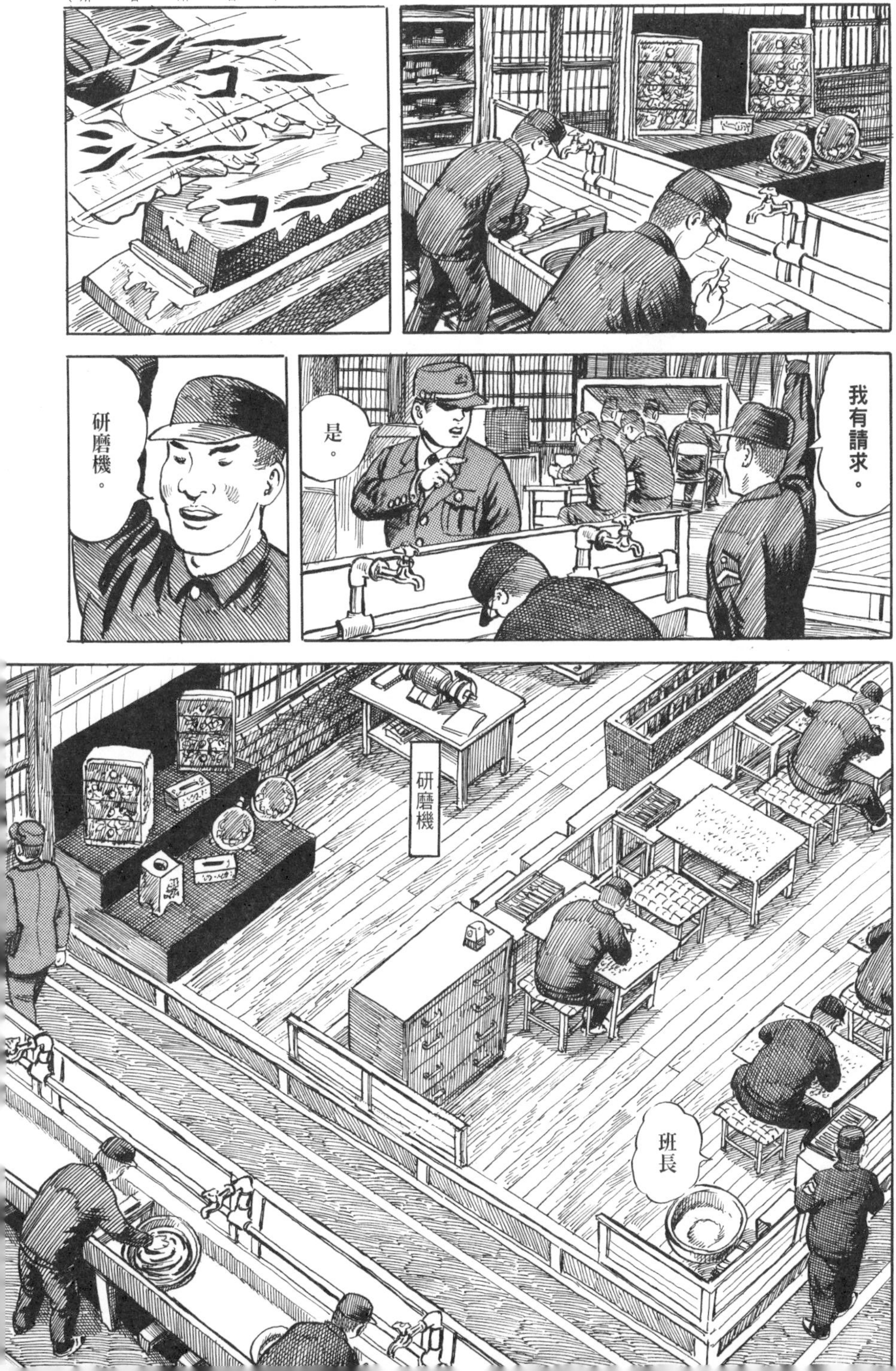

請檢查磨刀石。
磨刀石如果只用某一段，用久了會凹下去。要盡可能用到每一段。
嗯。
可以喔。
（叩咚）
ゴト

（嘎嘎——嗡～～～）
（喀哩叩哩）
磨刀石差不多回來了吧。
禁止張望
禁止張望，所以我也不能回頭看洗手台那邊呢。
我有請求～
我有請求～
我要回座位～
我有請求～
我有請求～
需要班長指導～

雕刻一班班長
我有請求~
作業指導牌。
（噠噠噠噠）
ㄉㄉㄉㄉ
作業指導中
作業指導
作業指導
作業連絡
作業連絡
我有請求~
我有請求~
我有請求~
ㄉㄉㄉㄉ
（噠噠噠噠）

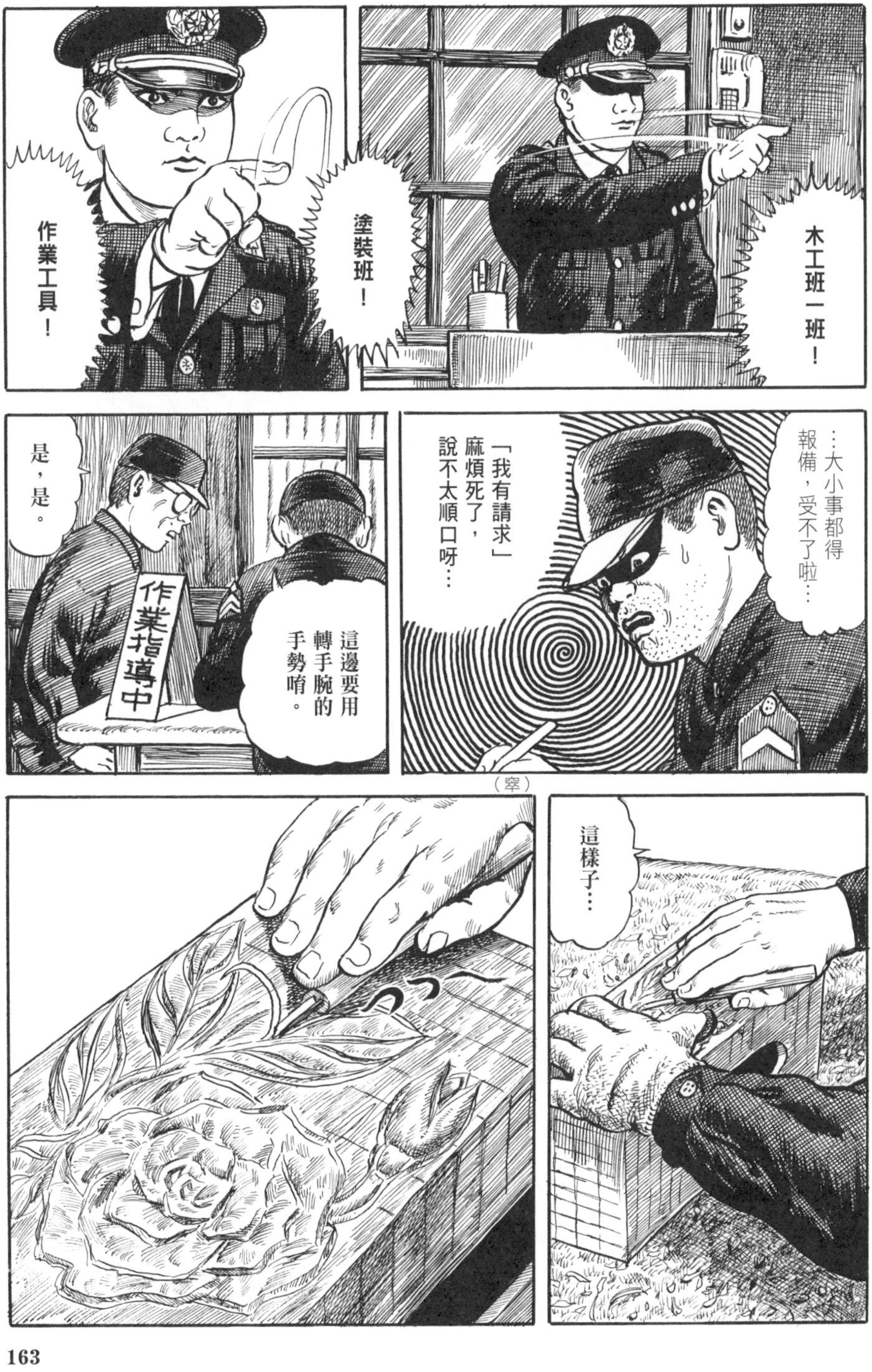

木工班一班！
塗裝班！
作業工具！
…大小事都得報備，受不了啦…
「我有請求」麻煩死了，說不太順口呀…
這邊要用轉手腕的手勢唷。
是，是。
作業指導中
(窣)
這樣子…

作業指
我有請求～
我有請求～
啊～～～算了算了算了！今天不磨刀了！
別人的請求太礙事了，我去不了呀。
我有請求～
叮 咚 噹 咚
停止作業～
整隊！

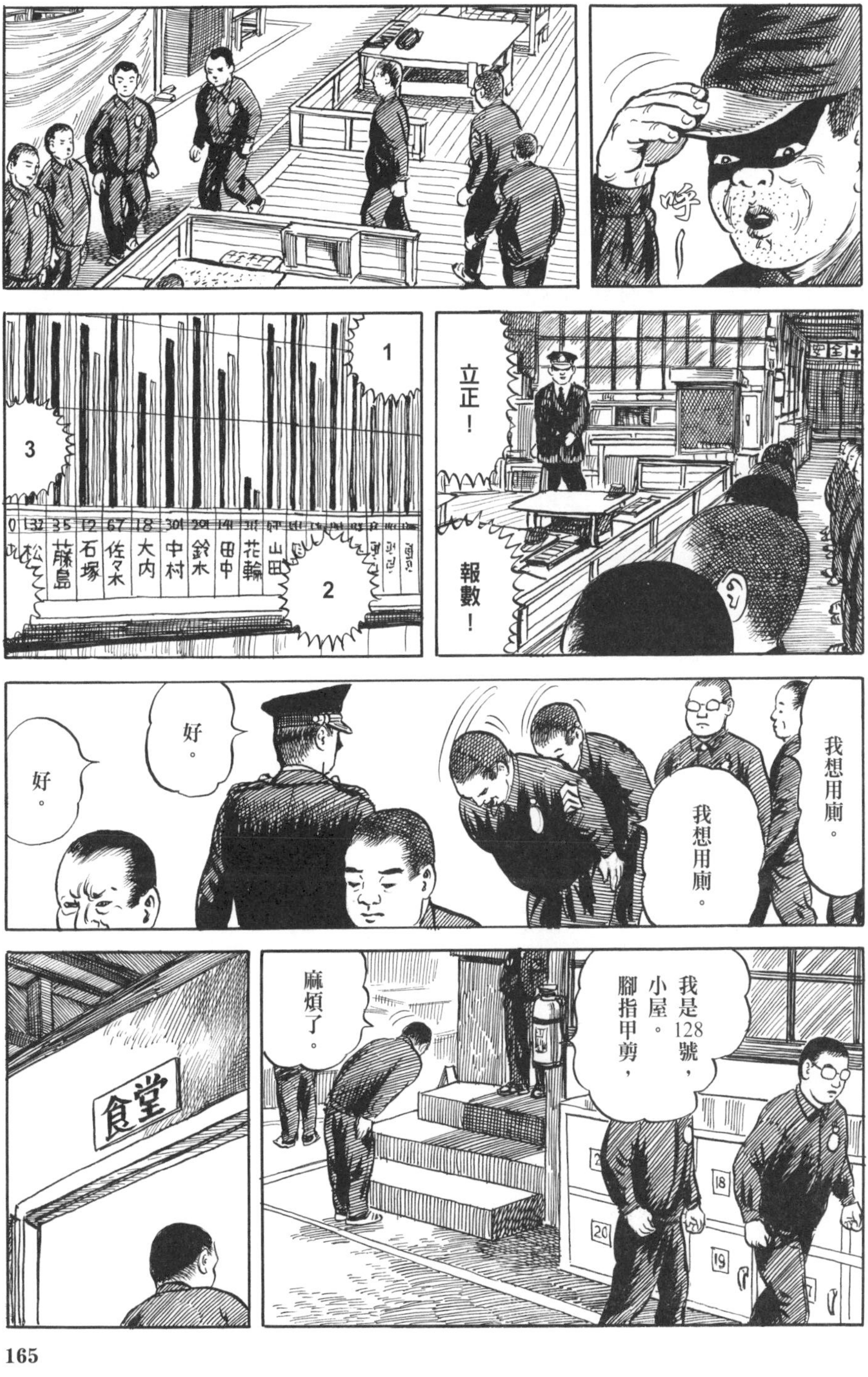
呼—
立正！
報數！
1
2
3
松
藤島
石塚
佐々木
大内
中村
鈴木
田中
花輪
山田
我想用廁。
我想用廁。
好。
好。
我是128號，小屋。腳指甲剪，
麻煩了。
食堂

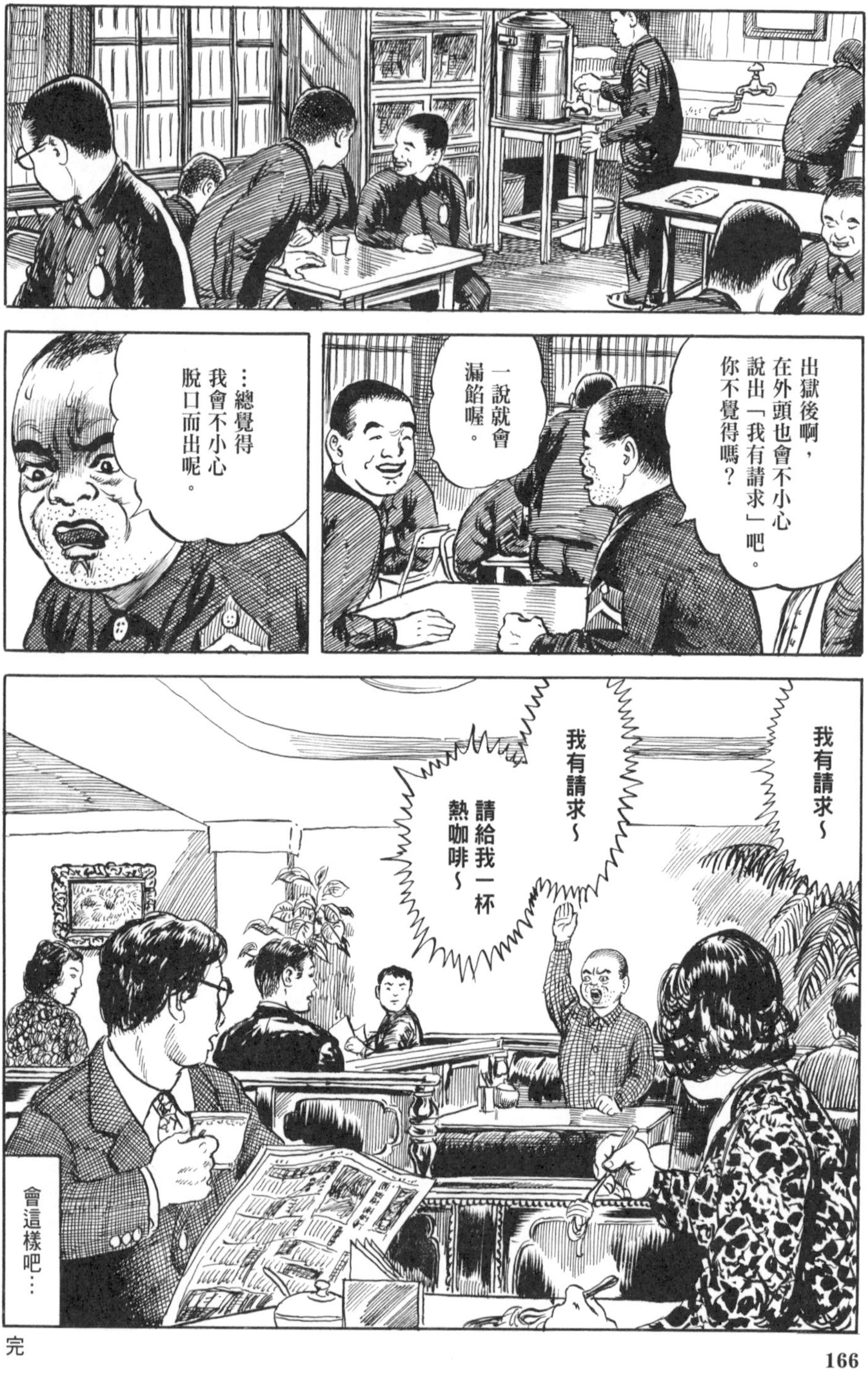
出獄後啊，在外頭也會不小心說出「我有請求」吧。你不覺得嗎？
一說就會漏餡喔。
…總覺得我會不小心脫口而出呢。
我有請求～
我有請求～
請給我一杯熱咖啡～
會這樣吧……

完

崩壞日本的食物

今天是可以吃麵包的日子。大家都在等待這一刻，屈指算著還差幾天。是開心的一天。
其一，培養守法精神。
大家一起
讓花開吧
無事故之花
其一，提升勤勞意欲。
大家一起
勞力吧
明朗的工廠

工場三訓
みんなで咲かそう
無事故の花
みんなで迎えよう
其一，時時做好改正回歸的準備
大家一起迎接吧
有希望的社會
雕刻一班！
一班一切正常！
每個月有六天中午會發放麵包餐，而今天發放的是六天當中最棒的麵包。
チチ。。
（啾啾）

平成9年6月

| | 早 (味)味噌湯 | 中 | 晚 067 |
|---|---|---|---|
| (1)日 | 高麗菜(味) 鹹甜紅燒魚 紫蘇 醬燒昆布 | 滷豬肉 芝麻句芡 醃豆芽菜 果汁 | 生薑煮、芋頭雞肉 清湯 青菜炒牛肉 |
| 2 麵包 | 凍豆腐(味) 味噌醃鯖魚罐頭 | 燉豆子 沙拉 果醬 起司 咖啡牛奶 | 什錦馬鈴薯燉肉 厚玉子燒（加蔥） 濃湯 |
| 3 二 | 豆芽炸豆皮(味) 納豆 調味海苔 | 義大利麵 醬煮番薯 醃蘿蔔 | 拌飯 滑蛋豌豆 奈良漬 昆布湯 |
| 4 三 麵 | 蔥蛋(味) 醬燒玉筋魚 醃泡菜 | 句芡炒麵 什錦菜 涼拌芝麻菠菜 | 雞肉菜豆 高麗菜絲 炸肉餅薩摩湯 |
| 5 四 | 菠菜炸豆皮(味) 鹹甜紅燒魚 醃蘿蔔 | 八寶菜 辣炒豬肉 醃山菜 | 煎多線魚 蘿蔔泥 豌豆炒牛肉 味噌火鍋 |
| 6 五 | 長蔥蛋(味) 調味海苔 鯖魚薄片 | 成吉思汗烤肉 醋拌冬粉黃瓜 醃泡菜 附草莓牛奶 | 句芡什錦炸魚 高麗菜絲 冬粉湯 |
| (7)六 | 白蘿蔔炸豆皮(味) 納豆 味噌醃黃瓜 | 壽喜風燉肉 炒小香腸 醃豆芽菜 | 青椒炒雞肉 豬肉炒蛋 能平湯 |
| (8)日 | 洋蔥麵麩(味) 辣昆布 醬燒玉筋魚 | 中式什錦炒菜 煸香腸 水煮鮭魚罐頭 蘋果 | 南蠻風燉芋頭牛肉 燉牛蒡 蛋花味噌湯 |
| 9 一 麵包 | 白菜(味) 水煮鯖魚罐頭 酸梅 香鬆 | 焗烤 煸德式香腸 果醬 可可 | 炸魚 高麗菜絲 醬燒昆布豬肉湯 |
| 10 二 | 芋頭蘿蔔(味) 調味魁蛤罐頭 調味海苔 | 咖哩飯 水果沙拉 福神漬 | 煎鮭魚 蘿蔔泥 蛋花湯 關東煮 |
| 11 三 | 芋頭(味) 味噌醃白蘿蔔 醬煮金時豆 | 句芡烏龍麵 生薑炒茄子 醃泡菜 | 筑前煮 海鷗竹輪清湯 |
| 12 四 | 高麗菜油豆腐(味) 納豆 調味海苔 | 雞肉咖哩 炒菠菜 福神漬 乳酸菌飲料 | 芡炸糰子 沙拉能平湯 |
| 13 五 | 南瓜(味) 醬燒玉筋魚 味噌醃蘿蔔 | 醬煮番薯 漢堡排 三平汁 | 鰈魚乾 什錦蔬菜 豬肉湯 |
| (14)六 | 長蔥油豆腐(味) 醬燒海苔 調味魁蛤罐頭 | 焗烤芝麻句芡 醃泡菜 | 中式燉芋頭 青菜炒牛肉 冬粉湯 |
| (15)日 | 蘿蔔(味) 水煮鯖魚罐頭 調味海苔 | 青椒炒雞肉 炒凍豆腐 橘子 醃山菜 | 中式什錦炒菜 煸德式香腸 蛋花湯 |
| 16 一 麵包 | 麵麩(味) 醬燒紫蘇昆布 鯖魚薄片 | 小倉紅豆餡 沙拉 瑪琪琳 牛奶 | 炸魚 高麗菜絲 鮭魚鍋 炸雞和炒白菜 |
| 17 二 | 豌豆蛋花(味) 納豆 醃泡菜 | 壽喜風燉牛肉 滑蛋炸豆皮 醋拌冬粉黃瓜 | 拌飯 蒲燒秋刀魚罐頭 蛋花湯 奈良漬 |
| 18 三 | 白菜(味) 醃蘿蔔 鯖魚薄片 | 義大利麵 玉米炒火腿 味噌醃黃瓜 | 燉烏賊 味噌燉芋頭雞肉 薩摩湯 |
| 19 四 | 洋蔥麵麩(味) 調味海苔 水煮鮭魚罐頭 | 牛肉燴飯 滑蛋雞肉 醃蘿蔔 黃桃罐頭 | 可樂餅 高麗菜絲 牛蒡湯 燉芋頭烏賊 |
| 20 五 麵包 | 長蔥蛋花(味)味噌鯖魚罐頭 酸梅 | 燉菜 薄玉子燒 高麗菜絲 果醬 咖啡 | 洋蔥炒牛肉 肉豆腐味噌鍋 |
| (21)六 | 芋頭洋蔥(味) 納豆 醃泡菜 | 馬鈴薯燉肉 滑蛋炸豆皮 香蕉 味噌醃黃瓜 | 筑前煮 燉紅豆 蛋花湯 |
| (22)日 | 蘿蔔炸豆皮(味) 調味海苔 醬燒玉筋魚 | 薑汁豬肉 優格沙拉 味噌拌醋海帶 | 青椒炒牛肉 中式煸菜 清湯 |
| 23 一 麵包 | 豌豆蛋(味) 醃蘿蔔 鯖魚薄片 | 芙蓉蟹粉 炒小香腸 果醬 玉米湯 | 醬煮番薯 泡菜炒豬肉 什錦湯 |
| 24 二 | 南瓜(味) 味噌醃白蘿蔔 辣昆布 | 八寶菜 沙拉 水煮鮭魚罐頭 | 煎紅魚 青菜炒牛肉 味噌鍋 |
| 25 三 麵 | 高麗菜蛋(味) 醃蘿蔔 味噌鯖魚罐頭 | 雞肉蕎麥麵 燉牛蒡 醃豆芽菜 | 炸魚 高麗菜絲 芝麻燉芋頭雞肉 蛋花湯（有豆腐） |
| 26 四 | 長蔥炸豆皮(味) 納豆 調味海苔 | 咖哩飯 炒蛋 橘子罐頭 醃辣韭 | 關東煮 滑蛋豌豆 海帶湯 |
| 27 五 麵包 | 白菜(味) 調味魁蛤罐頭 紫蘇昆布 | 燉豆子 沙拉 果醬 起司 牛奶 | 燉鰤魚 炸豆腐肉燥煮 麻婆豆腐 |
| (28)六 | 芋頭海帶(味) 燉金時豆 醬燒玉筋魚 | 美味煲 煸培根 淺漬 | 壽喜風燉肉 玉米炒火腿 冬粉湯 |
| (29)日 | 洋蔥炸豆皮(味) 調味海苔 鹹甜紅燒魚 | 南蠻風燉芋頭牛肉 中式什錦炒菜 調味海苔 醃泡菜 鳳梨罐頭 | 中式燉芋頭蛋包 能平湯 |
| 30 一 | 麵麩(味) 水煮鯖魚罐頭 香鬆 酸梅 | 義大利麵 肉燥燉南瓜 醃蘿蔔 | 炸雞 高麗菜絲 牛蒡湯 焗烤 |

TOKAI

刮刮
今天午餐是麵包。
呵！太棒了。

二日 燉豆子、沙拉
果醬、起司

燉菜
二十日
薄玉子燒
高麗菜絲
咖啡
果醬

九日
焗烤
可可
煸德式香腸
（魚肉腸）
果醬

二十三日
炒小香腸、果醬、
玉米湯
芙蓉蟹粉
二十七日
燉豆子、沙拉、
牛奶
起司
果醬
停止作業~~~整隊！
中午到了！
（嘩啦~~嘩啦~~）
肅靜地前往食堂。
（喀噠　喀噠）
ガタ
ガタ
啊……

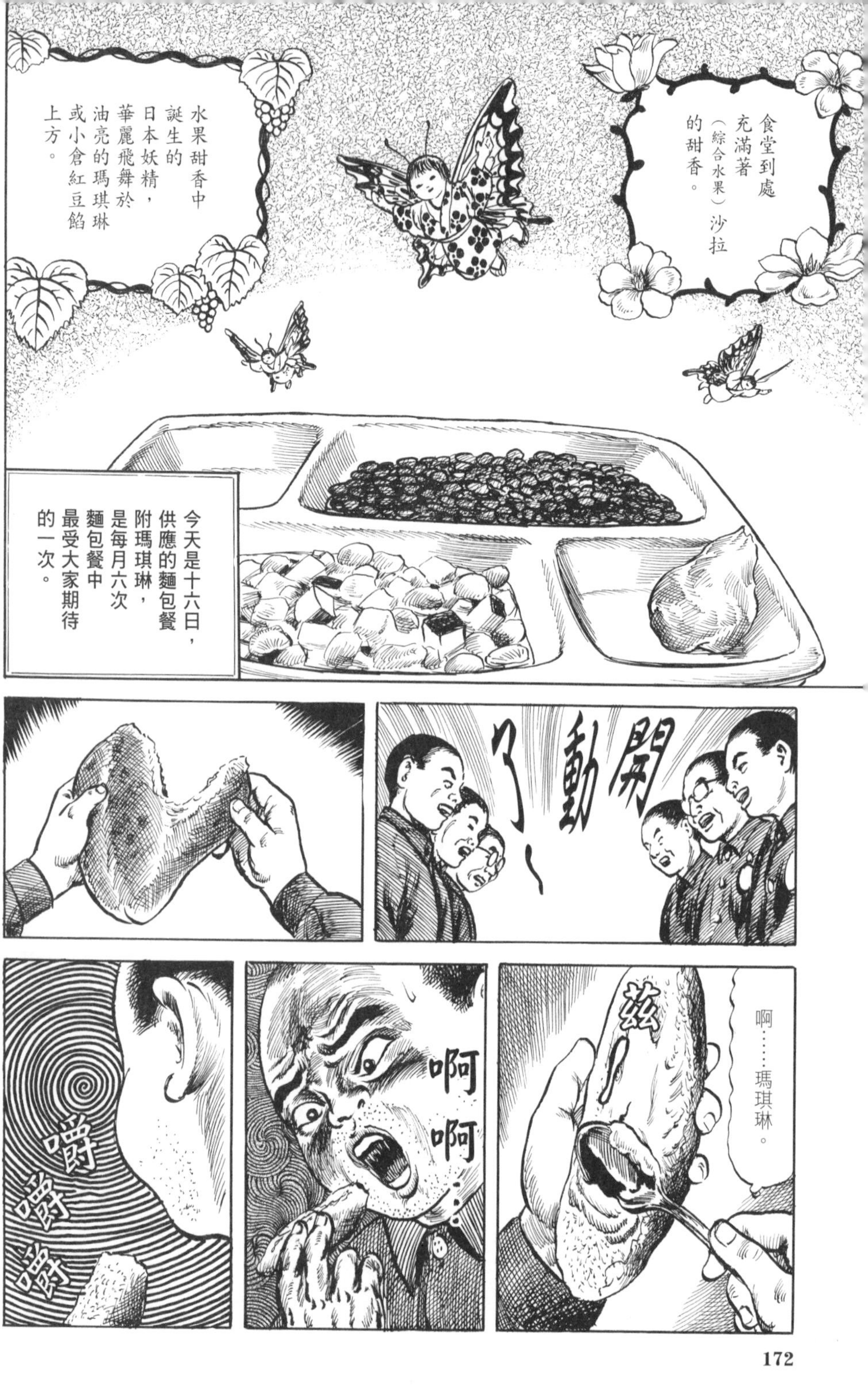
食堂到處充滿著（綜合水果）沙拉的甜香。
水果甜香中誕生的日本妖精，華麗飛舞於油亮的瑪琪琳或小倉紅豆餡上方。
今天是十六日，供應的麵包餐附瑪琪琳，是每月六次麵包餐中最受大家期待的一次。
開動了～
啊……瑪琪琳。
茲—
啊啊
嚼嚼

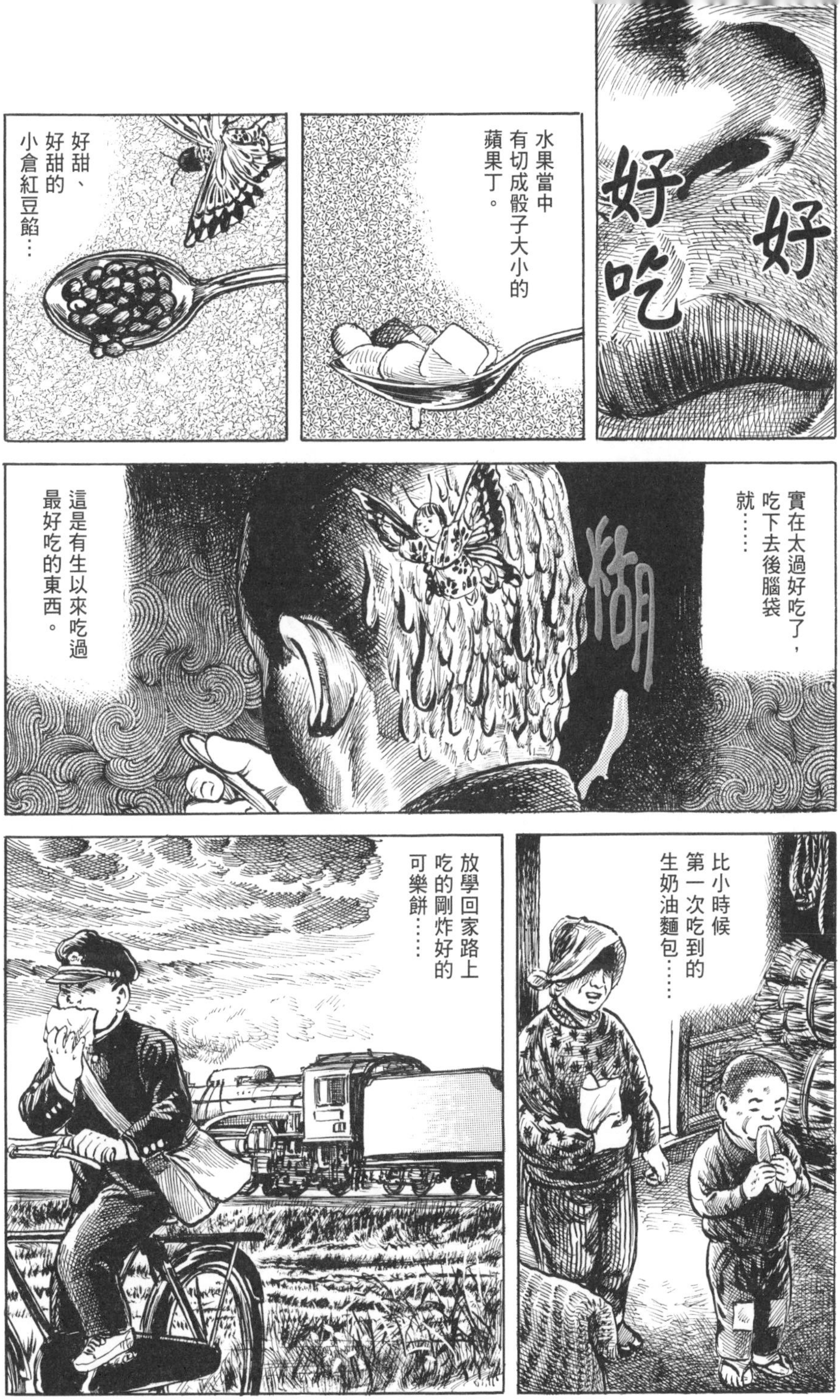
好—好吃
水果當中有切成骰子大小的蘋果丁。
好甜、好甜的小倉紅豆餡……
實在太過好吃了，吃下去後腦袋就……
糊
這是有生以來吃過最好吃的東西。
比小時候第一次吃到的生奶油麵包……
放學回家路上吃的剛炸好的可樂餅……

還要好吃幾百、幾千倍，已經無法用語言交代清楚了。連海洛因都不算什麼……
3.6牛乳
200ml
（喳　喳）
也有人認為，將瑪琪琳和紅豆餡混在一起，味道會更上一層樓。
グチャ
グチャ
好吃到牛奶和腦漿都會變成純白的。……話說回來，這種東西到底為什麼會這麼好吃呢？
也有人說吃甜食會胸口灼熱，留著不吃。

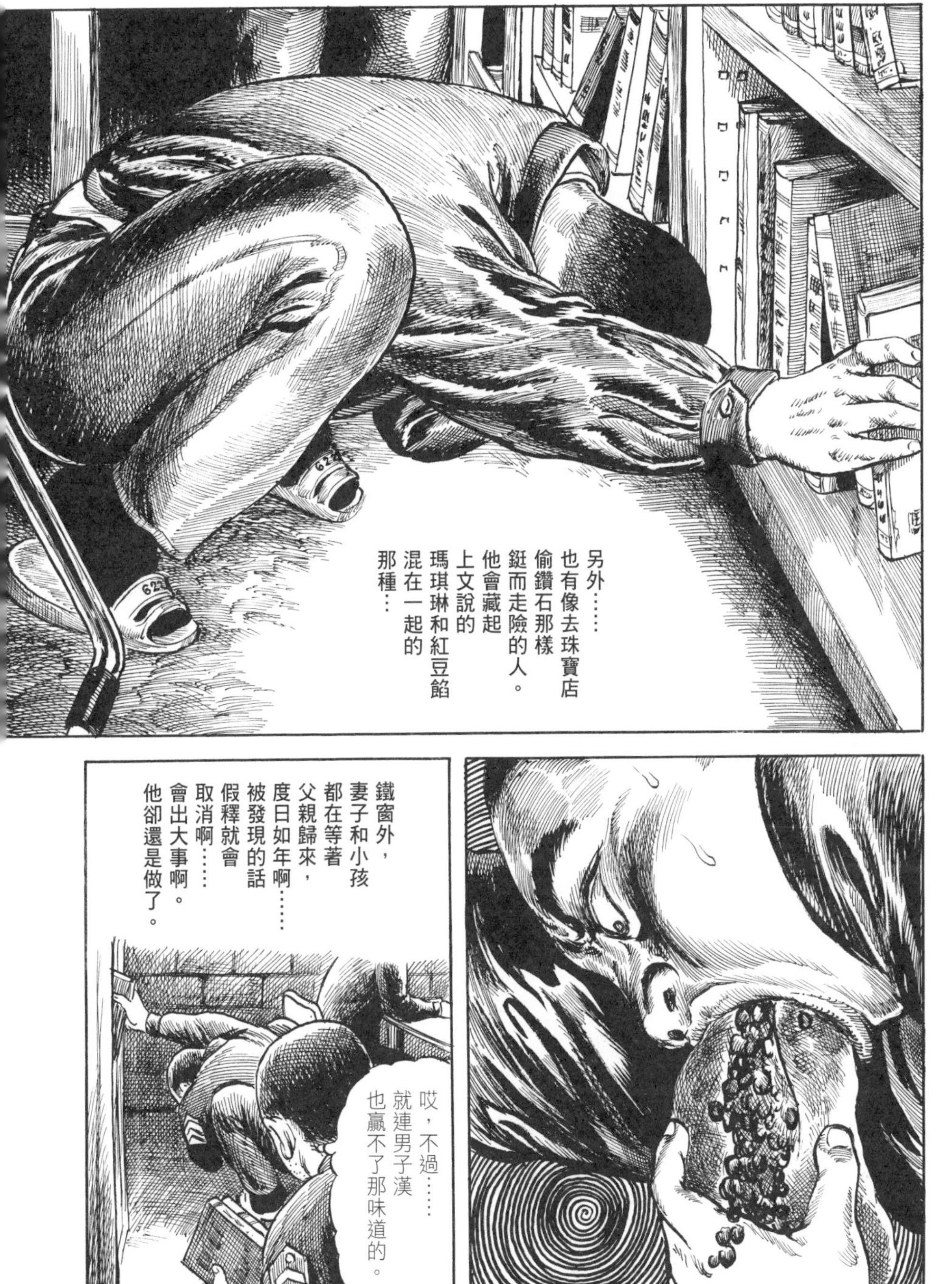
另外……
也有像去珠寶店
偷鑽石那樣
鋌而走險的人。
他會藏起
上文說的
瑪琪琳和紅豆餡
混在一起的
那種……
鐵窗外，
妻子和小孩
都在等著
父親歸來，
度日如年啊……
被發現的話
假釋就會
取消啊……
會出大事啊。
他卻還是做了。
哎，不過……
就連男子漢
也贏不了那味道的。

（沙 沙 沙 沙）

人要是每天都吃一大堆美食，腦袋會變成一團糨糊，一定變廢人的呀……
…突然想試試在晚餐淋醬油。
唔！
好、好吃！
麥和白米三比七的飯，跟醬油實在太搭了，有～～～夠好吃！
沒配菜也不要緊了。
鐵窗外的人，身邊明明就有一大堆好吃的東西，那些美食狂卻到處奔走，尋找更加、更加好吃的食物，跑著跑著味覺反而鈍掉了呢。
嘿嘿嘿，好啊～～～！就這樣下去吧，日本會因食物亡國的！

完

# 籠中煙火

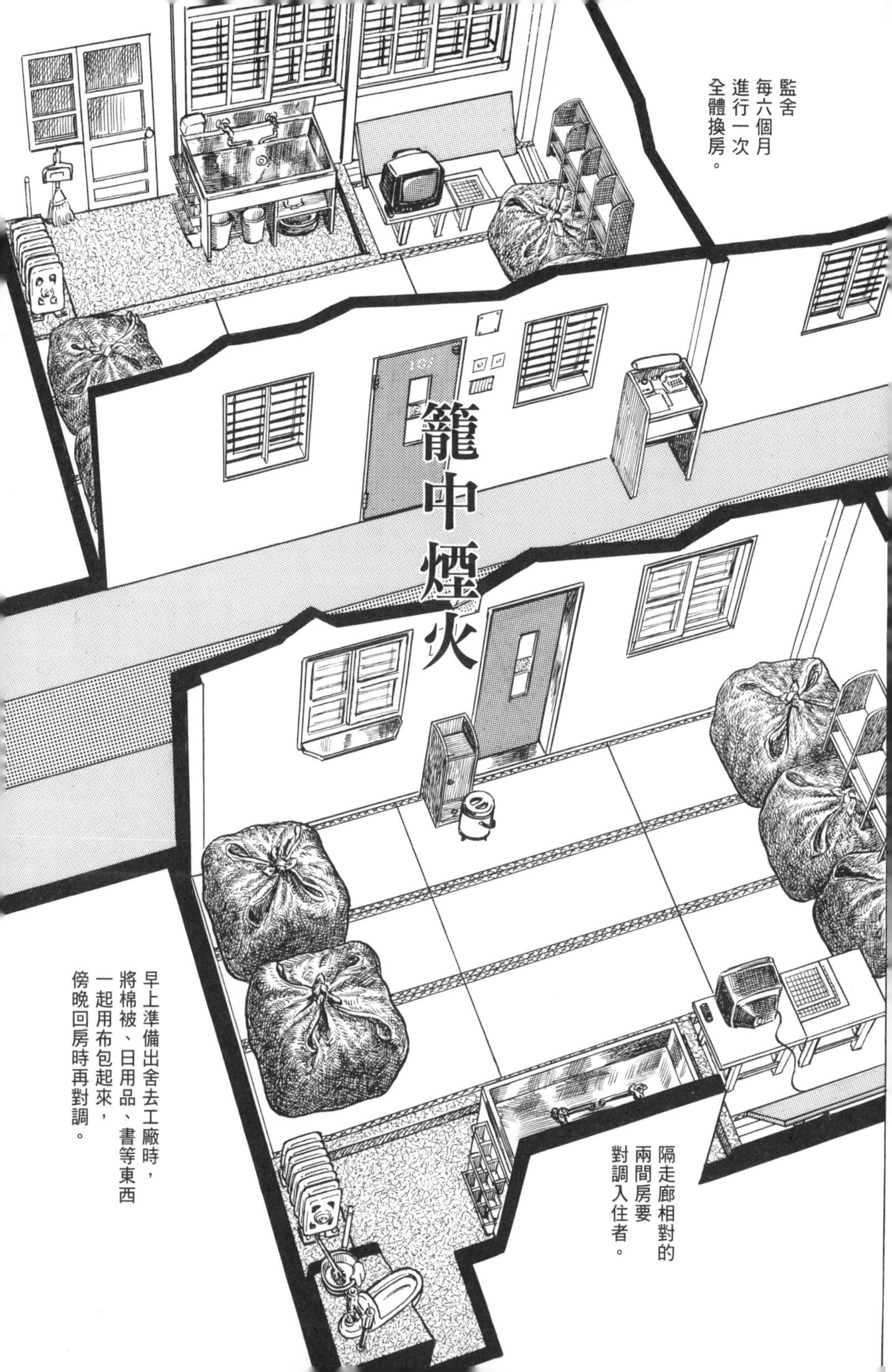
監舍每六個月進行一次全體換房。
隔走廊相對的兩間房要對調入住者。
早上準備出舍去工廠時，將棉被、日用品、書等東西一起用布包起來，傍晚回房時再對調。

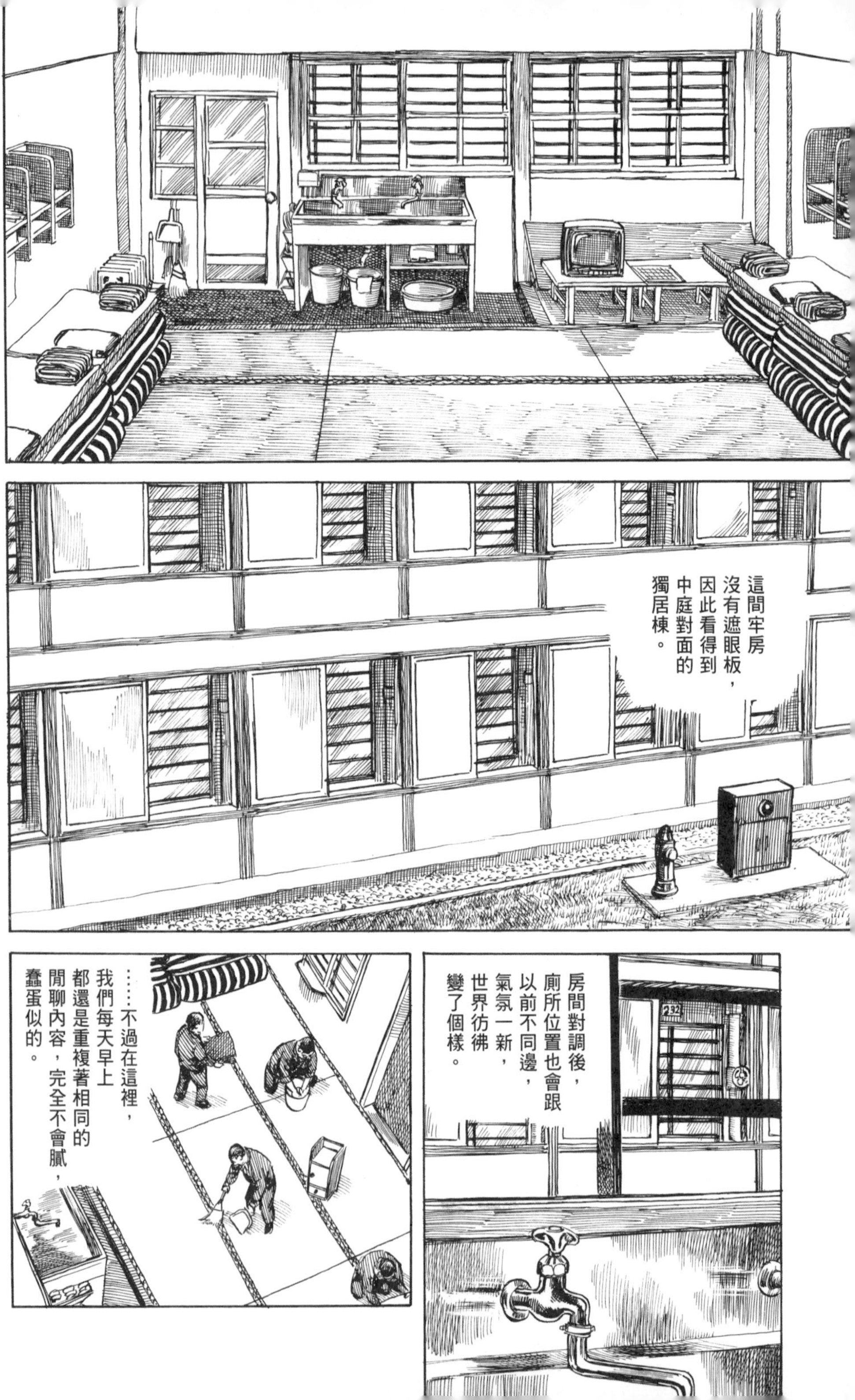
這間牢房
沒有遮眼板，
因此看得到
中庭對面的
獨居棟。
232
房間對調後，
廁所位置也會跟
以前不同邊，
氣氛一新，
世界彷彿
變了個樣。
……不過在這裡，
我們每天早上
都還是重複著相同的
閒聊內容，完全不會膩，
蠢蛋似的。

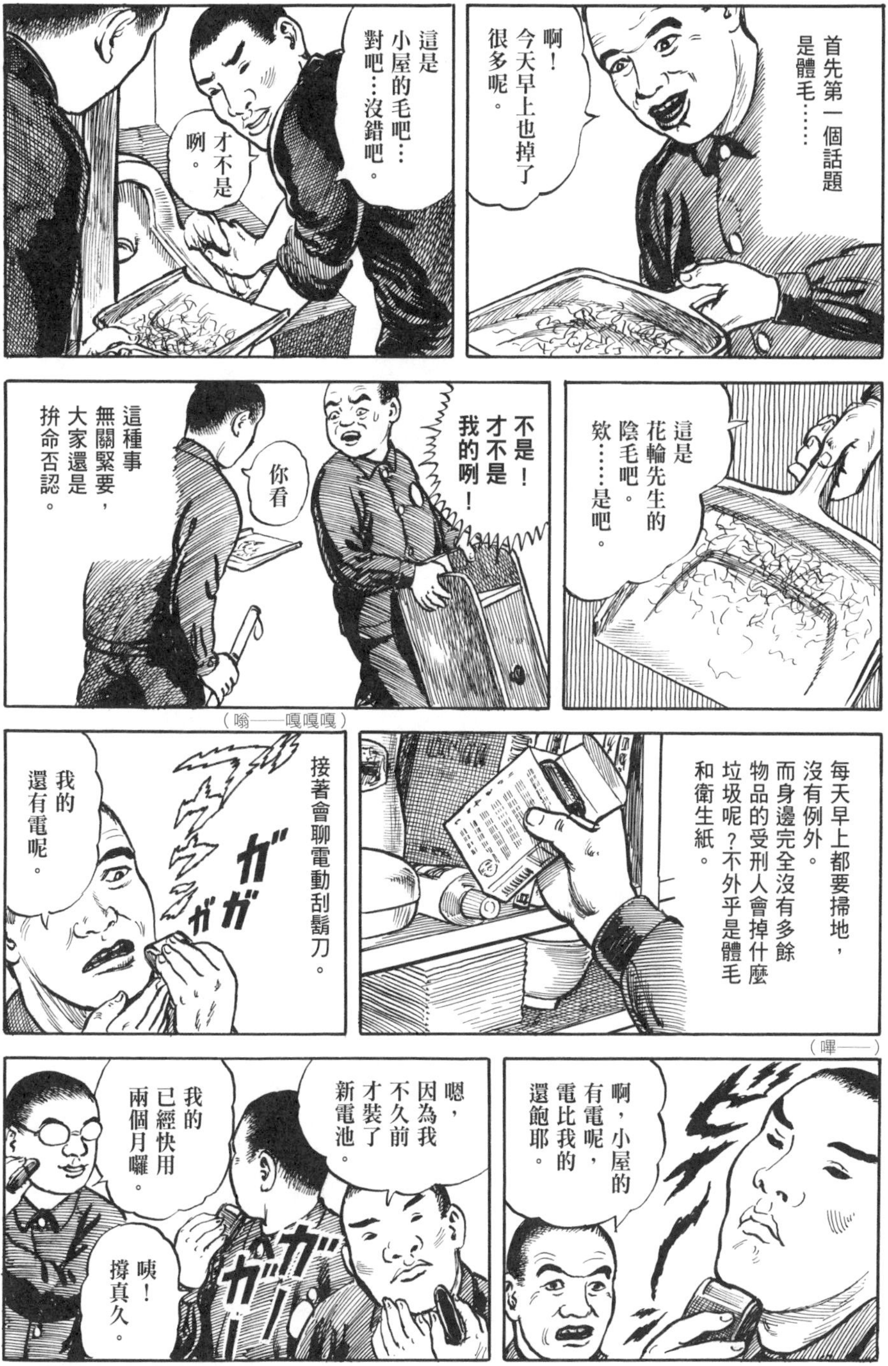
首先第一個話題是體毛……
啊！今天早上也掉了很多呢。
這是小屋的毛吧…對吧…沒錯吧。
才不是咧。
這是花輪先生的陰毛吧。欸……是吧。
不是！才不是我的咧！
你看
這種事無關緊要，大家還是拚命否認。
（嗡——嘎嘎嘎）
每天早上都要掃地，沒有例外。而身邊完全沒有多餘物品的受刑人會掉什麼垃圾呢？不外乎是體毛和衛生紙。
接著會聊電動刮鬍刀。
ガガガ
我的還有電呢。
（嗶——）
啊，小屋的有電呢，電比我的還飽耶。
嗯，因為我不久前才裝了新電池。
我的已經快用兩個月囉。
咦！撐真久。
ガガー
（嘎——嘎——）

買電池也關係到運氣呢，鬍子稀疏的人可以用很久呢——
大家真的每天早上都在聊這些，都不會膩。
真好耶。
隨露珠凋零，隨露珠消逝，此即吾身。浪速的往事，宛如夢中之夢。
豐臣秀吉
（啪嚓）
鐵窗外的世界，好遙遠、好遙遠。
正因如此……
（啪嚓）
（轟）
為您報導大使官邸人質危機最新消息。秘魯政府派遣特殊部隊攻堅。
大家完全不看新聞，也沒人想看。
對受刑人而言，工廠就等於是社會。
他被國中生追著跑，繞了學校一圈後逃進講堂然後就被抓到了咧。
遜斃了。

咦……你說清潔伕友田先生嗎？
對啊，他闖進學校偷東西啊。
大家最關心的，是將近五十個工廠人員各自的罪名、刑期、預定出獄日、性格舉止。
哇～這樣啊，我之前完全不知道呢。
他昨天也拆掉工廠窗戶……
點名預備～！
定住
靜悄悄
（叩喀）
走廊傳來職員的號令，閒聊打住了。
點名！
カッ
（喀）
205室！
コッ
カッ
報數！
1
2
3
4
5

好，早安。
早
206室
報數！
每間房都點完名前，
要維持跪坐姿勢。
泡棉坐墊上，有每個人各自做的記號。
（嘶——啪 噠 沙）
點名完畢——
スー
パッ
ザッ
タッ
……的呼喚一傳來，坐墊便飛快地動了起來。
（喀嘰 啪）
電光石火間，桌子就準備好了！
バッ
ガチ
バチン
（啪哩）

筷盒滑過桌面！
（啪 窣——唰——喀恰 喀恰）
馬上就開始供餐了。
他拚了命地擦玻璃啊，
還說，督導，我這麼用心地在做喔！眼睛淚汪汪的咧。
那傢伙的雞雞很大喔，我看了嚇一跳。我沒騙你們。
那也只是大而已啦。
你們知道嗎？島田的乳頭非常小喔。
今天是泡澡日，你們仔細看。我沒騙你們。
你觀察到的事情還真是五花八門啊。真佩服你耶。
談話內容跟小鬼一樣幼稚，但沒人發現。
好～今天我要看個仔細，不能忘記。

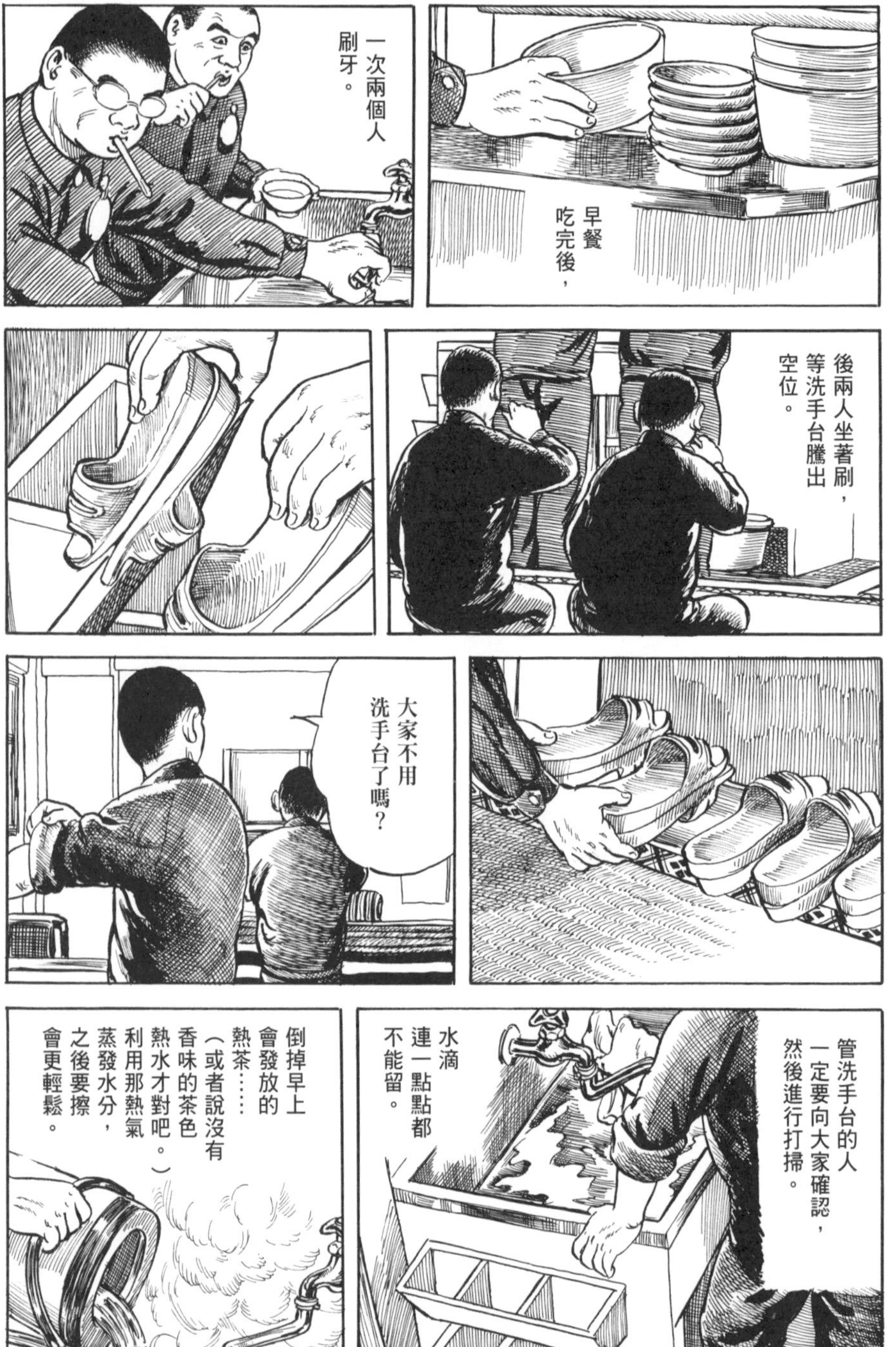
早餐吃完後，
一次兩個人刷牙。
後兩人坐著刷，等洗手台騰出空位。
大家不用洗手台了嗎？
管洗手台的人一定要向大家確認，然後進行打掃。
水滴連一點點都不能留。
倒掉早上會發放的熱茶……（或者說沒有香味的茶色熱水才對吧。）
利用那熱氣蒸發水分，之後要擦會更輕鬆。

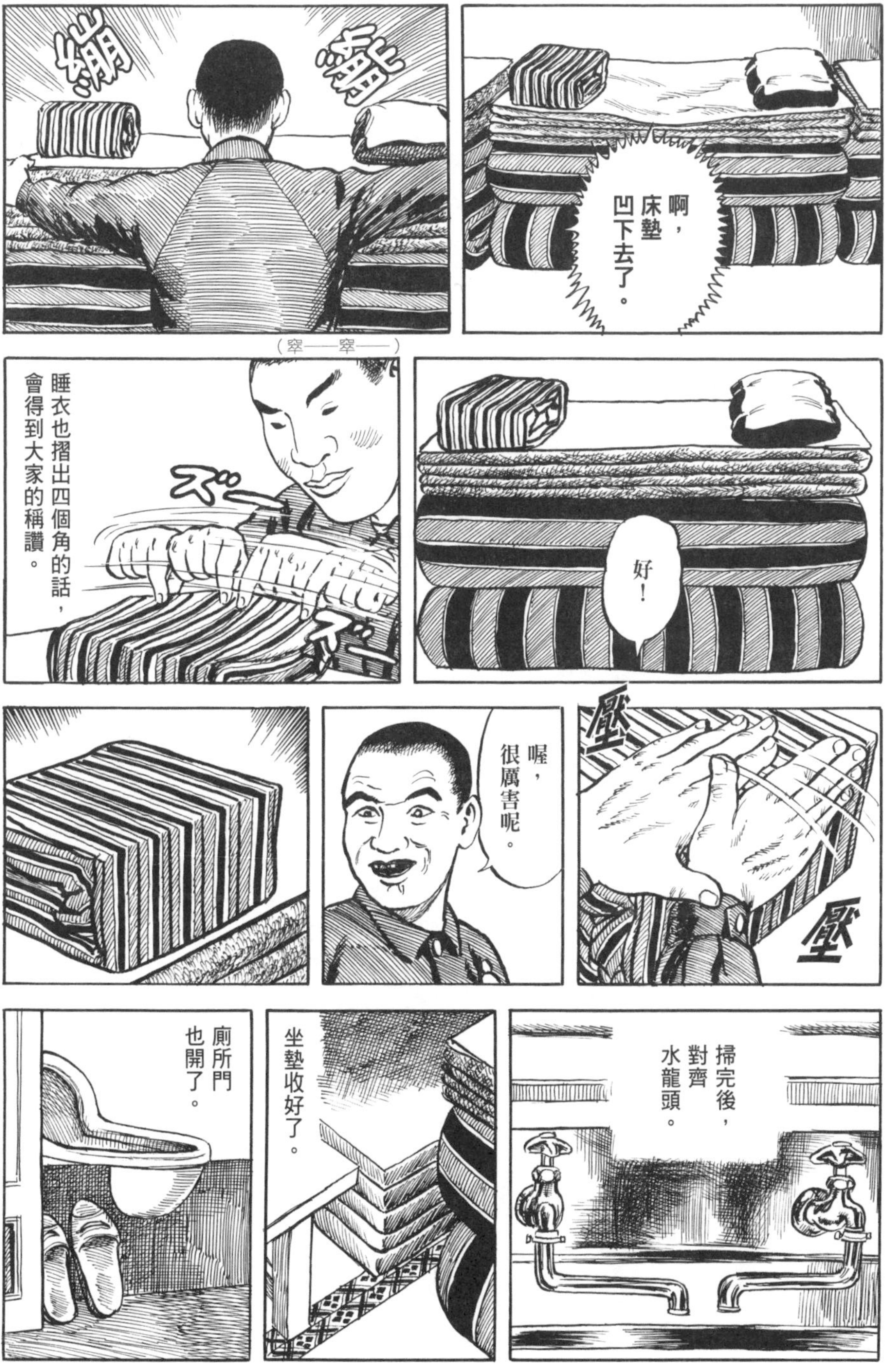

啊，床墊凹下去了。
繃
繃
（窣——窣——）
好！
睡衣也摺出四個角的話，會得到大家的稱讚。
ズー
ズー
壓
壓
喔，很厲害呢。
掃完後，對齊水龍頭。
坐墊收好了。
廁所門也開了。

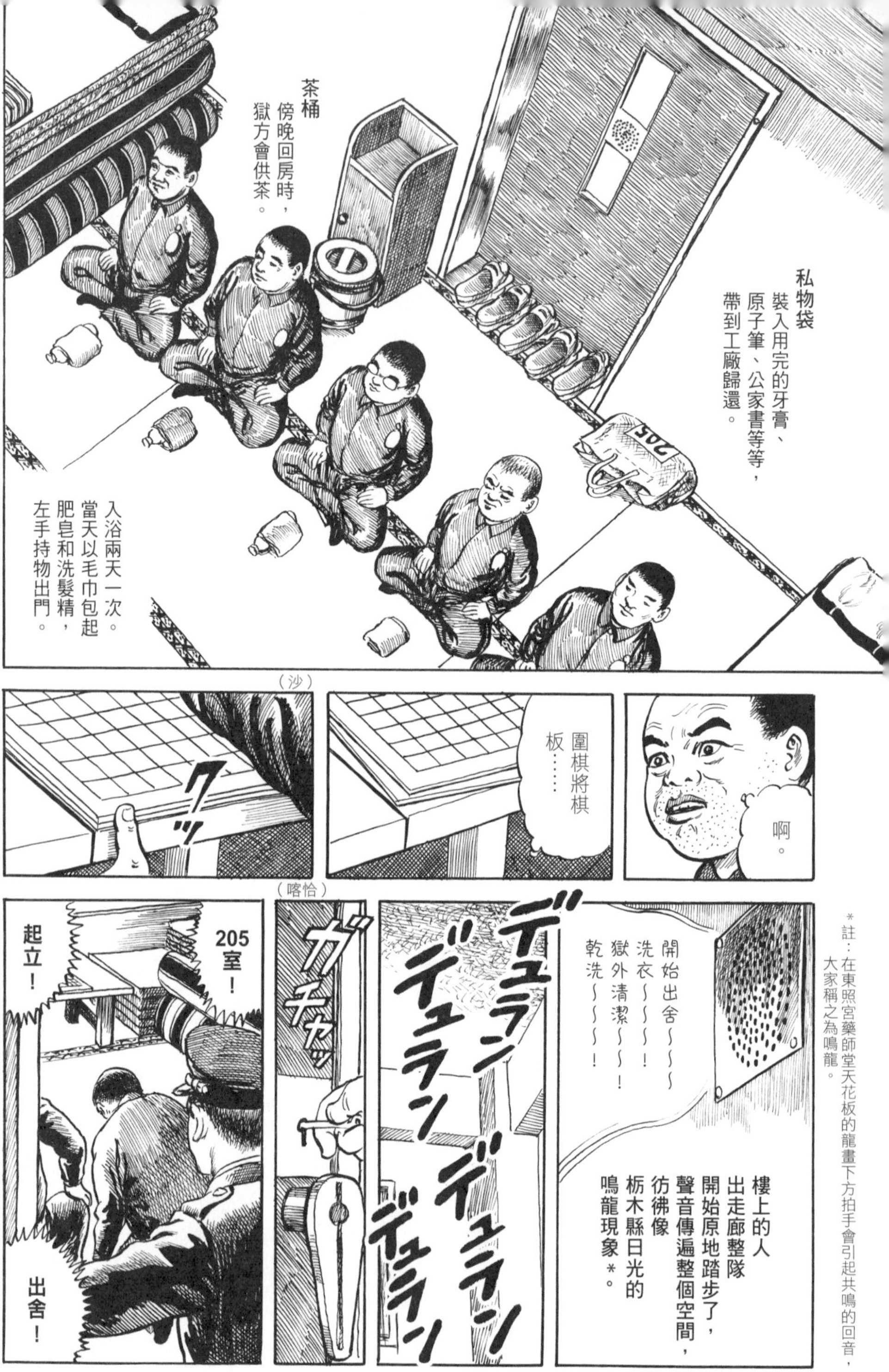
私物袋
裝入用完的牙膏、原子筆、公家書等等，帶到工廠歸還。
茶桶
傍晚回房時，獄方會供茶。
入浴兩天一次。當天以毛巾包起肥皂和洗髮精，左手持物出門。
啊。
圍棋將棋板……
（沙）
クッ
（喀恰）
樓上的人出走廊整隊開始原地踏步了，聲音傳遍整個空間，彷彿像栃木縣日光的鳴龍現象＊。
開始出舍～～～
洗衣～～～！
獄外清潔～～～！
乾洗～～～！
デュラン
デュラン
デュラン
デュラン
ガチャッ
205室！
起立！
出舍！
（噹啷　噹啷　噹啷　噹啷）

＊註：在東照宮藥師堂天花板的龍畫下方拍手會引起共鳴的回音，大家稱之為鳴龍。

出了房間就不能自由走動，得跨出固定的步伐數，
在牆壁前面排隊。
所有人都出門後⋯
整隊！
接著要在走廊中央排隊。
立正～
（咚啪咚啪咚啪咚啪）
原地踏步～
開始！
ドンガ
ドンガ
ドンガ
ドンガ
（咚啪咚啪咚啪咚啪）
只有走樓梯時可自由走動。
ドンガ
ドンガ
ドンガ
望出窗外，可以看到一瞬間的遠方山頭，大約只能看一秒左右。
一個接一個
冬天逼近時會變白，夏天接近時會變綠。看山脈便能得知季節的變化。

（啪）
毛巾、肥皂放到安檢處的架子上，拖鞋隔壁。
53
52
一次兩人進出安檢處，手腳動作要是不一致，
パン
便會挨罵。
喂！不整齊喔。
全員到齊前，其他人要立正等待。
啊…指尖沒伸直。
垂
田中嗎…他鬆懈了呢。要是被督導抓包的話…
吸氣一
啊，他發現了。…真厲害。
喂

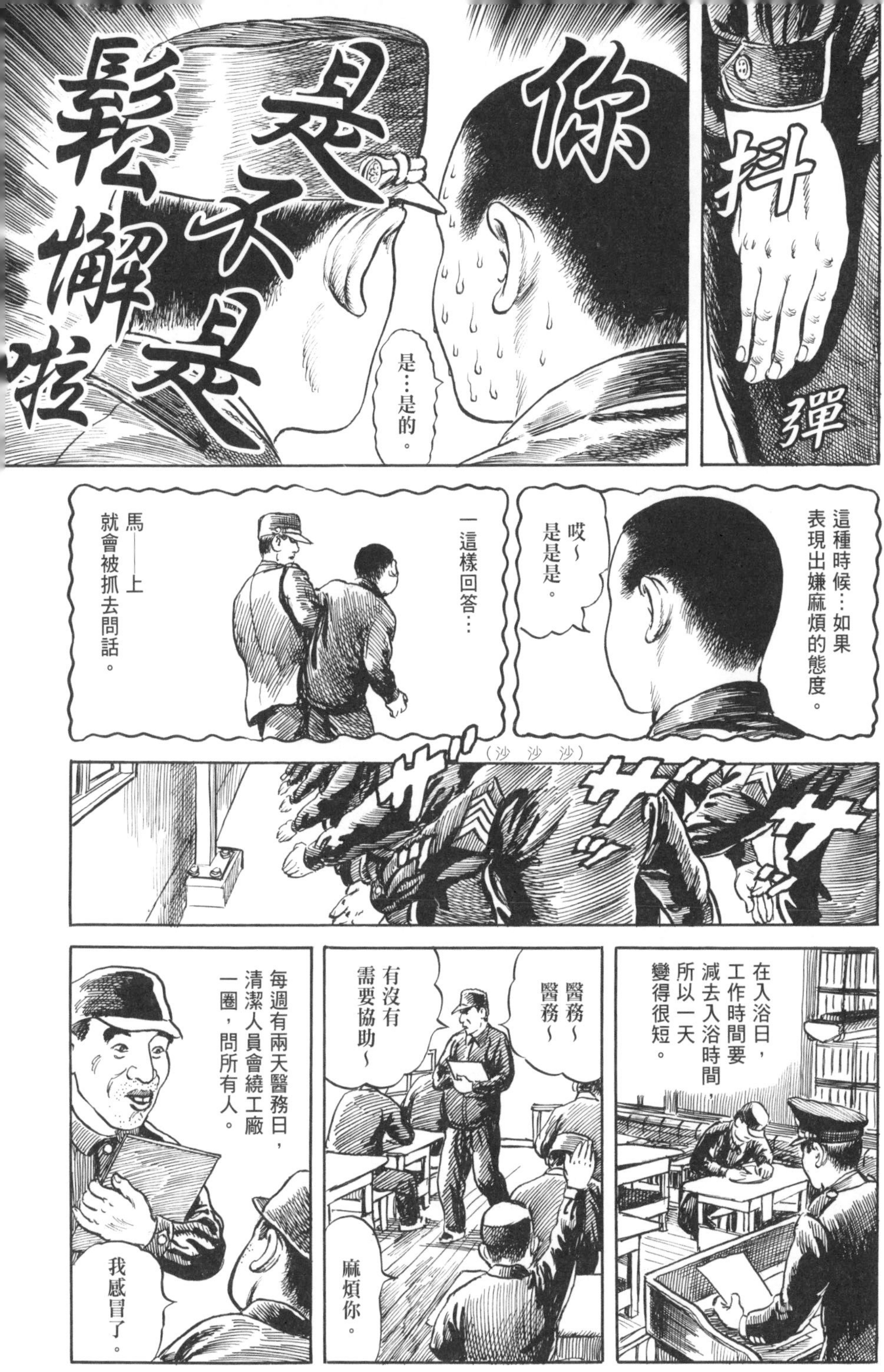
抖
彈
你
是不是
鬆懈啦
是…是的。
這種時候…如果表現出嫌麻煩的態度。
哎~是是是。
一這樣回答…
馬——上就會被抓去問話。
（沙沙沙）
在入浴日，工作時間要減去入浴時間，所以一天變得很短。
醫務~醫務~
有沒有需要協助~
麻煩你。
每週有兩天醫務日，清潔人員會繞工廠一圈，問所有人。
我感冒了。

名簿是厚紙板製的，姓名以鉛筆寫上，因此擦掉就能重複使用。
香港腳
感冒
不久後……
醫官便會帶著一個受刑人助手，
ガラガラ
ゴトゴト
（喀啦喀啦喀咚喀咚）
繞到工廠來。
長山先生~
本島先生~
大西先生~
我是222號，花輪。
我的腳長了東西。
好，讓我看看。
（窣）
好，不要抓喔~
感謝您。

禁止泡澡～
感謝您～
食堂貼有入浴桌序表。
工廠有新人或有人出獄時，桌序就會改變。
我說呀～在飯上淋醬油非常好吃喔。
你就當作我唬你，試個一次吧。真的很好吃。
我們那裡也有那樣吃的人。
跟他說對身體不好，他還是要加到飯溼答答的為止。
咦！溼答答的……誰啊？
原山。
原山…
他在…

我想用廁。
在飯上淋醬油很好吃對吧。
嗯，很好吃喔。
下次淋沾醬試試看，也不賴。
嗯，我會試。
好～啊原山，你真了不起！
用廁完畢。
你覺得窗玻璃如何？
啥……窗玻璃？
像是……沒玻璃似的。

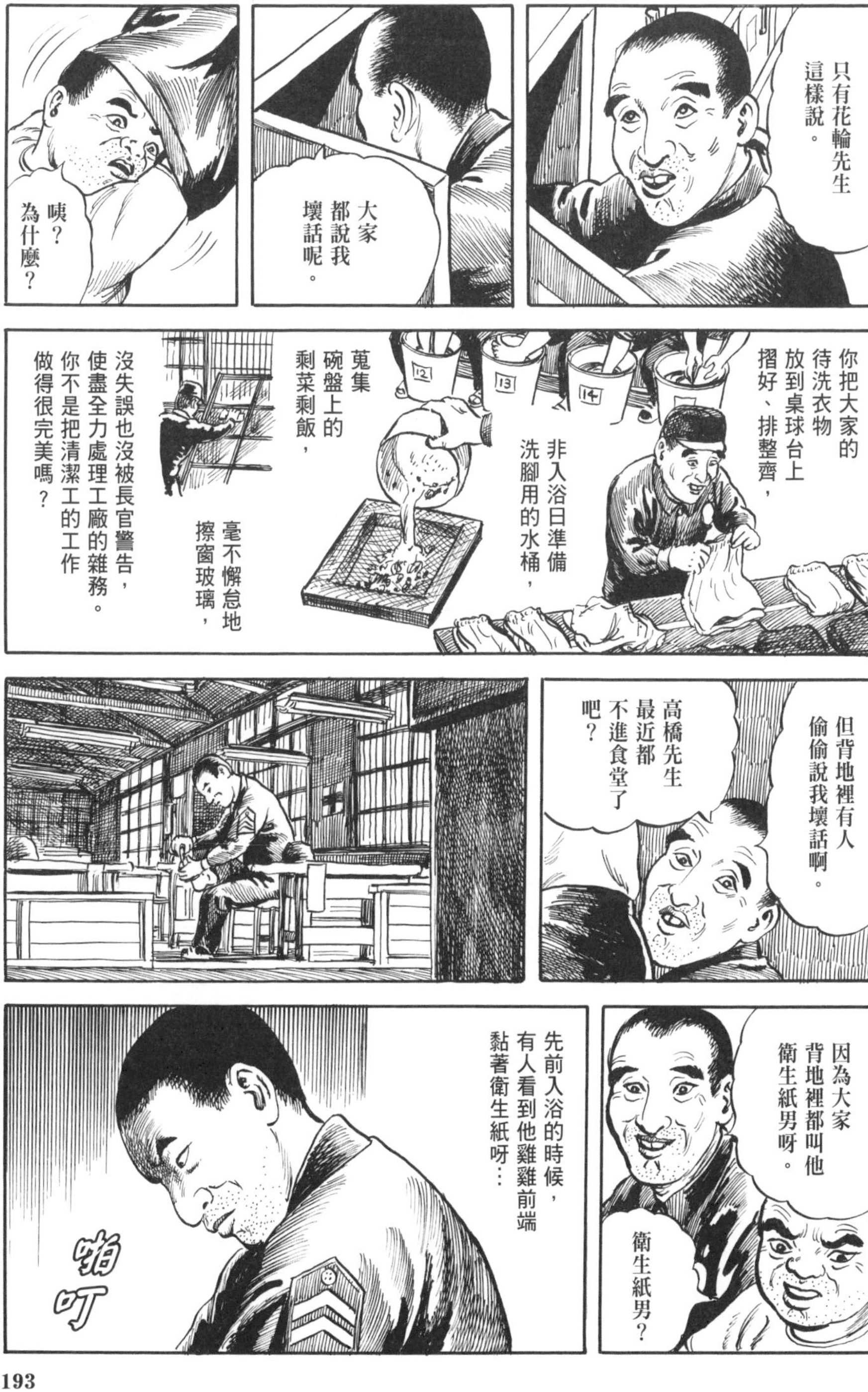
只有花輪先生這樣說。
大家都說我壞話呢。
咦？為什麼？
你把大家的待洗衣物放到桌球台上摺好、排整齊，
非入浴日準備洗腳用的水桶，
蒐集碗盤上的剩菜剩飯，
毫不懈怠地擦窗玻璃，
沒失誤也沒被長官警告，使盡全力處理工廠的雜務。你不是把清潔工的工作做得很完美嗎？
但背地裡有人偷偷說我壞話啊。
高橋先生最近都不進食堂了吧？
因為大家背地裡都叫他衛生紙男呀。
衛生紙男？
先前入浴的時候，有人看到他雞雞前端黏著衛生紙呀⋯
啪叮

啊……那個人啊，
說自己有賓士和房子，死命維護自己形象，結果大家識破他只是在鬼扯了呀……
啪叮
在牢裡也一樣，大家都討厭說謊和往臉上貼金的人。
我已經和督導報告了。
啥！連這種雞毛蒜皮小事也要告訴督導嗎？
嗯，全部都向他報告，才會被疼愛啊。
Kawai gara re!
疼愛……？
……啊，真是成熟啊。
連自己的心都用砂輪磨過了。
跟我們這些求低調安穩過日，把醬油、沾醬淋飯這種屁話掛在嘴邊的監獄阿宅天差地遠，每天都像煙火那樣發光發熱地活著呢。
浴場是磚造的古老建築，感覺歷史悠久。

這天，我們在下午三點二十五分便停止作業，入浴去了。
我掃完廁所了。
好。
整隊！
督……督導。
發光發熱呢。
唔……
浴場很狹窄，所有人無法一起入浴，因此分成兩組。後泡的那一組在食堂等待。
在安檢處換上牢房服，然後帶著肥皂前往浴場。

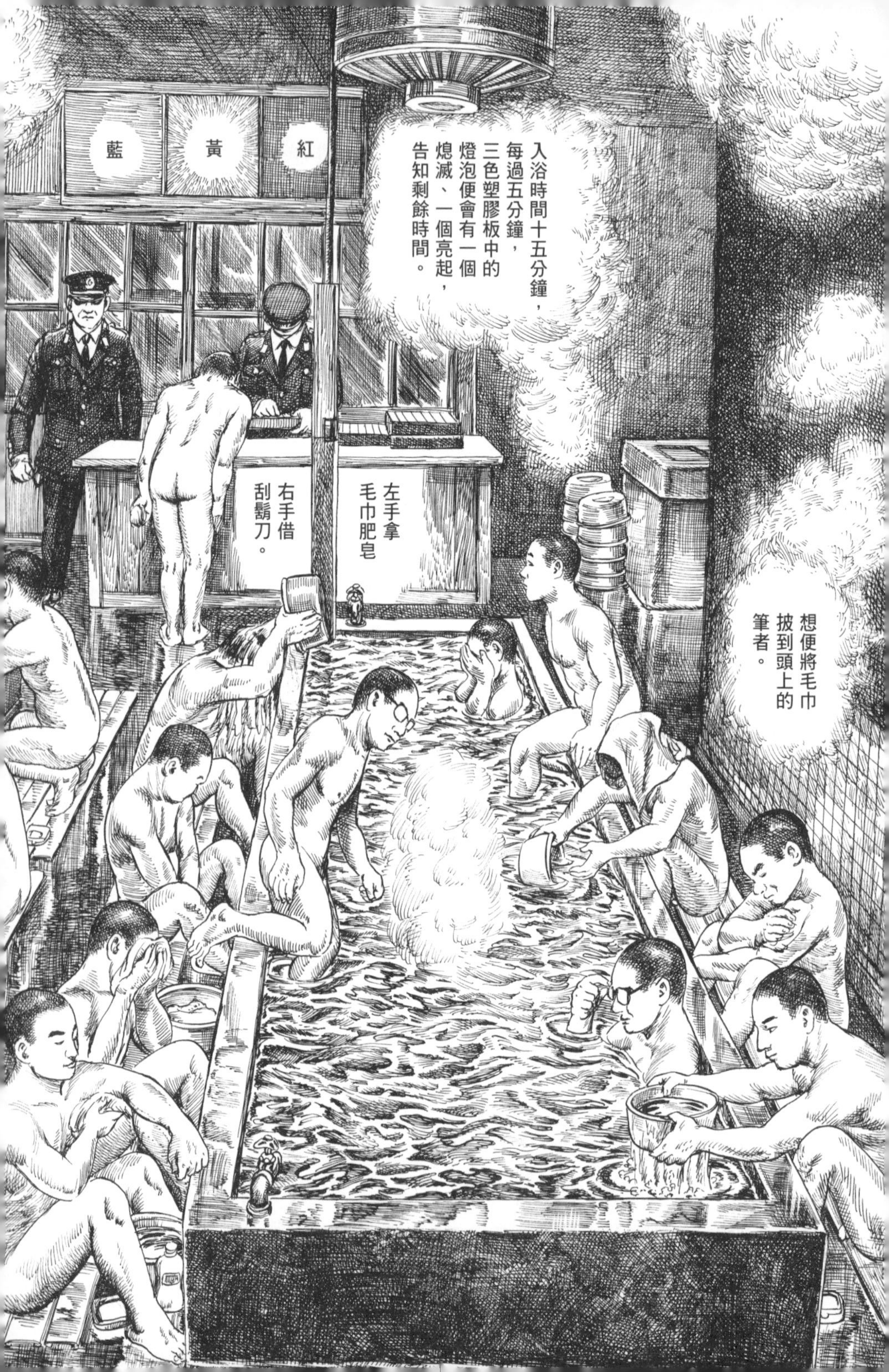
入浴時間十五分鐘，每過五分鐘，三色塑膠板中的燈泡便會有一個熄滅、一個亮起，告知剩餘時間。
紅
黃
藍
左手拿毛巾肥皂
右手借刮鬍刀。
想便將毛巾披到頭上的筆者。

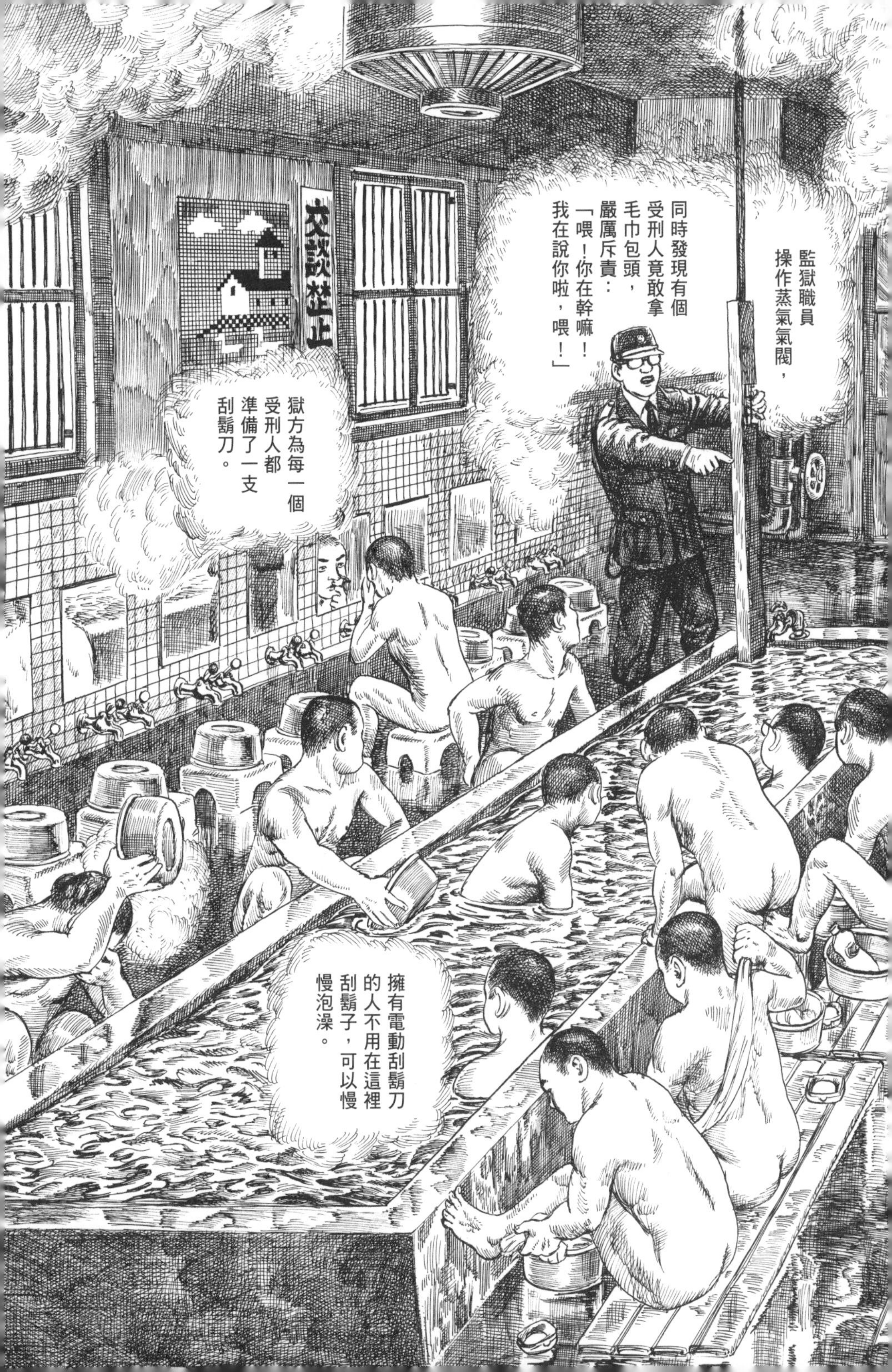
監獄職員操作蒸氣氣閥，
同時發現有個受刑人竟敢拿毛巾包頭，嚴厲斥責：「喂！你在幹嘛！我在說你啦，喂！」
交談禁止
獄方為每一個受刑人都準備了一支刮鬍刀。
擁有電動刮鬍刀的人不用在這裡刮鬍子，可以慢慢泡澡。

甩
感謝您的刮鬍刀。
甩
鬢毛不可以留太長，也不能剃太短，因此必定要讓獄方仔細檢查。
好。
浴池中湧出高溫熱水。
（茲茲茲茲）
呵呵～真有用～
比豁出去猛抓香港腳時還要舒服三倍！
這樣過兩、三天後就不會癢了。
（沙 沙 沙）
出澡堂後，輪值人員會負責將私物袋帶回去。裡頭有三天份的藥膏。
啊……
忘了看乳頭。
205

完

從金錢中解放
私物
公物
灰色囚衣下方露出的自購內衣，白得耀眼。領口亮晶晶看起來像好孩子。穿搭重點就在這裡。
自購M號圓領內衣¥660
公家短袖內衣（免費）
自購M號條紋內褲¥530
M號公家內褲（免費）整體皺皺的，穿起來很寬鬆
襪子。請人探監時送黑色或紺色系的吧，白色或其他顏色以及條紋款式都不被許可。
自購襪子 紺¥480
有很多毛球
公物
不會破不會裂堅固耐用
公家襪子 黑色（免費）

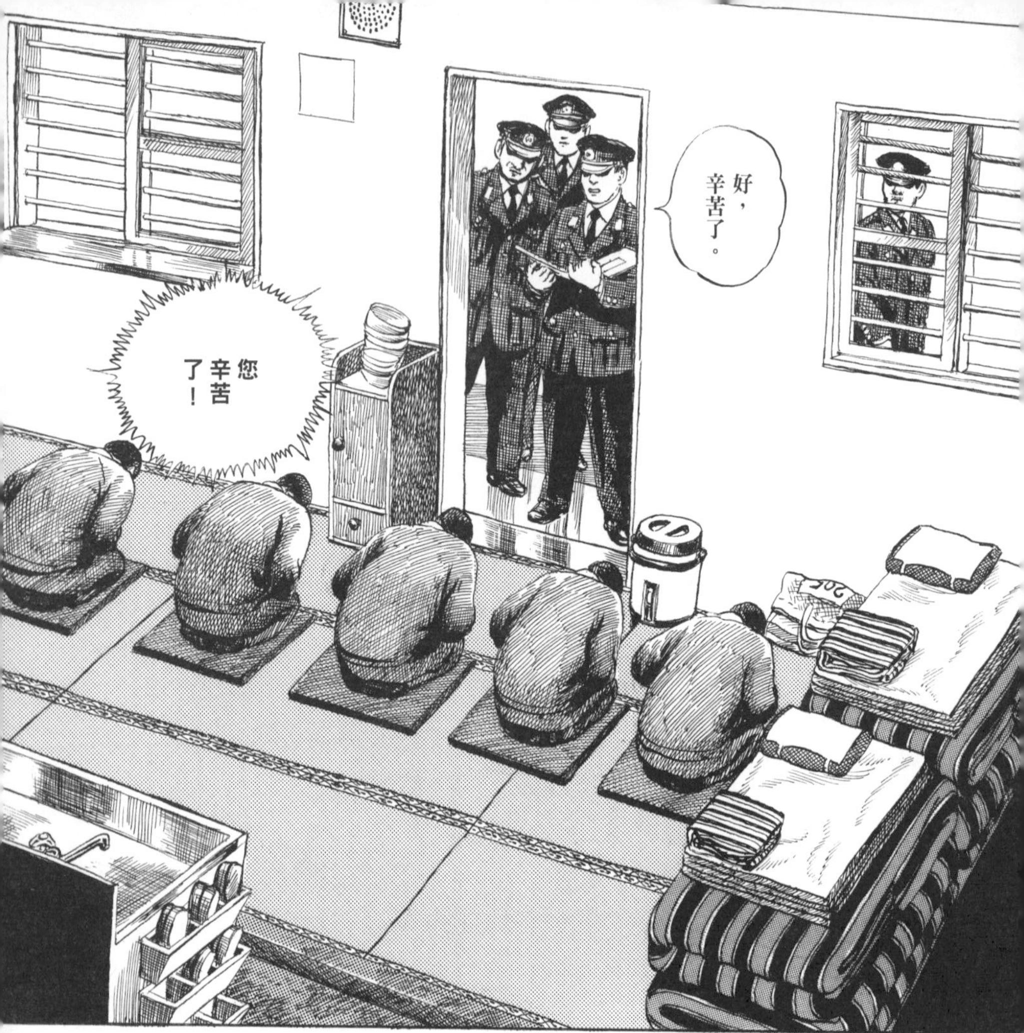
好，辛苦了。
您辛苦了！

（咚鏘）

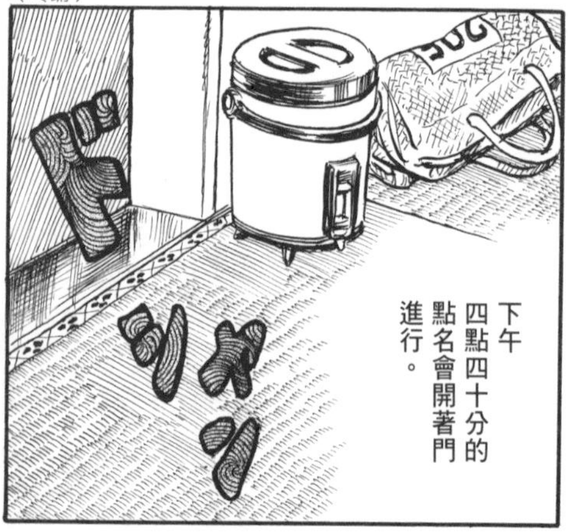
下午四點四十分的點名會開著門進行。

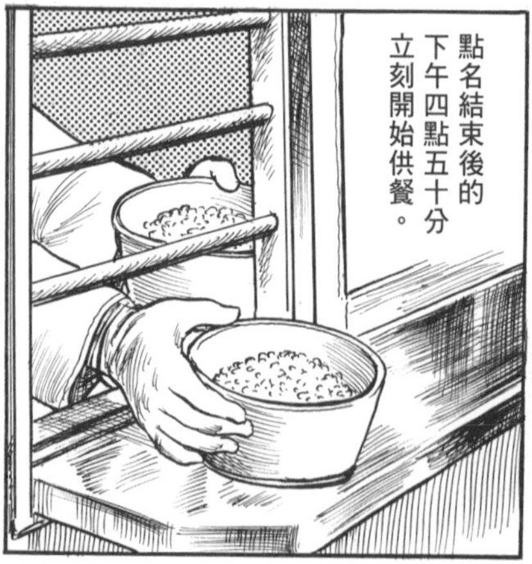
點名結束後的下午四點五十分立刻開始供餐。

熱茶無限暢飲，多得要命…不過，
它沒有茶香，也沒有味道。但你還是會無意識地開喝。
我好想負責送餐呀。
因為我沒錢。
向負責人說一聲就可以做了吧。
送餐很辛苦喔。
點名結束後要立刻穿上白衣、穿運動鞋，送飯菜到各牢房。

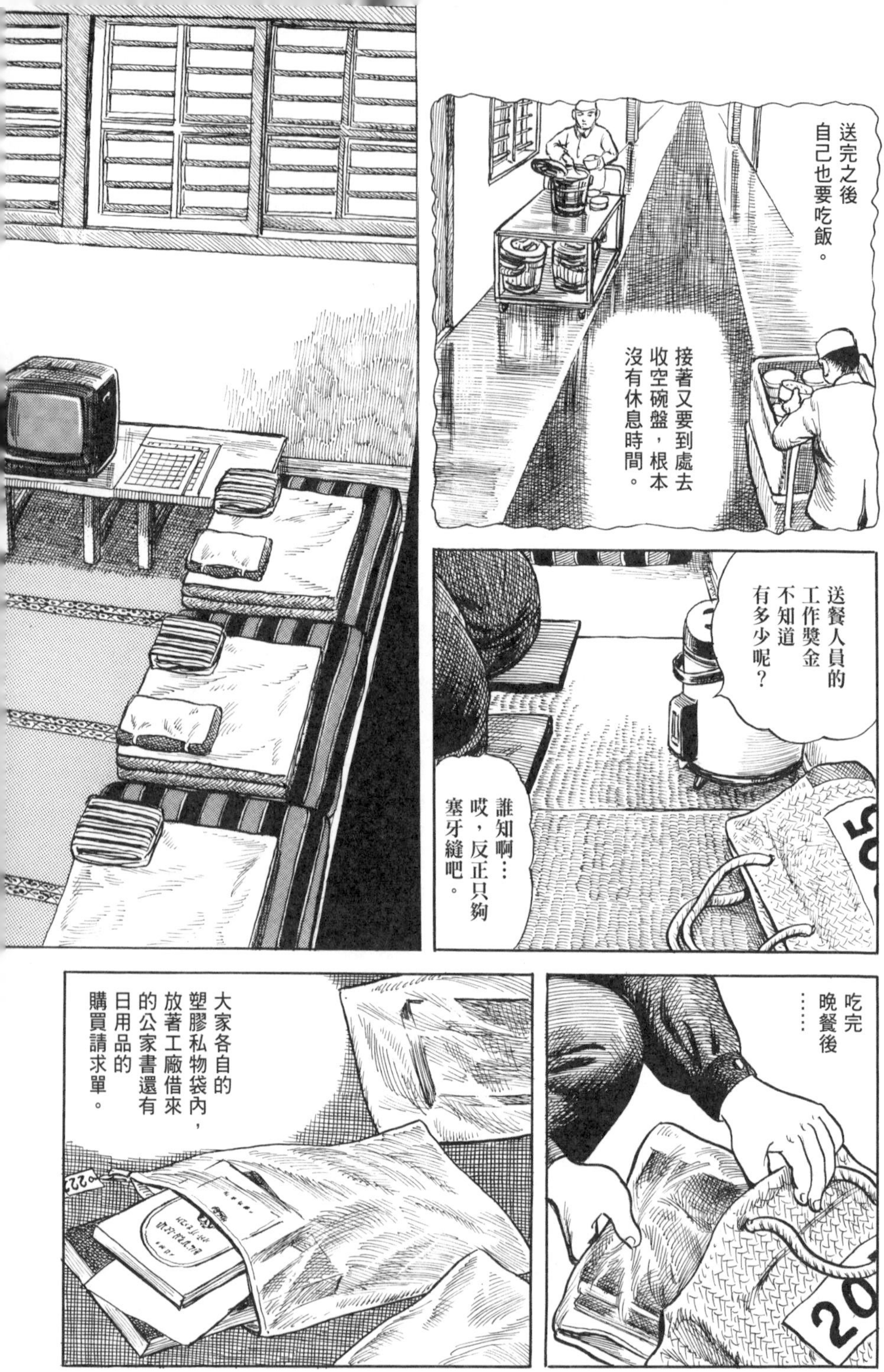
送完之後自己也要吃飯。
接著又要到處去收空碗盤，根本沒有休息時間。
送餐人員的工作獎金不知道有多少呢？
誰知啊…哎，反正只夠塞牙縫吧。
205
吃完晚餐後……
205
大家各自的塑膠私物袋內，放著工廠借來的公家書還有日用品的購買請求單。

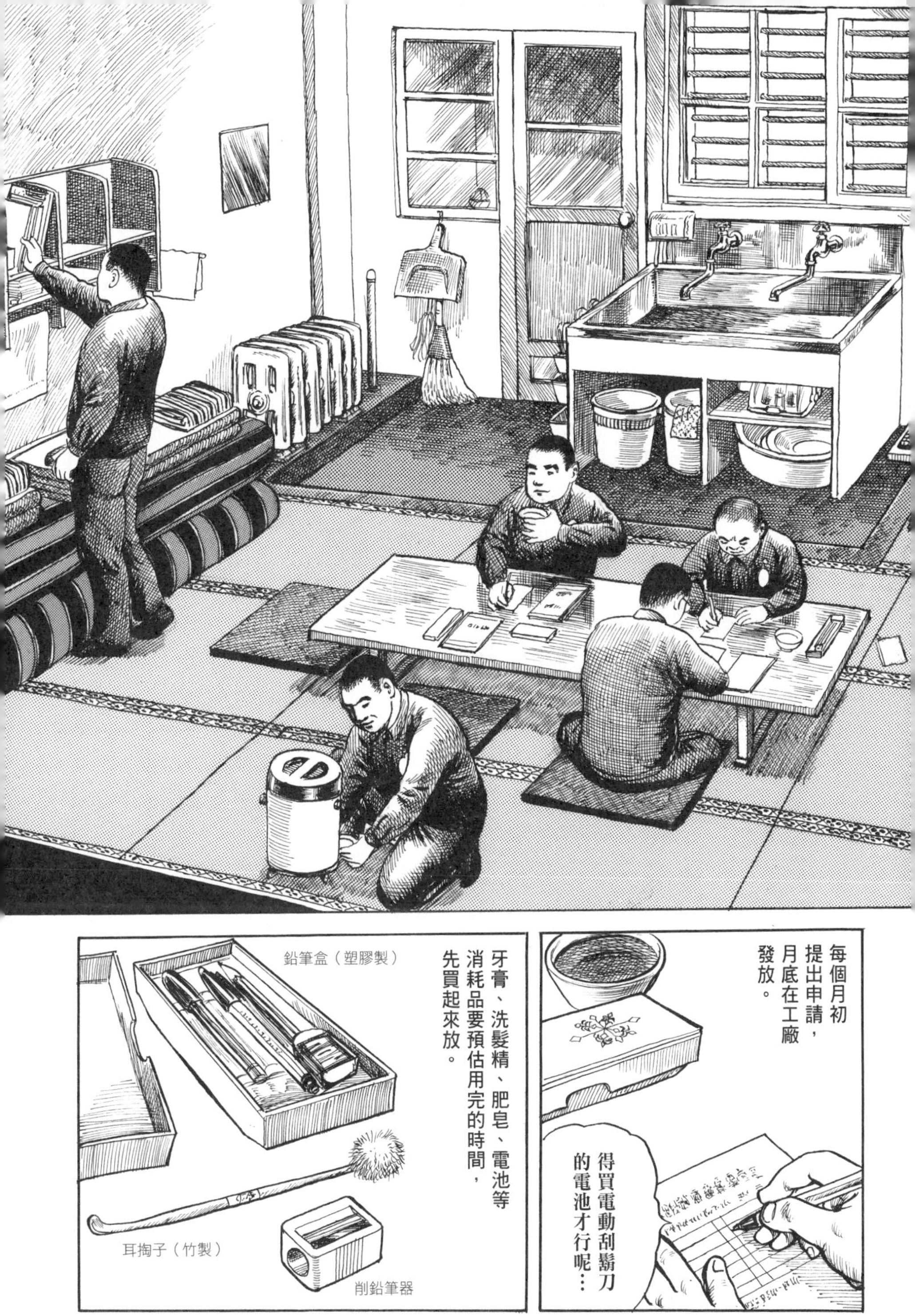
每個月初提出申請，月底在工廠發放。
得買電動刮鬍刀的電池才行呢…
牙膏、洗髮精、肥皂、電池等消耗品要預估用完的時間，先買起來放。
鉛筆盒（塑膠製）
耳掏子（竹製）
削鉛筆器

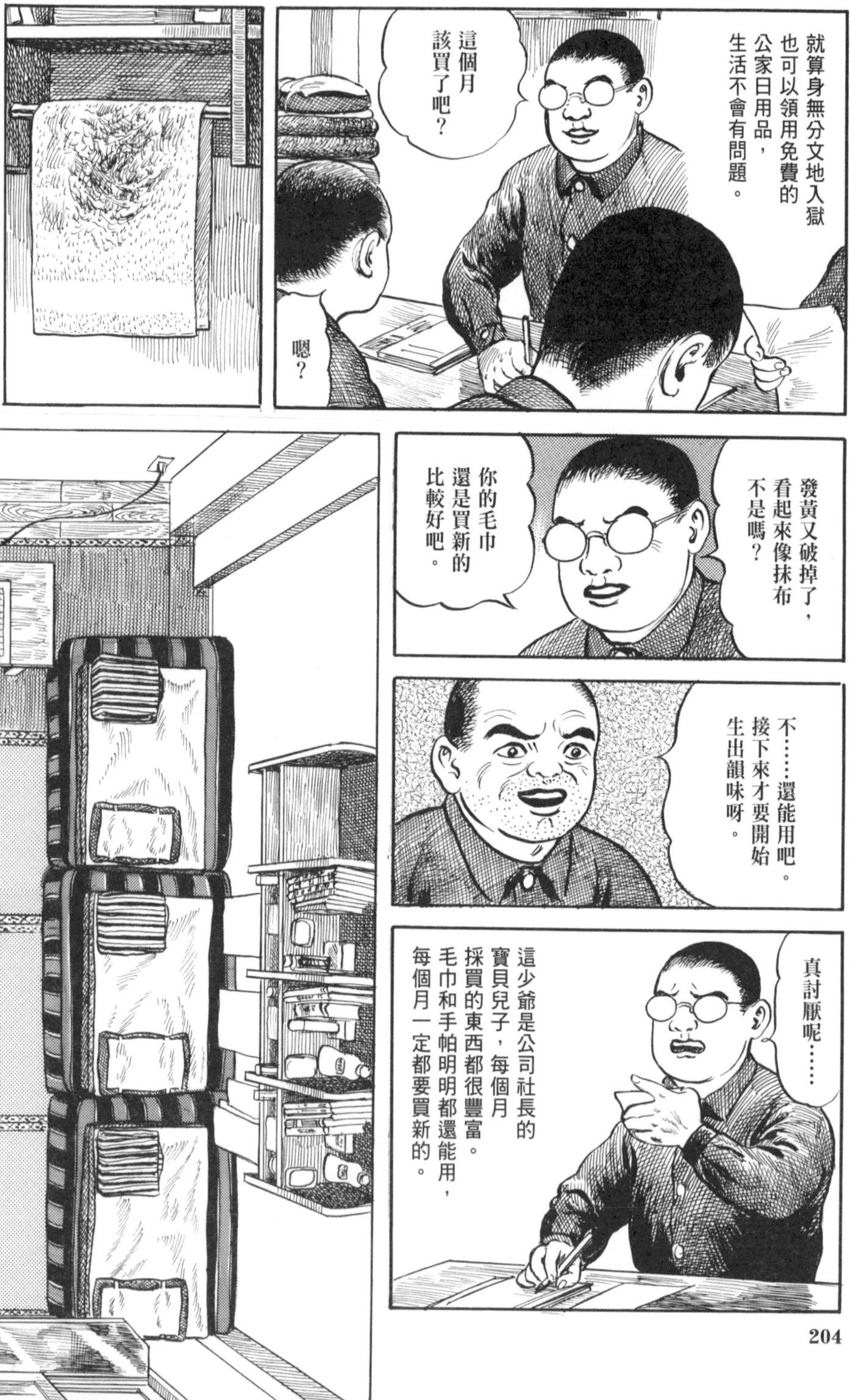

就算身無分文地入獄也可以領用免費的公家日用品，生活不會有問題。
這個月該買了吧？
嗯？
發黃又破掉了，看起來像抹布不是嗎？
你的毛巾還是買新的比較好吧。
不……還能用吧。接下來才要開始生出韻味呀。
真討厭呢……
這少爺是公司社長的寶貝兒子，每個月採買的東西都很豐富。毛巾和手帕明明都還能用，每個月一定都要買新的。

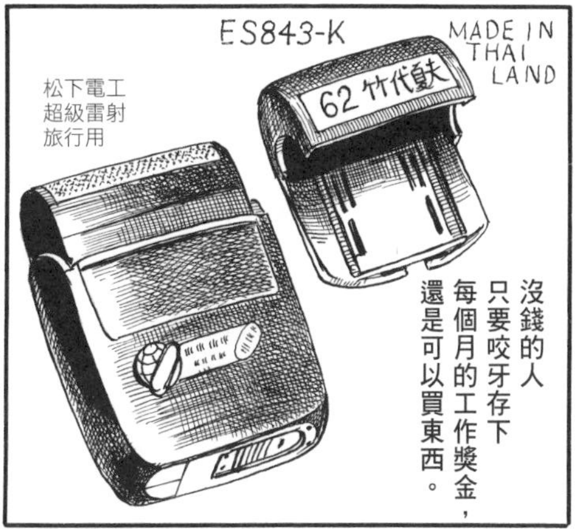
ES843-K
MADE IN THAI LAND
62 竹代駄
松下電工
超級雷射
旅行用
沒錢的人只要咬牙存下每個月的工作獎金，還是可以買東西。

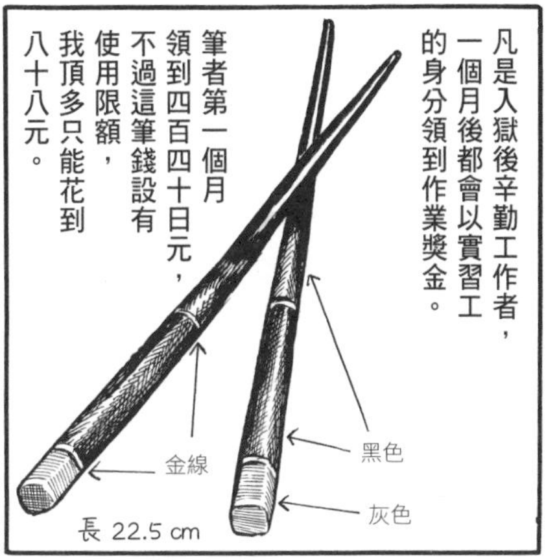
凡是入獄後辛勤工作者，一個月後都會以實習工的身分領到作業獎金。
筆者第一個月領到四百四十日元，不過這筆錢設有使用限額，我頂多只能花到八十八元。
黑色
金線
灰色
長 22.5 cm

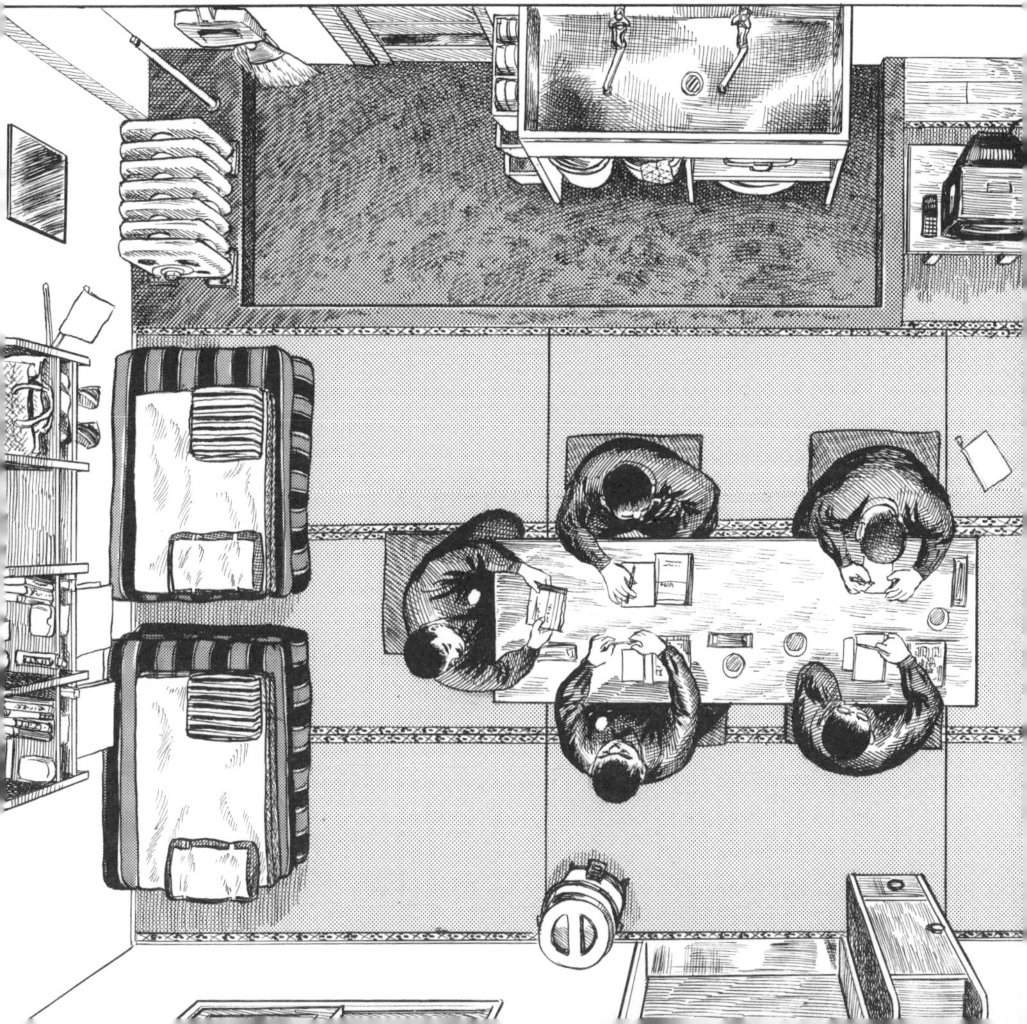

八十八元買得到書寫用具。
先前我若無其事寄信給我老婆，要她送錢進來，結果被回信拒絕了，真的好丟臉啊。
我辛苦了好幾年，好不容易才買了新的砂石車。
用品價格表
鉛筆 60日元
鉛筆蓋 15
自動鉛筆 100
筆芯 100
原子筆 70
橡皮擦 60
鉛筆盒 630
墊板 120
筆記本(特大) 390
短袖內衣(M) 660
條紋內褲(M) 530
白內褲(M) 470
白色三角褲(M) 400
白色長袖內衣(M) 1,050
白色褲子(M) 1,050
冬用針織上衣(M) 2,200
襪子 480
襪子(冬用) 430
背心(M) 740
手帕(棉) 230
筷子 210
筷盒 210
妮維雅霜 270
洗髮精 260
耳掏子 100
電動刮鬍刀 3,720
運動鞋 1,680
拖鞋 1,300
眼鏡盒 460
拭鏡布 460
筆記本(大) 180
筆記本(小) 160
便條紙 100
衛生紙(800張) 220
牙刷 150
牙刷盒 270
牙膏 270
肥皂(White牌) 110
肥皂(Florida牌) 130
毛巾(白) 260
毛巾(有色) 270
手帕(毛巾料) 120

好，接下來要好好賺錢囉～才這樣想完就馬上被抓了。

我現在能用的錢只有少少的一千五百元，花錢之前一定要再～三考慮才行呢。

工作等級從實習工到一等工之間，共分為十級。勤奮工作便會升等，領的獎金也會變多。筆者升上九等工時，月領一〇一四元，當中可使用二〇三元。

| 期間 | 等級 | 作業獎金 | 使用限額 |
|---|---|---|---|
| | 實習工 | 440元 | 88元 |
| | 〃 | 723〃 | 145〃 |
| 兩個月 | 9等工 | 1,014〃 | 203〃 |
| | 〃 | 1,191〃 | 238〃 |
| 兩個月 | 8等工 | 1,768〃 | 442〃 |
| | 〃 | 1,779〃 | 445〃 |
| 兩個月 | 7等工 | 2,148〃 | 537〃 |
| | 〃 | 2,444〃 | 611〃 |
| 四個月 | 6等工 | 2,608〃 | 652〃 |
| | 〃 | 2,625〃 | 656〃 |
| | 〃 | 2,963〃 | 988〃 |
| | 〃 | 3,244〃 | 1,081〃 |
| 四個月 | 5等工 | 3,150〃 | 1,050〃 |
| | 〃 | 3,150〃 | 1,050〃 |
| | 〃 | 3,150〃 | 1,050〃 |
| | 〃 | 3,517〃 | 1,172〃 |
| 四個月 | 4等工 | 4,723〃 | 1,574〃 |
| | 〃 | 4,723〃 | 1,574〃 |

九等工到七等工之間，是每兩個月升等一次。六等工到四等工之間，是每四個月升等一次。之後是每八個月調整。「要是不浪費錢，好好工作個二、三十年，出獄後馬上就能買個一、兩棟自宅了。真該感恩呢。」（引自A氏）

現在是誰在開那輛砂石車打拚賺錢呢？
咳！
……然後這樣，
呼
喔……嗨起來了。
你真的打算戒嗎！
呃……這次真的不戒不行了。
我女兒高中中輟，開始工作了，都是我害的……
聽說那個隨機襲擊事件的Ｋ會用自己的碗裝大便，還塗到牆上呢。

咦，那個K嗎……
是啊。
說什麼可以黏住電波…
損失慘重呢。
……
如何啊……別亂花錢，把獎金存起來寄給家人吧。對家計有幫助喔。
…可是一萬元有點……
在這裡，一萬元可是超多錢啊！
若受獄方認定有必要使用作業獎金，受刑人便可挪用相當大的一部分去貼補家用、賠償被害者、支付官司費用。
獎金在出獄時發放，獄中不會使用到現金。
獄中生活無自由。

但…也有進入這裡後才獲得的自由，才感受到的解放。
每個月必定要付的房租、水電、瓦斯、電話費，在這裡都不用付。
免餐費影響很大。
鐵窗外絕對品嘗不到、無以倫比的舒爽，就藏在牢籠中。
一陣子沒繳國民健保費用，催繳單來了。
銀行
呼～總算繳掉了，雖然很不爽，但總算舒暢一點了。
嗯？
回家後，又輪到國民年金的催繳單來了……
為…為什麼？……剛剛才匯完款不是嗎！
發抖
氣到
媽…媽的，這是在整窮人嗎？
人只要還活在世上，就無法逃離這個徵收組織。這種不快筆者體驗過三次。
從這角度看，繩文人應該很自由吧……
筆者出獄時領到的作業獎金為五萬九千零二十五元也。
完

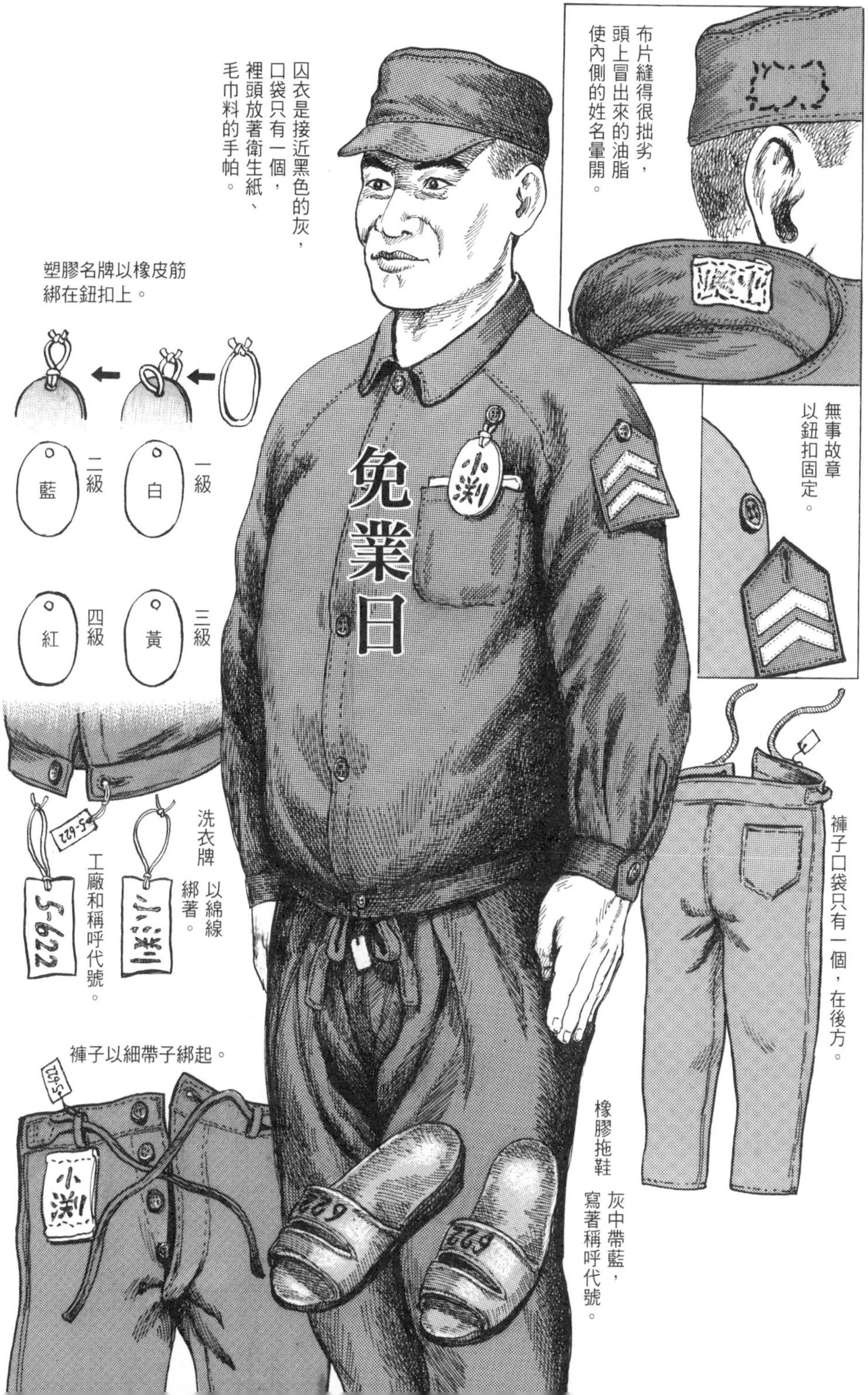
布片縫得很拙劣，頭上冒出來的油脂使內側的姓名暈開。
囚衣是接近黑色的灰，口袋只有一個，裡頭放著衛生紙、毛巾料的手帕。
塑膠名牌以橡皮筋綁在鈕扣上。
一級
白
二級
藍
三級
黃
四級
紅
免業日
小渕
無事故章以鈕扣固定。
褲子口袋只有一個，在後方。
洗衣牌
以綿線綁著。
工廠和稱呼代號。
5-622
小渕
褲子以細帶子綁起。
小渕
橡膠拖鞋
灰中帶藍，寫著稱呼代號。
622
622

免業日起床時間
比平日晚一小時。
七點四十分
起床，一天
開始了。
點名預備～
早點名也晚一小時。
(嘎──)
ガー
(嘎嘎～～)
ガガー
特別強韌的
就是剃不掉
呢⋯
(喀喀)
カッ
カッ
喂！
你在
做什麼啊！
呃⋯

遭到職員警告時，要「鞠躬」報上自己的稱呼代號和姓名。
2……222號，
花…花輪。
沒聽到「點名預備」嗎！
啊…不是的…我…我…
聽到點名預備就應該立刻停止刮鬍子，跪坐做好準備。你不會忘記了吧！
呃…呃…鬍…鬍子呃……好像…有些剃不掉…呃…好像…
別在免業日一大早就做些欠人教訓的事！
知道了嗎！
受到警告，牢房就會被扣分。
點名～

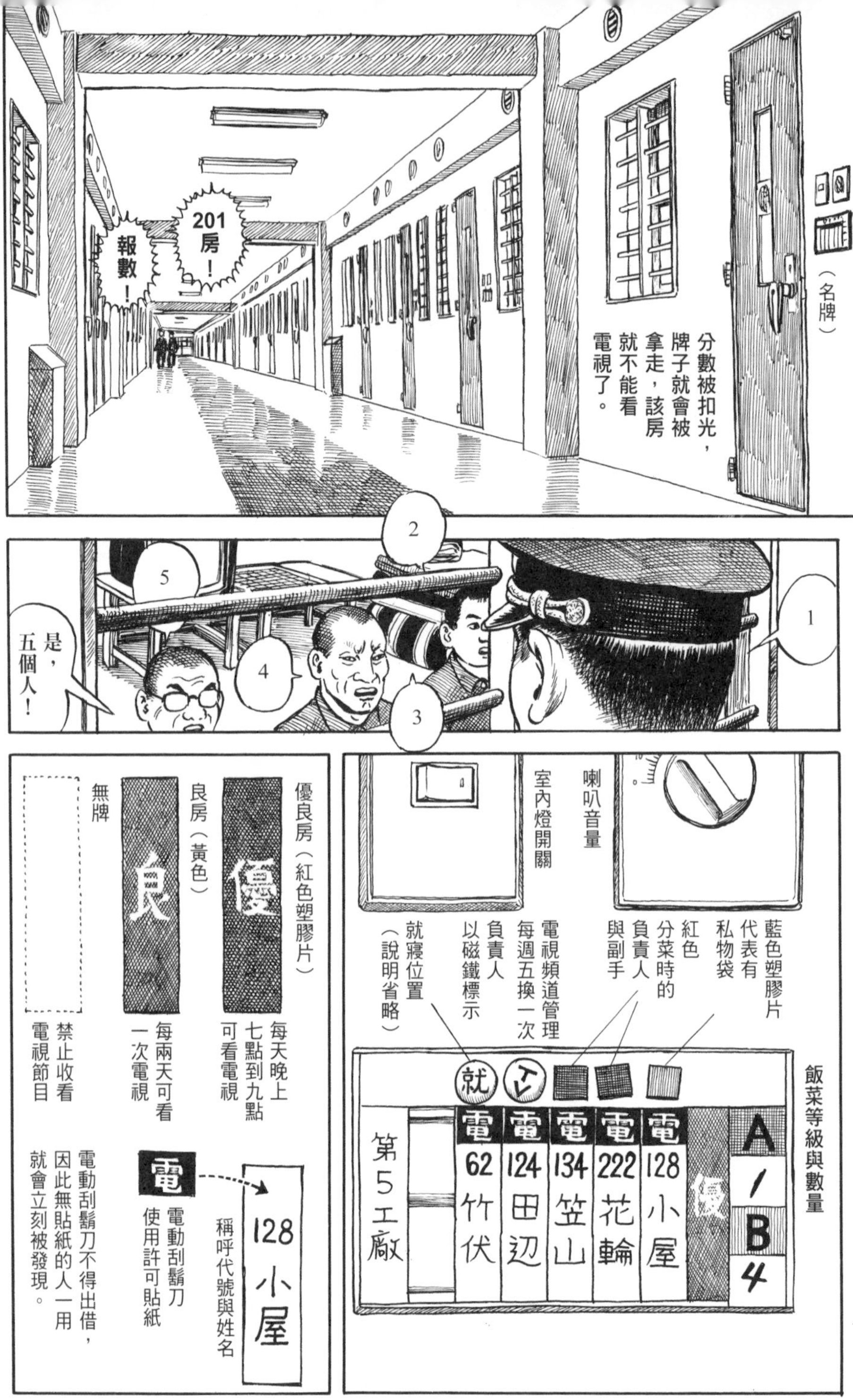
（名牌）
分數被扣光，牌子就會被拿走，該房就不能看電視了。
201房！
報數！
1
2
3
4
5
是，五個人！
飯菜等級與數量
A
1
B
4
優
電
128
小屋
電
222
花輪
電
134
笠山
電
124
田辺
電
62
竹伏
第5工廠
藍色塑膠片代表有私物袋
紅色分菜時的負責人與副手
電視頻道管理每週五換一次負責人以磁鐵標示
就寢位置（說明省略）
就
TV
喇叭音量
室內燈開關
優良房（紅色塑膠片）
優
每天晚上七點到九點可看電視
良房（黃色）
良
每兩天可看一次電視
無牌
禁止收看電視節目
稱呼代號與姓名
128
小屋
電
電動刮鬍刀使用許可貼紙
電動刮鬍刀不得出借，因此無貼紙的人一用就會立刻被發現。

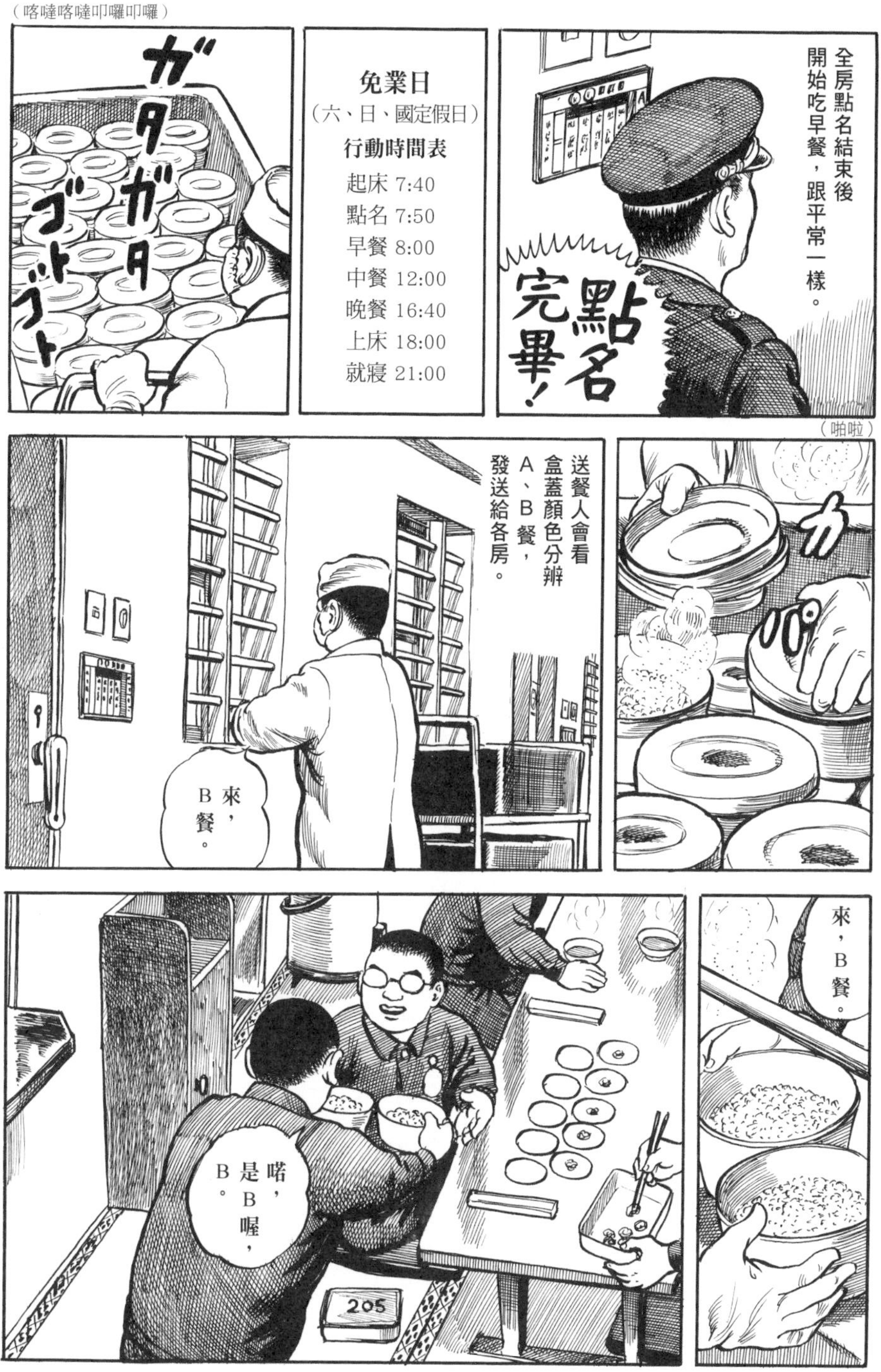
全房點名結束後開始吃早餐，跟平常一樣。
點名完畢！
免業日
（六、日、國定假日）
行動時間表
起床 7:40
點名 7:50
早餐 8:00
中餐 12:00
晚餐 16:40
上床 18:00
就寢 21:00
ガタガタゴトゴト
（喀噠喀噠叩囉叩囉）
カパ
（啪啦）
送餐人會看盒蓋顏色分辨A、B餐，發送給各房。
來，B餐。
來，B餐。
喏，是B喔，B。
205

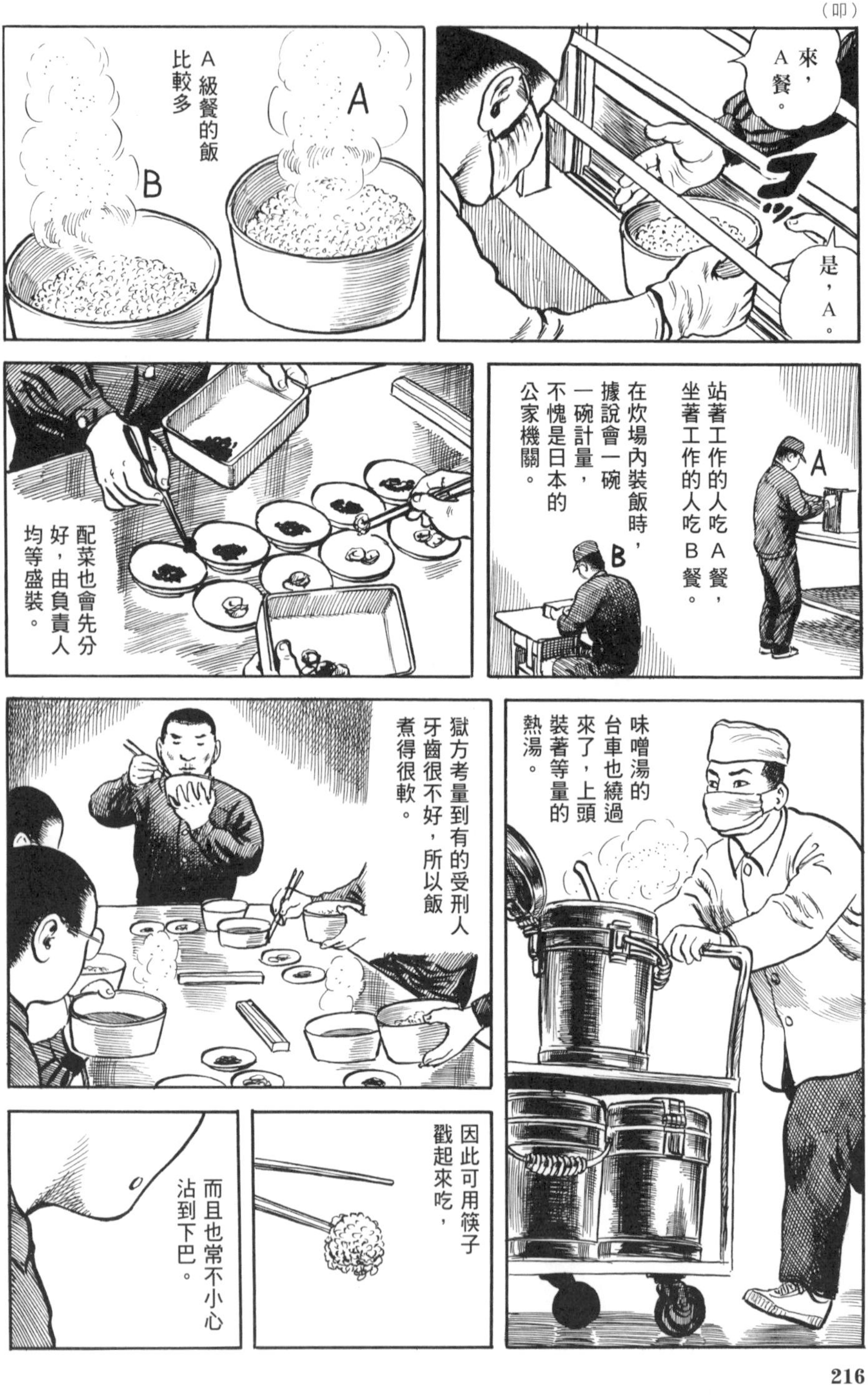
（叩）
來，A餐。
是，A。
A
B
A級餐的飯比較多
站著工作的人吃A餐，坐著工作的人吃B餐。
在炊場內裝飯時，據說會一碗一碗計量，不愧是日本的公家機關。
A
B
配菜也會先分好，由負責人均等盛裝。
味噌湯的台車也繞過來了，上頭裝著等量的熱湯。
獄方考量到有的受刑人牙齒很不好，所以飯煮得很軟。
因此可用筷子戳起來吃，
而且也常不小心沾到下巴。

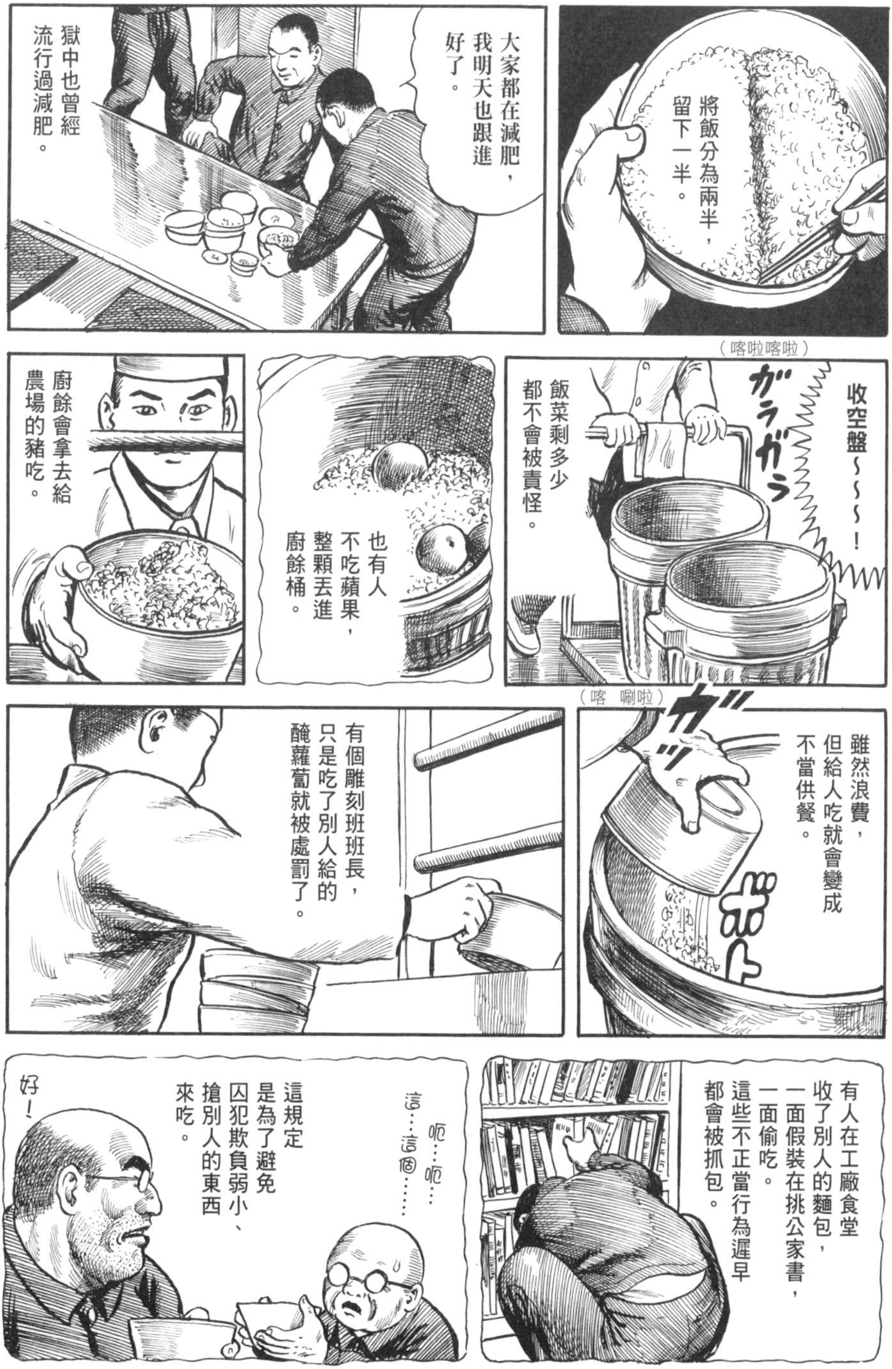
將飯分為兩半，留下一半。
大家都在減肥，我明天也跟進好了。
獄中也曾經流行過減肥。
收空盤～～～！
（喀啦喀啦）
飯菜剩多少都不會被責怪。
也有人不吃蘋果，整顆丟進廚餘桶。
廚餘會拿去給農場的豬吃。
（喀 唰啦）
雖然浪費，但給人吃就會變成不當供餐。
有個雕刻班班長，只是吃了別人給的醃蘿蔔就被處罰了。
有人在工廠食堂收了別人的麵包，一面假裝在挑公家書，一面偷吃。
這些不正當行為遲早都會被抓包。
呃……呃……
這……這個……
這規定是為了避免囚犯欺負弱小、搶別人的東西來吃。
好！

潑灑到窗軌內的湯汁要擦乾淨才行。
在免業日吃完早餐後便可喘口氣。
今天是二等受刑人集會呢。
好好喔。
看什麼電影啊？
《殺無赦》，克林・伊斯威特的西部片啊。
拿到二等受刑人的藍色名牌後，獄方會借你二等置物櫃，可放書或日用品。

（本月活動）　（前行）

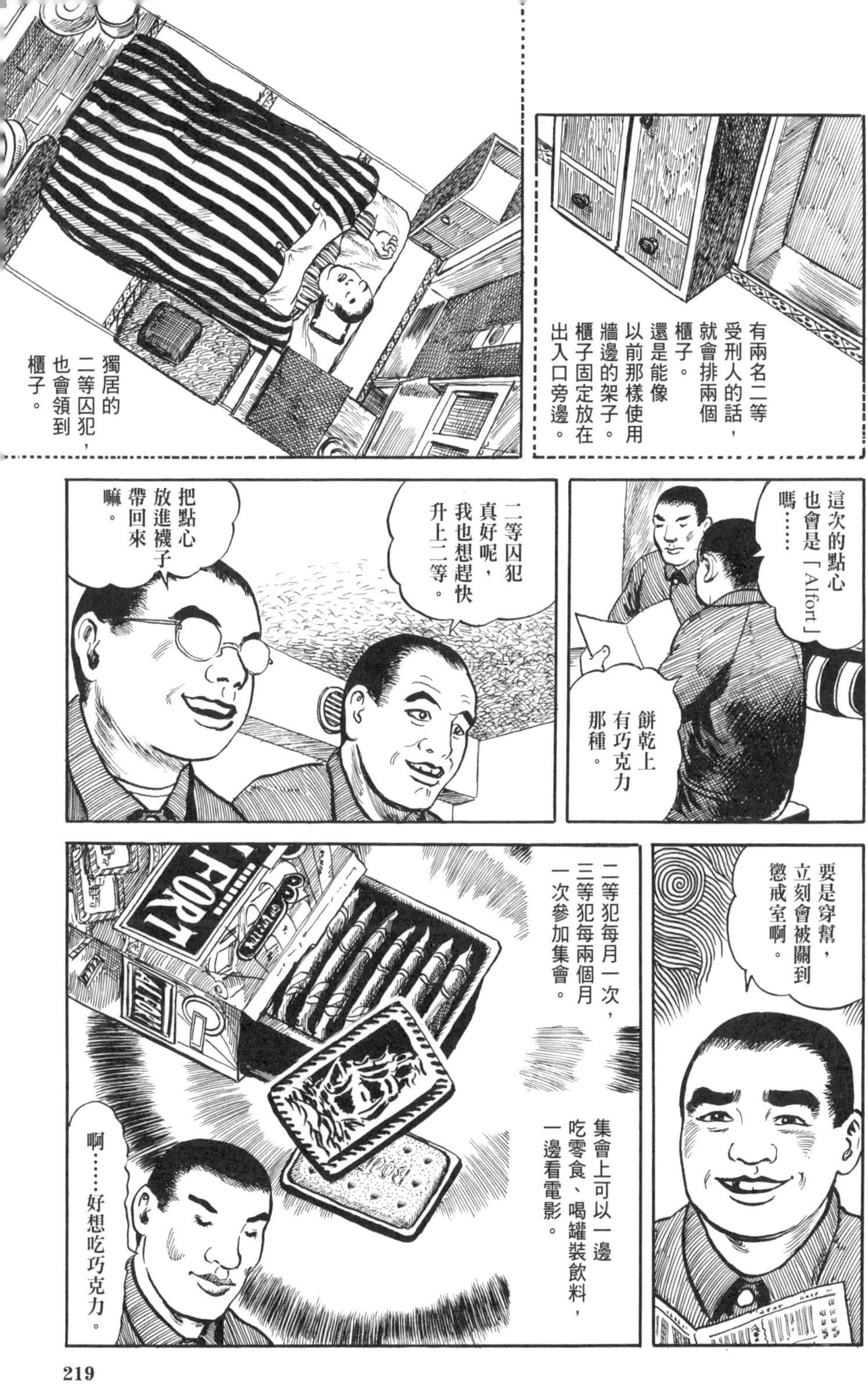
有兩名二等受刑人的話，就會排兩個櫃子。
還是能像以前那樣使用牆邊的架子。
櫃子固定放在出入口旁邊。
獨居的二等囚犯，也會領到櫃子。
這次的點心也會是「Alfort」嗎……
餅乾上有巧克力那種。
二等囚犯真好呢，我也想趕快升上二等。
把點心放進襪子帶回來嘛。
要是穿幫，立刻會被關到懲戒室啊。
二等犯每月一次，三等犯每兩個月一次參加集會。
集會上可以一邊吃零食、喝罐裝飲料，一邊看電影。
啊……好想吃巧克力。

押送時，他們買了巧克力給我喔。
咦！是喔！
笠山先生是從哪來的？
宮城……搭東北新幹線來的喔。
宮城有巧克力啊，真好耶……
札幌有罐裝咖啡，但沒供巧克力。
我被押送的時候呀，有高中生上車。
他們看看看看個沒完呢。
對朋友使眼色……
「看到了嗎？看到了嗎？」「嗯，看到了看到了。」「對啊…是真的耶。」…之類的。
我當然都察覺到了啊。
像狗一樣被繩子牽著…
嘿 嘿 嘿
人在高中時代最愛看那種場面了呢。

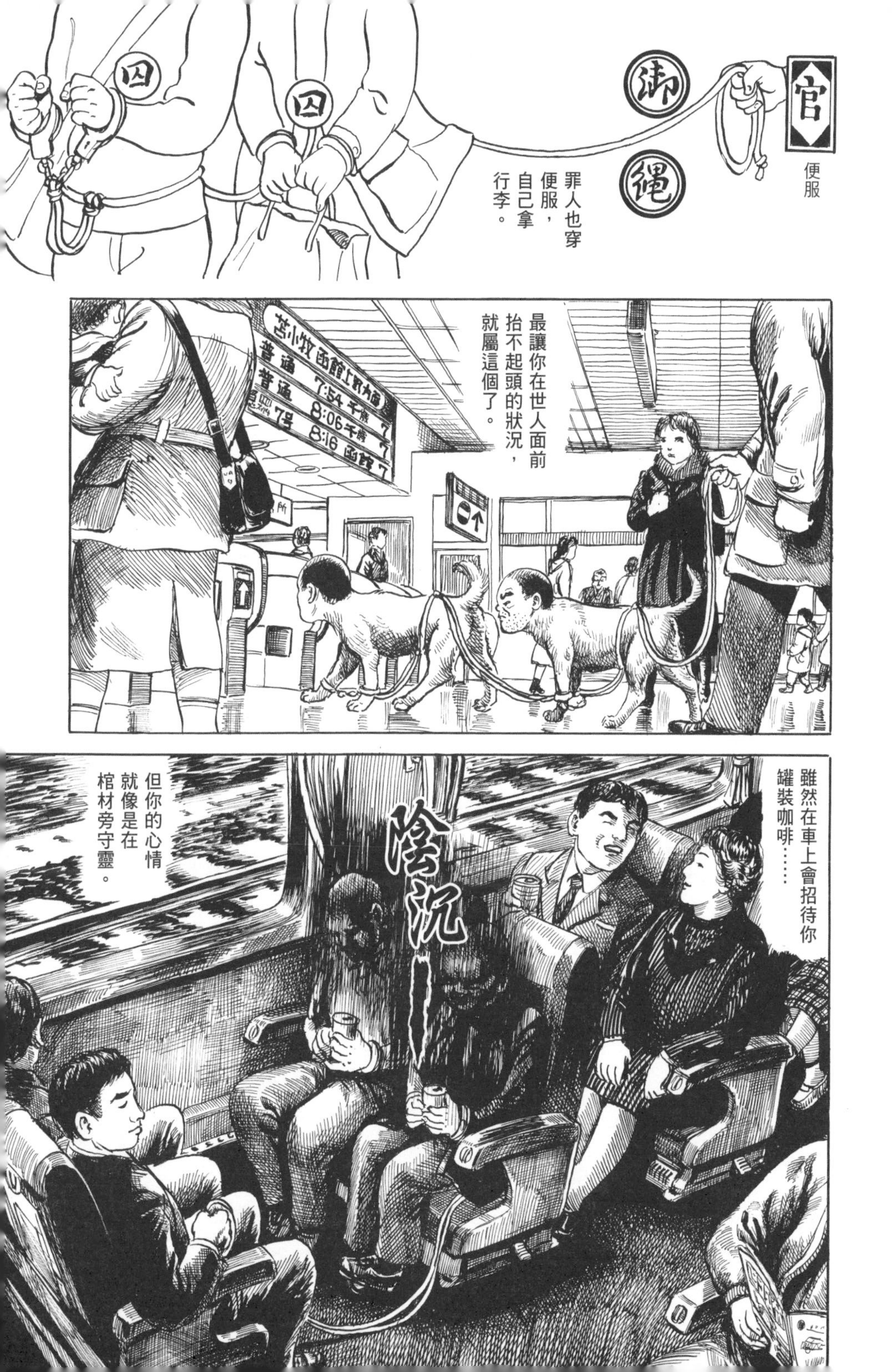
官
便服
捕繩
囚
囚
罪人也穿便服，自己拿行李。
最讓你在世人面前抬不起頭的狀況，就屬這個了。
苫小牧 函館
普通 7:54 千歳 7
普通 8:06 千歳 7
7号 8:16 函館 7
雖然在車上會招待你罐裝咖啡……
陰沉
但你的心情就像是在棺材旁守靈。

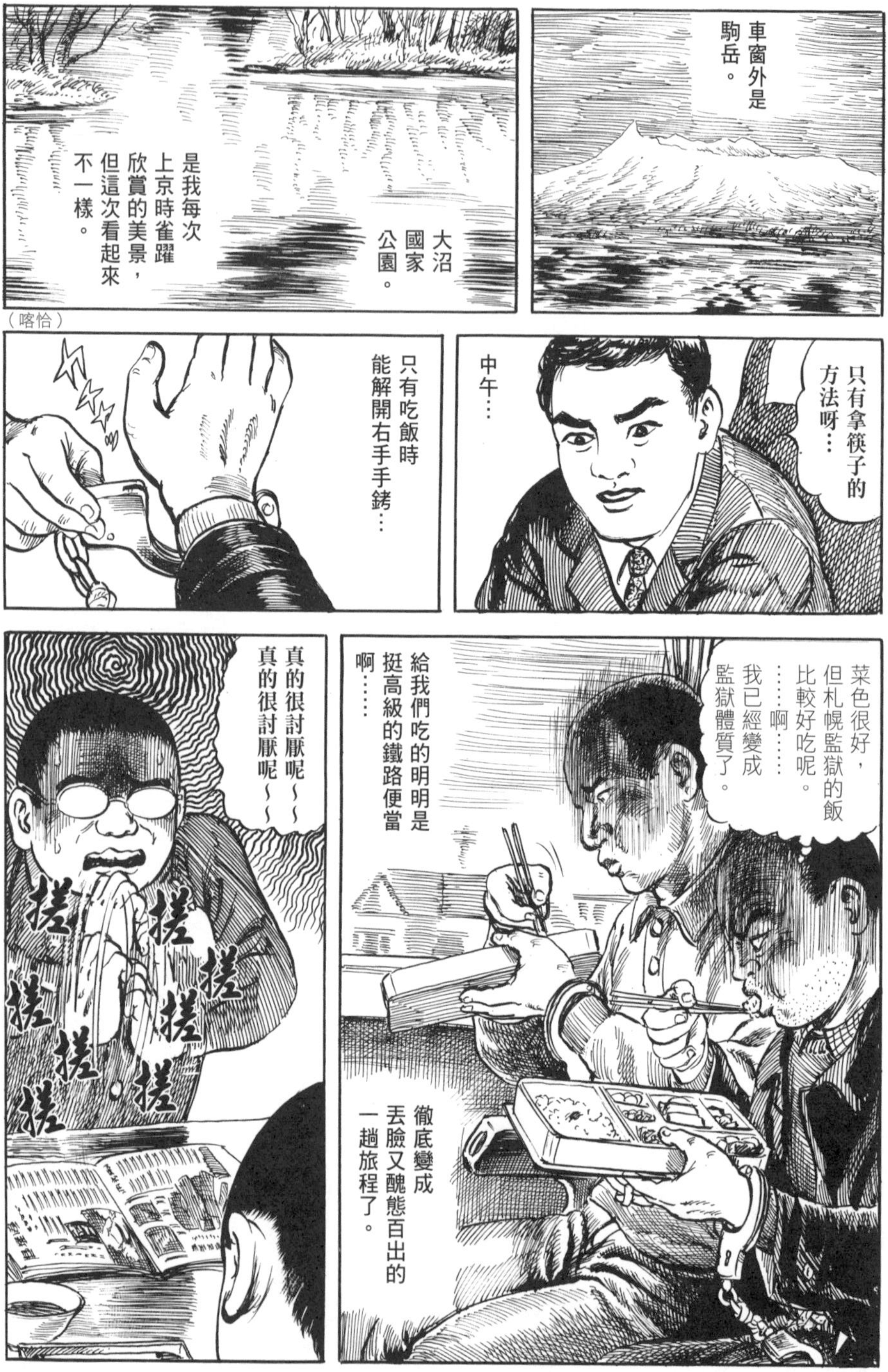
車窗外是駒岳。
大沼國家公園。
是我每次上京時雀躍欣賞的美景，但這次看起來不一樣。
（喀恰）
只有拿筷子的方法呀……
中午……
只有吃飯時能解開右手手銬……
菜色很好，但札幌監獄的飯比較好吃呢。
……啊……我已經變成監獄體質了。
給我們吃的明明是挺高級的鐵路便當啊……
真的很討厭呢～～真的很討厭呢～～
搓搓搓搓搓搓搓
徹底變成丟臉又醜態百出的一趟旅程了。

（喀恰）
喔，來了。
（嘰——）
好啦——
來去吃個甜食吧。
（啪噠）
ペタ
搜身！
立正！
報數！
接受點名後前往講堂。
前往集會和回來的途中，受刑人不需踏步。

小音量播放著德弗札克的〈新世界〉。
油畫
以牢房為單位入場，從前排開始坐。
閉目養神！
入座後要打直腰桿，雙手放在膝蓋上，閉上眼睛。
電影由這機器投影
別睜開眼睛，閉上！
回房前將空罐和零食袋丟進這裡頭。

領取罐裝冷飲和零食後前往座位。
所有人都入場後，窗簾會拉上，室內變暗，獄方會喊「停止閉目養神～」的口號。
〈年輕人之歌〉的歌詞
鋼琴
二等囚犯集會看過的電影有：《親愛的，我把孩子縮小了》《體熱邊緣》《壞孩子的天空》《終極標靶》等等。
集會結束後，獄方拉開窗簾，再度要大家：「閉目養神！」受刑人從後排開始依序離場，丟空罐的聲音持續不斷，匡啷匡啷。

果然是Alfort呢，太好了。
啪
喀哩喀哩
嚼嚼
嗯～嗯～好！好啊！太棒了。
咕嚕
味道散開～
（喀沙）
唔～
讚到受不了啊。
一面看螢幕，一面用手指數剩下的塊數，珍惜著吃。
……啊，只剩三個了嗎……
（匡啷）（匡啷　匡啷　匡啷）
—播映結束—
憑感覺就會知道後排的人站起來了。

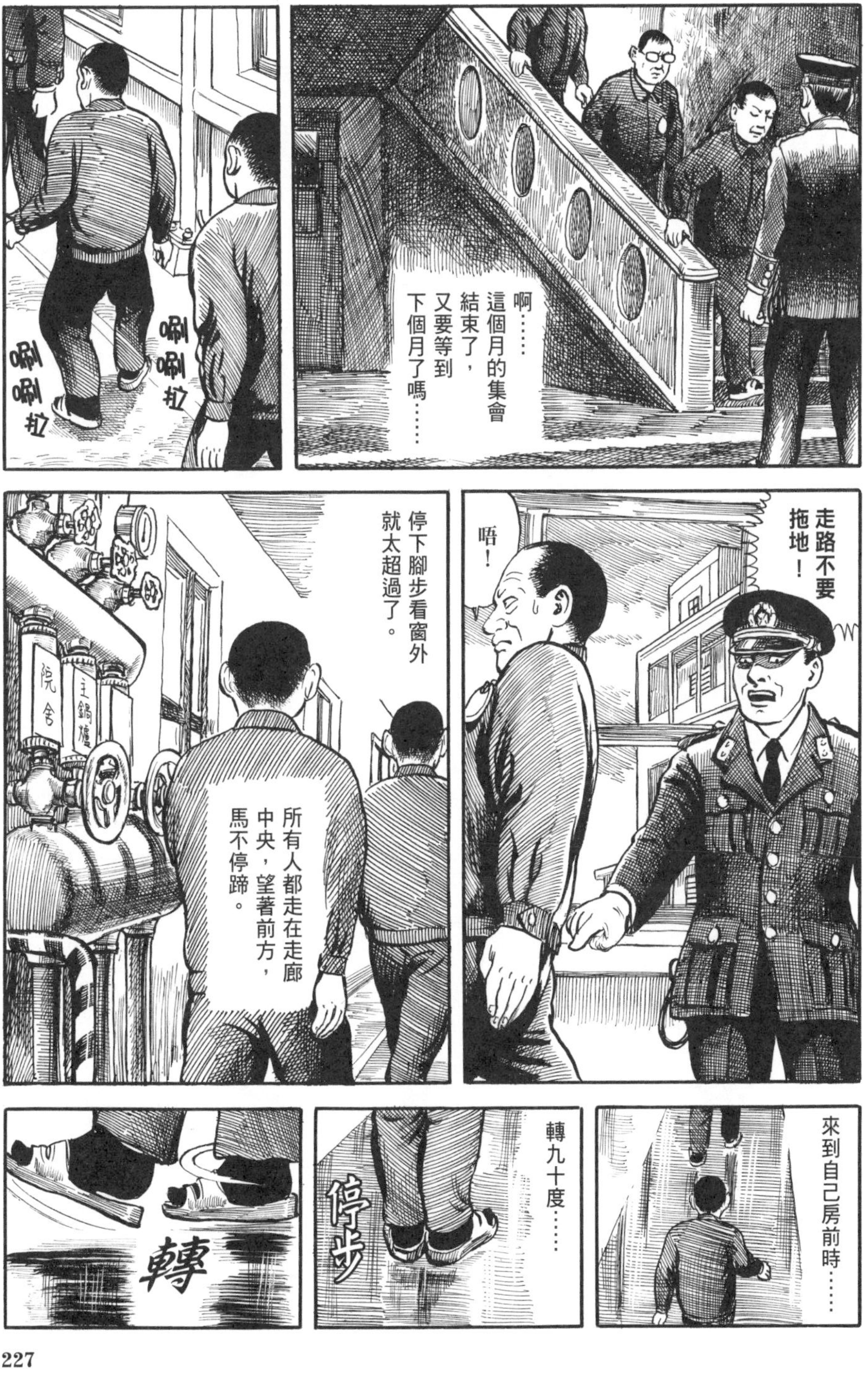
啊……這個月的集會結束了，又要等到下個月了嗎……
唰唰拉
唰唰拉
走路不要拖地！
唔！
停下腳步看窗外就太超過了。
所有人都走在走廊中央，望著前方，馬不停蹄。
主鍋爐
院舍
來到自己房前時……
轉九十度……
停步
轉

面對牆壁，站著等獄吏依序打開鐵門。
124號！
好。
（鏘）
シャン
（咚）
ドッ
如何啊？
啾啾
如何啊？
啾啾
很～～～棒喔。
巧克力的甘甜餘韻…
還在我嘴巴裡…
真好耶……
真羨慕啊。

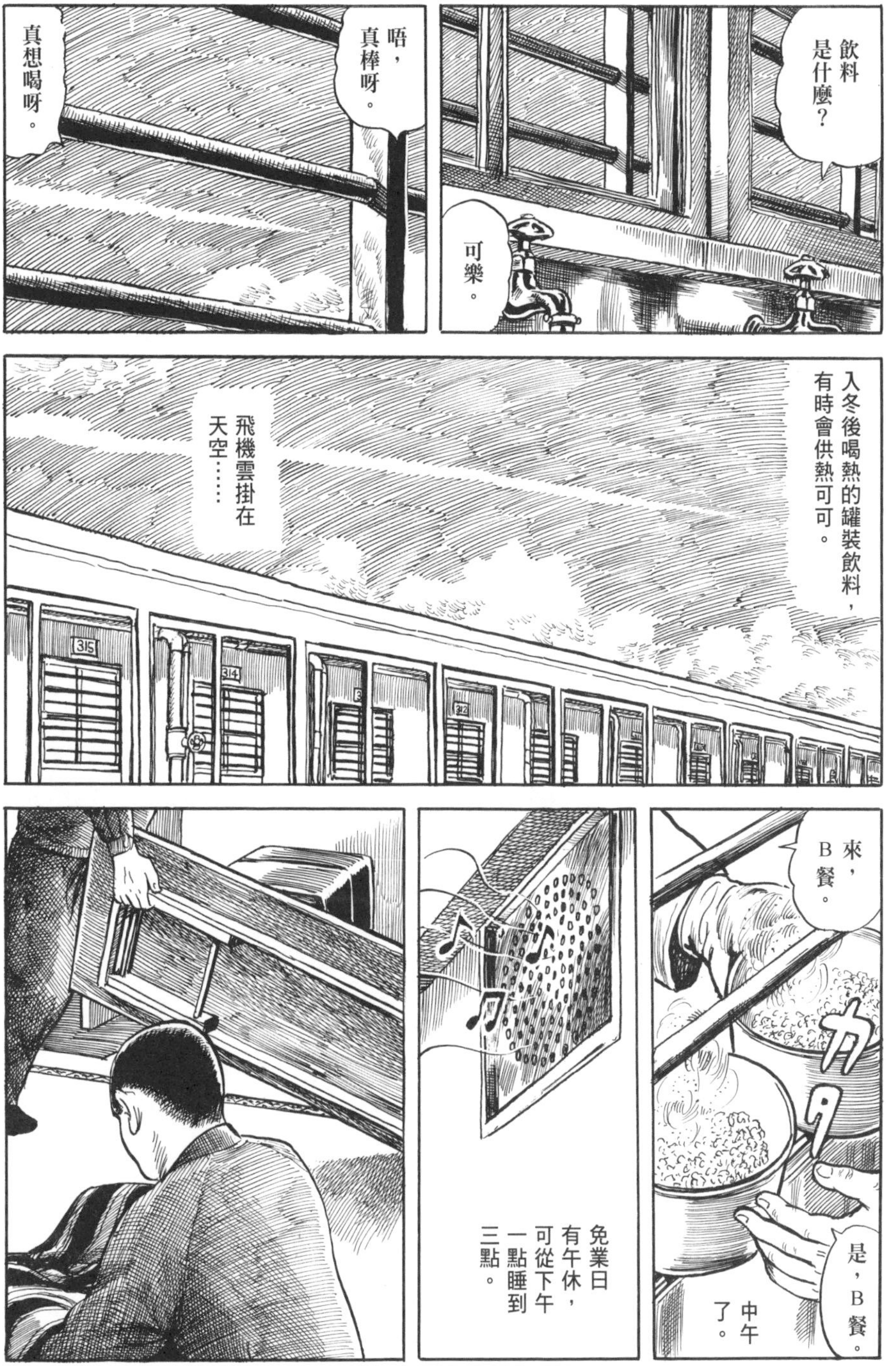
飲料是什麼？
可樂。
唔，真棒呀。
真想喝呀。
入冬後喝熱的罐裝飲料，有時會供熱可可。
飛機雲掛在天空……
來，B餐。
カタ
（喀噠）
是，B餐。
中午了。
免業日有午休，可從下午一點睡到三點。

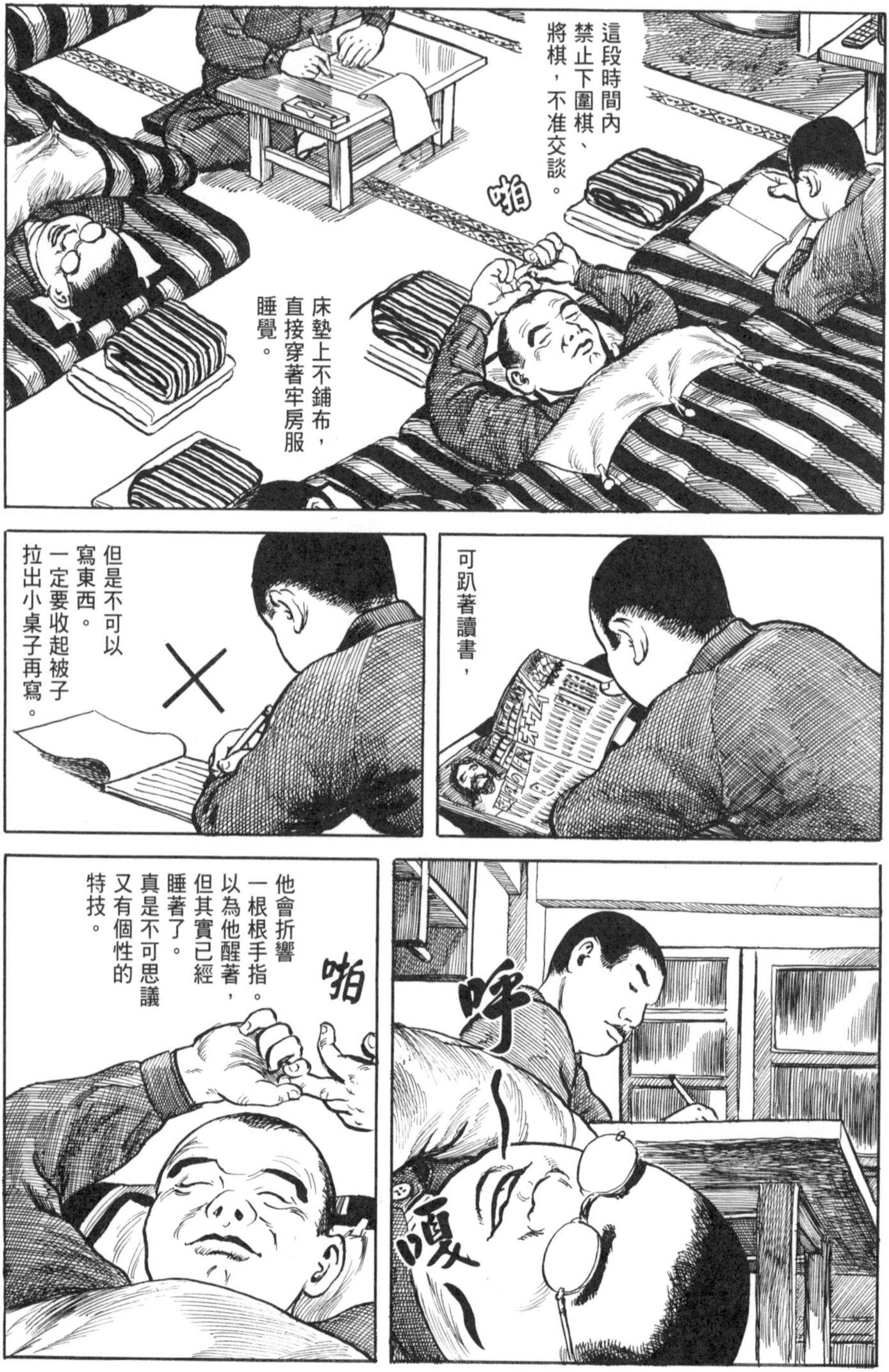
這段時間內禁止下圍棋、將棋，不准交談。
啪
床墊上不鋪布，直接穿著牢房服睡覺。
可趴著讀書，
但是不可以寫東西。一定要收起被子拉出小桌子再寫。
呼～
嘎～
啪
他會折響一根根手指。以為他醒著，但其實已經睡著了。真是不可思議又有個性的特技。

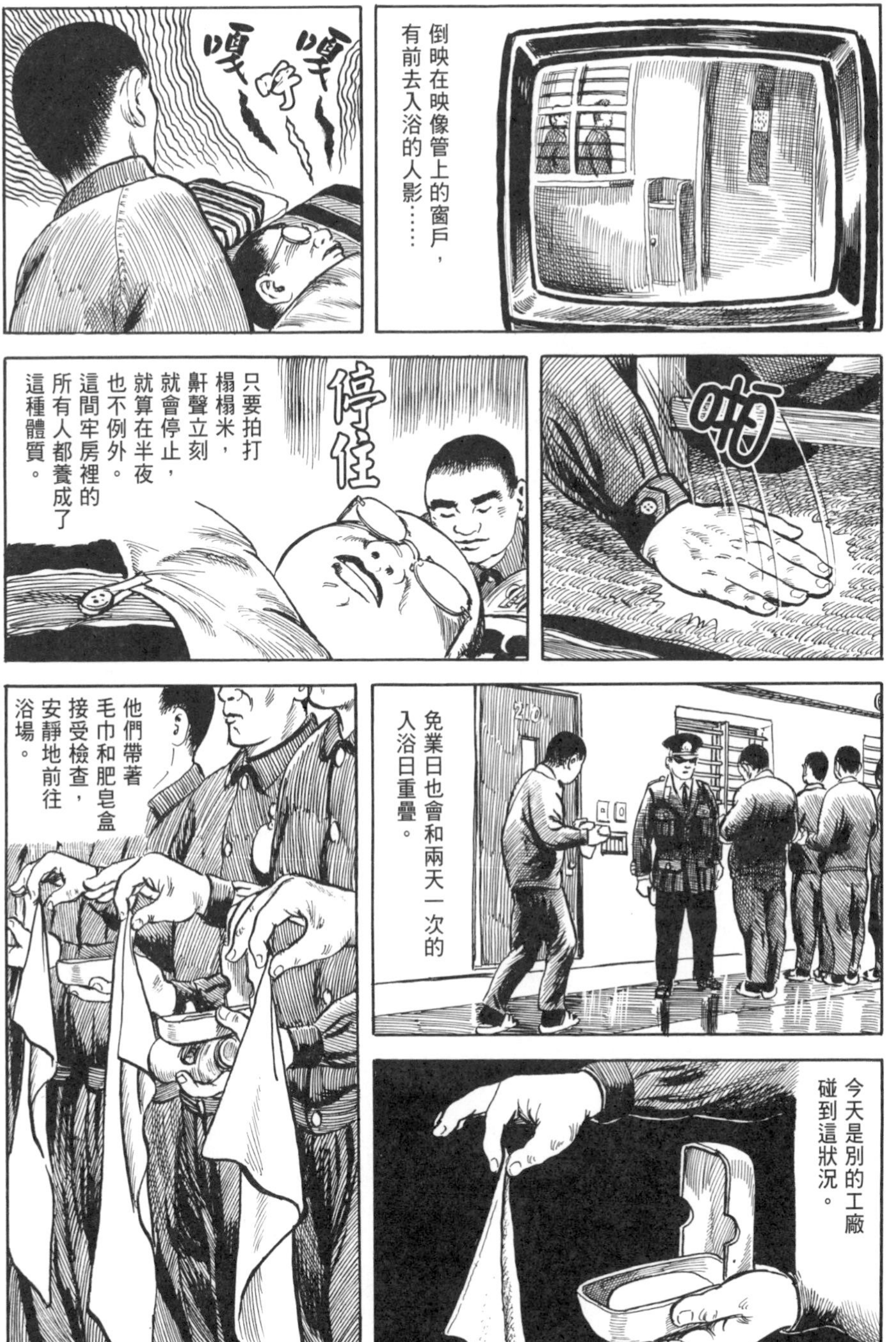
倒映在映像管上的窗戶，
有前去入浴的人影……
嘎
呼
嘎
啪
停住
只要拍打
榻榻米，
鼾聲立刻
就會停止，
就算在半夜
也不例外。
這間牢房裡的
所有人都養成了
這種體質。
210
免業日也會和兩天一次的
入浴日重疊。
今天是別的工廠
碰到這狀況。
他們帶著
毛巾和肥皂盒
接受檢查，
安靜地前往
浴場。

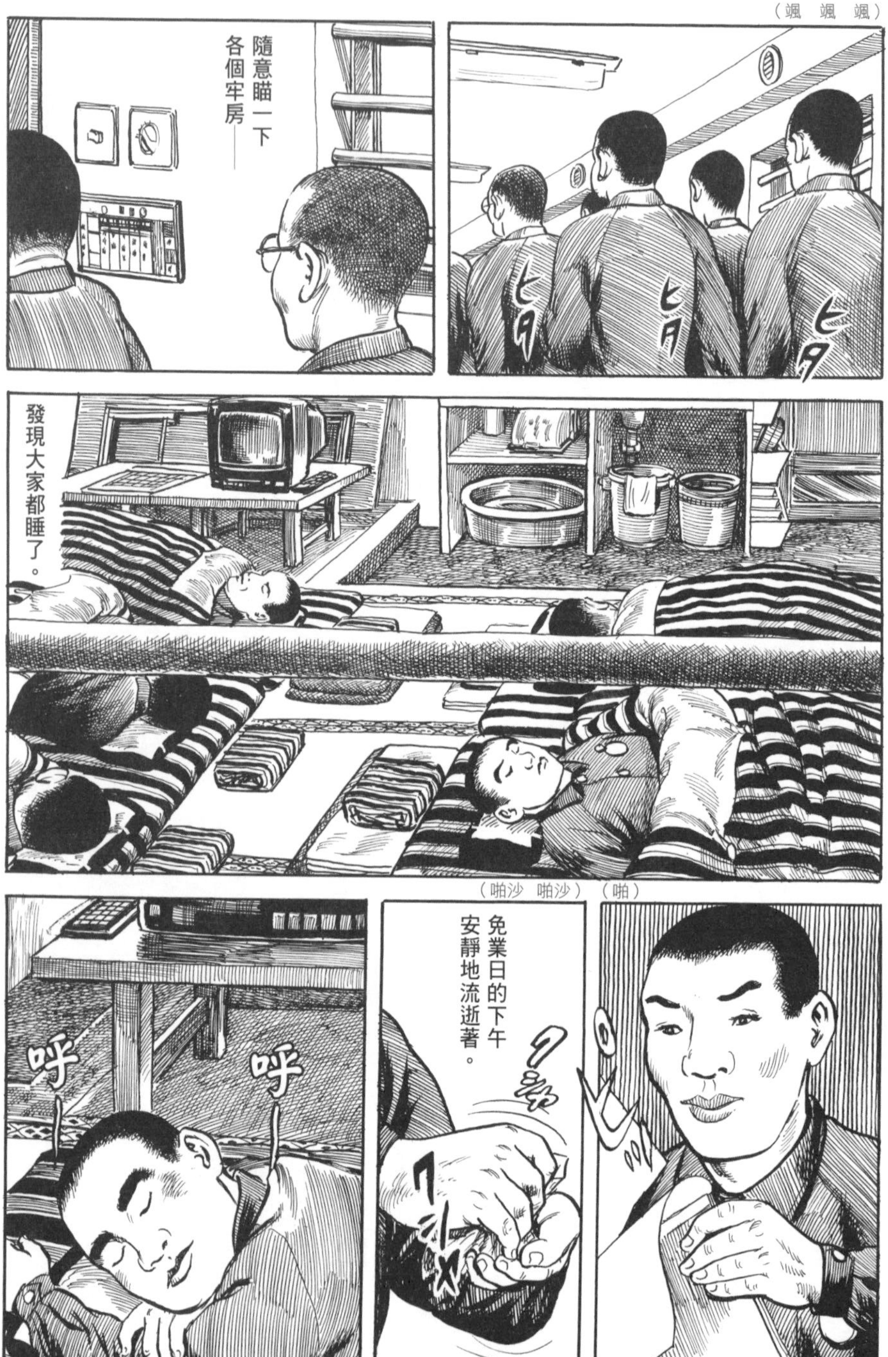
（颯 颯 颯）
ヒタ
ヒタ
ヒタ
隨意瞄一下
各個牢房——
發現大家都睡了。
（啪）
（啪沙 啪沙）
免業日的下午
安靜地流逝著。
呼——
呼——

嘎
呼
呼
吵死啦！
啪
上息
昨晚一如往常，在晚上九點睡覺……
七點四十分起床。
但要我繼續睡多久都沒問題……
免業日沒有運動行程，不會離開牢籠。
跟「櫻花盛開，極適合行樂的日子」，或者……
「在太平洋高壓推動下，海邊、山上滿是人潮」都是無緣的……

內心深處
那硬塊般的東西
在體內化開，
讓人變得疲倦，
想睡多久都睡得了。
……然後，
我的思緒飄到了
豬身上……
陽光
青空
風
大地
泥巴浴
一生無緣

完

# 解說

吳智英

一九九四年十二月八日，花輪和一因涉嫌違反槍刀法等法規，遭到北海道警方逮捕。他蒐集模型槍的興趣日漸高漲，入手改造槍等槍械在山林間試射，事蹟敗露。

天才漫畫家身上都有個一、兩種病。不對，也有少數情況是：創作作品成為他舒緩病情的發洩口，因此漫畫家本人過著極為健全的生活。這種幸福的案例並非完全找不到，不過花輪和一並不在其列。作品的優異加重了作者的毛病，毛病於是以狂熱愛好的形式顯現。

隔年，一九九五年早春，我和阿部幸弘一起以情狀證人的身分到札幌地方法院出庭。阿部幸弘站在精神科醫師立場，主張花輪和一無再犯之虞，僅是一時失常，我則以評論家身分闡述花輪的作品在國際上也獲得極高評價，望法官從寬判刑。那不過是藝術家的古怪行徑罷了。他是初犯，背後也沒有任何內情。我事先向律師友人徵詢過意見，每個都做出樂觀預測，說應該會判緩刑。我也那麼想。

然而，法官判得意外地重。懲役三年，實行判決。恐怕是因為當時的局勢不太好吧。蘇聯解體後，紀律廢弛又缺錢的俄國軍人頻繁地將槍砲走私到北海道沿岸，在札幌街道經常看到「杜絕非法持槍」的海報。據推測，實刑判決可能是一種殺雞儆猴。

辯護方不服判決提出上訴，但遭到駁回。花輪和一本人原本便不希望提出上訴，就這樣入獄了。

我經常寫信給獄中的花輪和一。我和他的交情並沒有特別好，相當久之前便碰過面，但僅止於漫畫家與評論家的關係。雖說如此，我還是常常寫信過去，因為我不希望他毀在這裡。

人在獄中，收到的信愈是無關緊要，反而愈能成為一種鼓舞。這是我在學生時代經常寫信，因而實際體會出的道理。我很好運，沒吃過長期牢飯，也就沒在鐵窗後方收過信，不過我寫過好幾次到獄中。這些朋友後來出獄了，都一口咬定說我寫的信是最好的。而我總是選一些無關緊要的事情來寫，聊季節、讀了什麼書、維持健康的祕訣，耍耍嘴皮子。我絕對不會寫什麼：「鬥爭之火在日本各地燒開了，加油！」不對，這反而比上文提到的那些更無所謂。

花輪和一在獄中也一一回信，非常重情義。他告訴我讀了哪些公家書，一週菜單……也一樣只寫一些瑣碎、無所謂的事情。我因此安心了。如果坐牢時莫名激昂，反而容易在中途一蹶不振，或出獄後無法適應現實。平平靜靜服完刑期才是最好的。

一九九八年二月，《AX》（雙月刊）創刊，是青林堂舊《GARO》時期的編輯們獨立出來辦的雜誌。花輪和一從創刊號開始連載，頭兩回畫看守所（被告打官司期間待在此處），第三回開始畫監獄（遭到判刑後的囚犯待的地方）的故事。

真是令人料想不到地有趣。他連續不斷地畫一些無關緊要的事，早餐、公家書、想抽菸……內容豈不是跟寄給我的明信片一樣嗎？只有文章和漫畫的差別，但這差別相當大。明信片只是單純報告近況，不過漫畫作品可說是非常稀有的獄中紀錄。

過去至今，有各式各樣的人寫過獄中記。坐牢畢竟是非日常的體驗，體驗者自然會想記錄下來，而不曾有體驗的人也會想讀吧。杜思妥也夫斯基的《死屋手記》和王爾德的《獄中記》屬於古典作品，另外也有安部讓二的《鐵窗後方那些學不乖的傢伙們》，是較現代的娛樂性作品。

不過當中批判監獄壓迫性、揭發監獄官之蠻橫的那種獄中記壓倒性地多，而且幾乎都已遭到遺忘。就算沒整理成書，在左派系統的雜誌報導或獨立刊物上也經常看得到。

這些作品都不有趣。監獄當然具備壓迫性，監獄官蠻橫也沒什麼稀奇的。這些制度和行為正確與否、有無改善餘地，確實是該議論的事項，但監獄根本上就是那樣的地方，監獄官的職業性質原本就是那麼一回事。世界再怎麼改變，監獄都不可能變成帝國飯店的套房，監獄官也不可能變成伯爵宅邸的僕役。儘管如此，像一個模子印出來的，揭發、爆料式的獄中記還是接連問世，這都是基於作者懷抱著政治主張和怨念。

花輪和一獄中系列的異色之處就在於，它跟

上述的「揭發爆料」完全無緣，但也沒提到他入獄後悔改了。也許不敢再犯了，但看起來不怎麼像是有悔意。不對，也許他根本就不是學乖，只是「酷愛槍枝」在他心目中變成了一件蠢事。原本不過是掛念創作所產生的毛病，所以只要一點點契機，病很容易就好了。

讀者翻開書讀到的，是對記錄細節的執著，以及不可思議的心情告白，非關改過也非關贖罪，前所未有的獄中記。

花輪和一的畫原本就很細膩、優美，與高畠華宵或伊藤彥造的針筆畫一脈相承。而他正是用如此細密的筆觸重現了監獄中的場景。獄方不允許囚犯素描，因此他是憑記憶重建場景，寫實程度卻高得嚇人。他的視覺記憶力也是撐起他畫力的一個要素吧。

不過在寫實的刻劃中，時不時會出現破格的畫格，例如相當具有諷刺畫風格的自畫像，還有花輪和一的心情描寫。滑稽又散發出寂寥感，但那不是一般受刑人所具備的滑稽和寂寥感，是花輪和一凝視自身時感受到的情緒，在不在獄中並無分別。

許多受刑人會思念、眷戀著鐵窗外的家人，對比雙方處境後品味自己的滑稽或寂寥，但花輪和一的作品中並沒有出現可供對比的家人。他在其他地方提過，他成長的家庭環境並不怎麼幸福，現在也沒有家庭。難怪作品中沒有出現做為對照的家人。但相對地，花輪所感覺到的，是具備絕對性和普遍性的滑稽或寂寥，他所有作品都共有的情感。

在這之前，花輪和一始終透過虛構故事表達上述情感，日本中世說話文學、民間故事中的妖幻世界是最適合的舞台，不過命運的惡作劇將花輪和一囚禁在監獄這個極為現實的場所，一關就是三年。在這裡，這位鬼才再度將自身的滑稽和寂寥感化為作品，完成了無與倫比的獄中記。

## ◎初次刊載

尼古丁看守所……………漫畫之鬼 AX vol.1 ……….（1998 年 2 月發行）
肥嘟嘟看守所……………漫畫之鬼 AX vol.2 ……….（1998 年 4 月發行）
那麼大人懲戒室…………漫畫之鬼 AX vol.3 ……….（1998 年 6 月發行）
五隻動物的生活…………漫畫之鬼 AX vol.4 ……….（1998 年 8 月發行）
少爺受刑人………………漫畫之鬼 AX vol.5 ……….（1998 年 10 月發行）
歡喜過新年………………漫畫之鬼 AX vol.6 ……….（1998 年 12 月發行）
冬季的一天………………漫畫之鬼 AX vol.7 ……….（1999 年 2 月發行）
我有請求之牆……………漫畫之鬼 AX vol.8 ……….（1999 年 4 月發行）
崩壞日本的食物…………漫畫之鬼 AX vol.9 ……….（1999 年 6 月發行）
籠中煙火…………………漫畫之鬼 AX vol.10 ……..（1999 年 8 月發行）
從金錢中解放……………漫畫之鬼 AX vol.11 ……..（1999 年 10 月發行）
免業日……………………… AX vol.13 ………………（2000 年 2 月發行）
獄中食堂…………………… AX vol.14 ………………（2000 年 4 月發行）
囚衣穿著方式…………… AX vol.15 ………………（2000 年 6 月發行）

PaperFilm FC2043

# 刑務所之中
## 刑 務 所 の 中

作　　者／花輪和一
譯　　者／黃鴻硯
編輯總監／劉麗真
責任編輯／陳雨柔
行銷企劃／陳彩玉、陳紫晴、薛綸
封面設計／馮議徹
Logo Design／井上則人
內頁排版／漾格科技股份有限公司

發 行 人／涂玉雲
總 經 理／陳逸瑛
出　　版／臉譜出版
城邦文化事業股份有限公司
台北市民生東路二段141號5樓
電話：886-2-25007696　傳真：886-2-25001952

發　　行／英屬蓋曼群島商家庭傳媒股份有限公司城邦分公司
台北市中山區民生東路二段141號11樓
客服專線：02-25007718；25007719
24小時傳真專線：02-25001990；25001991
服務時間：週一至週五上午09:30-12:00；下午13:30-17:00
劃撥帳號：19863813　戶名：書虫股份有限公司
讀者服務信箱：service@readingclub.com.tw
城邦網址：http://www.cite.com.tw

香港發行所／城邦（香港）出版集團有限公司
香港灣仔駱克道193號東超商業中心1樓
電話：852-25086231　傳真：852-25789337

新馬發行所／城邦（新、馬）出版集團
Cite（M）Sdn. Bhd.（458372U）
41-3, Jalan Radin Anum, Bandar Baru Sri Petaling,
57000 Kuala Lumpur, Malaysia.
電話：603-90563833　傳真：603-90576622
電子信箱：services@cite.my

一版一刷／2019年12月
一版三刷／2022年4月
ISBN 978-986-235-795-8


**售價：350 元**